D1158423

Cómo Conquistar al Diablo

TERESA MEDEIROS

CÓMO CONQUISTAR AL DIABLO

Titania Editores

ARGENTINA - CHILE - COLOMBIA - ESPAÑA
ESTADOS UNIDOS - MÉXICO - PERÚ - URUGUAY - VENEZUELA

Título original: *The Devil Wears Plaid*
Editor original: Pocket Books, A Division of Simon & Schuster, Inc., New York
Traducción: Norma Olivetti Fuentes

1.ª edición Febrero 2012

Reservados todos los derechos. Queda rigurosamente prohibida, sin la autorización escrita de los titulares del *copyright,* bajo las sanciones establecidas en las leyes, la reproducción parcial o total de esta obra por cualquier medio o procedimiento, incluidos la reprografía y el tratamiento informático, así como la distribución de ejemplares mediante alquiler o préstamo público.

Copyright © 2010 by Teresa Medeiros
All Rights Reserved
Copyright © de la traducción, 2012 *by* Norma Olivetti Fuentes
Copyright © 2012 *by* Ediciones Urano, S.A.
Aribau, 142, pral. – 08036 Barcelona
www.titania.org
atencion@titania.org

ISBN: 978-84-92916-21-4
E-ISBN: 978-84-9944-197-9
Depósito legal: B - 5066 - 2012

Fotocomposición: Montserrat Gómez Lao
Impreso por: Romanyà-Valls, S.A. - Verdaguer, 1 - 08786 Capellades (Barcelona)

Impreso en España - *Printed in Spain*

A nuestras preciosas sobrinas Jennifer Medeiros
y Maggie Marie Parham. Vuestra humanidad y buen
talante, así como vuestro amor al Señor, me han
inspirado siempre.

Para mi Michael, quien consigue que cada día de
nuestra vida juntos sea un sueño hecho realidad.

Agradecimientos

Doy las gracias en especial a Andrea Cirillo y Peggy Gordijn, quienes cuidan de mí de costa a costa, y también más allá.

Y a Lauren McKenna por no conformarse nunca con otra cosa que lo mejor.

Capítulo 1

*F*íjate, está como un flan! Ay, la muchacha tiembla de alegría.

—¿Y quién va a culparla? Seguro que lleva toda la vida soñando con este día.

—Pues claro, ¿no es el sueño de toda chiquilla, casarse con un señor rico que pueda pagar todos sus caprichos?

—Debería considerarse afortunada de haber atrapado tan buen partido. Con todas esas pecas, no es que sea una gran belleza.

—¡Me atrevería a apostar que ni todo un pote de Gowland's Lotion podría disimularlas! Y ese tono cobrizo del pelo le da un aspecto un tanto vulgar, ¿no te parece? He oído que el conde la conoció en Londres durante su tercera y última temporada, cuando ya casi había perdido toda esperanza de encontrar marido. Y es que, caramba, dicen que ya tiene veintiuno.

—¡No puede ser tan mayor!

—Pues, sí, eso he oído. Estaba a punto de quedarse para vestir santos, así de claro, cuando nuestro señor la descubrió, sentada con las solteronas empedernidas, y mandó a uno de sus hombres a que la sacara a bailar.

Aunque Emmaline Marlowe mantenía la mirada al frente y se esforzaba con valentía en hacer oídos sordos a los ávidos cuchicheos de las dos mujeres del primer banco de la abadía, no podía negar la verdad en sus palabras.

Sí, llevaba toda la vida soñando con este día.

Soñando con llegar un día al altar y prometer fidelidad eterna al hombre a quien adoraba, y entregarle el corazón. Nunca había logrado ver con claridad su rostro en esos sueños vagos, pero no podía negarse que la pasión ardía en estos momentos en los ojos del conde, mientras juraba amarla, honrarla y respetarla el resto de sus días.

Bajó la mirada al ramo de brezo seco que temblaba en su mano, agradecida de que los sonrientes curiosos que llenaban las hileras de bancos estrechos, a ambos lados del pasillo central de la iglesia, atribuyeran su temblor a la expectación gozosa propia de cualquier joven novia a punto de contraer matrimonio. Ella era la única que sabía que en realidad respondía al frío que parecía impregnar las piedras antiguas de la abadía.

Y su corazón.

Echó una mirada furtiva al cementerio, situado tras las altas y estrechas ventanas. El cielo se extendía inquietante sobre el valle con un color peltre sin bruñir, digno de un día de pleno invierno más que de una jornada de mediados de abril. Las ramas esqueléticas del roble y del olmo aún no habían dado un solo brote verde. Del suelo pedregoso surgían inestables lápidas torcidas, con epitafios gastados por el asalto incesante del viento y la lluvia. Emma se preguntaba cuántas novias como ella dormían ahora bajo tierra, en otro tiempo jóvenes llenas de esperanzas y sueños, truncados demasiado pronto por decisiones ajenas y el inexorable paso del tiempo.

Los riscos irregulares de la montaña se elevaban sobre el cementerio como monumentos a una era primitiva. Esas alturas rigurosas de las Highlands, donde el invierno no cedía su dominio obstinado, parecían otro mundo, sin nada que ver con las colinas de suave ondulación de Lancashire donde ella y sus hermanas disfrutaban retozando con completa despreocupación. Esas colinas ahora estarían verdes y tiernas con la promesa de la primavera, acogiendo de regreso al hogar a cualquier trotamundos lo bastante loco como para abandonarlas.

Mi hogar, pensó Emma, con el corazón atravesado por una penetrante punzada de anhelo. Un lugar al que ya no pertenecía desde aquel día.

Dirigió una mirada de pánico por encima del hombro y encontró a sus padres sentados en el banco de la familia Hepburn, sonriéndole orgullosos, con ojos vidriosos de lágrimas. Era una buena chica. Una hija consciente de sus deberes, en la que ellos siempre habían confiado y a quien mostrar como ejemplo sólido para sus tres hermanas pequeñas. Elberta, Edwina y Ernestina se apiñaban en el banco junto a su madre, secándose con el pañuelo los ojos hinchados. Si Emma pudiera convencerse de que era felicidad lo que hacía llorar a su familia, tal vez hubiera soportado mejor sus lágrimas.

Nuevos cuchicheos de comadres interrumpieron sus pensamientos cuando las mujeres reanudaron la conversación.

—¡Mírale! Sigue teniendo una figura asombrosa, ¿verdad que sí?

—¡Desde luego! Qué orgullo me hace sentir. Y se nota cómo adora a esa muchacha.

Incapaz de negar aquel destino inevitable, Emma se volvió al altar y alzó los ojos para encontrar la mirada de fervor del novio.

Luego bajó la vista al recordar que era quince centímetros más alta que él.

El conde le dedicó una sonrisa tan amplia que casi se le sale la dentadura de porcelana Wedgwood que tan mal se ajustaba a su boca. Sus mejillas casi desaparecieron al aspirar de nuevo la dentadura hacia dentro, con un sonoro estallido que pareció reverberar por toda la abadía como un disparo. Emma tragó saliva con la esperanza de que las cataratas que empeñaban sus legañosos ojos azules ofuscaran su visión lo bastante como para tomar por una sonrisa su mueca de desagrado.

Su forma marchita estaba envuelta en todos los ropajes apropiados a su condición de señor de las tierras de los Hepburn y jefe del clan del mismo nombre. Una banda a cuadros rojos y negros casi engullía sus hombros encogidos. La falda a juego revelaba unas rodillas tan huesudas como un par de pomos de marfil y una escarcela raída colgaba entre sus piernas; la cartera ceremonial estaba pelada en algunos trozos, igual que su cráneo.

Las dos viejecitas cuchicheantes tenían razón, se recordó Emma con severidad. El hombre era un conde, un noble extremadamente poderoso de quien se rumoreaba que contaba con el respeto de los pares del reino así como con la confianza del rey.

El deber de Emma para con su familia —y su fortuna cada vez más limitada— era aceptar la petición de mano del conde. Al fin y al cabo, su padre no era culpable de la desgracia de tener un montón de hijas en vez de la bendición de unos cuantos muchachotes que salieran a hacer fortuna por el mundo. Que Emma atrajera la atención del conde de Hepburn cuando ya asumía una aburrida soltería había sido un golpe de extraordinaria suerte para todos ellos. Gracias a la dote acordada, que el conde ya había otorgado a su padre, la madre y hermanas nunca tendrían que volver a despertarse en medio de la noche con el barullo aterrador de los acreedores golpeando la puerta de su destartalada casa solariega, ni tendrían que pasar todo el día temiendo que les metieran en el asilo de pobres.

Emma tal vez fuera la más guapa de las hermanas Marlowe, pero no era tan atractiva como para permitirse rechazar a un pretendiente tan ilustre. Durante el espantoso viaje hasta este rincón aislado de las Highlands, su madre había comentado con alegría resuelta cada uno de los detalles del inminente enlace. Cuando llegaron por fin a las ondulantes estribaciones, y el hogar del conde hizo aparición, sus hermanas soltaron un resuello de admiración, como se esperaba de ellas, sin percatarse de que su fingida envidia era más dolorosa para Emma que la compasión manifiesta.

Nadie negaba el esplendor del antiguo castillo alojado bajo la sombra del risco majestuoso de Ben Nevis, cubierto de nieve: un castillo que había acogido a los señores Hepburn y sus esposas durante siglos. Cuando acabara el día, Emma sería la señora del castillo así como la desposada del conde.

Mientras miraba pestañeante al novio, se esforzó por transformar su mueca en una sonrisa genuina. El viejo había sido la amabilidad personificada con ella y su familia desde la primera vez que la vio al otro lado de aquel salón de actos concurrido, durante uno de los últimos bailes de la Temporada. En vez de enviar un emisario en su nombre, el anciano había hecho todo el trayecto hasta Lancashire él mismo para cortejarla y recibir la bendición de su padre.

Se había comportado como un verdadero noble durante sus visitas, sin un solo comentario despreciativo acerca del destartalado salón con alfombra gastada, papel pintado despegado y mobiliario dispar, ni miradas desdeñosa a sus vestidos zurcidos y pasados de moda. A juzgar por su encanto distinguido y actitud gentil, cualquiera hubiera pensado que se encontraba tomando el té en Carlton House con el príncipe regente.

Había tratado a Emma como si ya fuera una condesa, no la hija mayor de un baronet empobrecido, a quien una apuesta poco meditada llevaría cualquier día al asilo de pobres. Y nunca había venido con las manos vacías. Un paso detrás del conde siempre aparecía un lacayo de rostro severo, con brazos fornidos cargados de presentes: abanicos pintados a mano, cuentas de cristal y fuentes de colores a la moda para las hermanas de Emma. Jabón francés de fragancia de lavanda para su madre, botellas del mejor whisky escocés para su papá y ediciones encuadernadas en cuero de *Canciones de inocencia* de William Blake o la última novela de Fanny Burney para la propia Emma. Tal vez fueran sólo baratijas para un hombre con los medios del conde, pero tales lujos habían escaseado en casa de los Marlowe durante mucho tiempo. Su generosidad había aportado un rubor de placer a las mejillas pálidas de su madre y provocado chillidos de deleite genuino en las hermanas.

Emma debía a este hombre su gratitud y lealtad, por no decir su corazón.

Aparte, ¿cuánto podía vivir?, pensó con una punzada desesperada de culpabilidad.

Aunque corría el rumor de que el conde tenía casi ochenta años, parecía más próximo a los ciento cincuenta. A juzgar por la palidez grisácea y el hipo tísico que acompañaba cada una de sus respiraciones, tal vez no sobreviviera a la noche de bodas. Mientras una ráfaga fétida de esa respiración llegaba a su nariz, Emma se tambaleó, temiendo no sobrevivir tampoco ella misma a esa noche.

Casi como si hubiera leído los sombríos pensamientos de la joven, una de las mujeres sentadas en el primer banco, susurró con remilgo:

—No puede negarse que nuestro señor, sin duda, tendrá amplia experiencia en satisfacer a una mujer.

Su compañera no logró ahogar un resoplido bastante porcino.

—Desde luego, debería ser así. Sobre todo después de sobrevivir a tres esposas y todos los niños que hicieron juntos, por no mencionar a toda una pandilla de queridas.

La imagen del anciano novio besándole los labios en una torpe parodia de pasión provocó un nuevo estremecimiento en Emma. Todavía no se había recuperado de las instrucciones dolorosamente concienzudas que su madre le había impartido sobre lo que cabía esperar de ella en la noche de bodas. Como si el acto descrito no fuera bastante horrible o humillante, también le había explicado que si apartaba la cara a un lado y se meneaba debajo del conde, los esfuerzos del anciano acabarían mucho más deprisa. Si sus atenciones resultaban demasiado arduas, tendría que cerrar los ojos y pensar en algo agradable, como algún amanecer especialmente bonito o en galletas azucaradas recién hechas. Una vez el conde acabara con ella, ya tendría libertad de bajarse las faldas del camisón e irse a dormir.

Libertad, repitió el corazón de Emma con una palpitación desesperada. Después de este día ya no volvería a ser libre.

Apartó la mirada del rostro esperanzado del novio y encontró al sobrino nieto del conde observándola con hostilidad. Ian Hepburn era la única persona en la abadía que parecía tan infeliz como ella. Con su alta frente romana, mentón con hoyuelo y oscuro pelo lacio recogido en una coleta satinada en la nuca, debería ser un hombre guapo. Pero este día, la belleza clásica de sus rasgos estaba teñida de una emoción que se aproximaba de forma peligrosa al odio. No aprobaba esta boda, pues sin duda temía que el núbil cuerpo joven de Emma daría un nuevo heredero a Hepburn y le privaría de su herencia.

Mientras el pastor seguía con la cantinela, leyendo del libro litúrgico de la iglesia de Escocia, Emma miró otra vez por encima del hombro y vio que su madre volvía el rostro contra el abrigo de su padre como si ya no pudiera aguantar más la ceremonia. Sus hermanas empezaban a gimotear con más fuerza a cada minuto. La naricilla afilada de Ernestina estaba tan rosa como la de un conejo y, a juzgar por el temblor violento de su carnoso labio inferior, era sólo cuestión de momentos que se pusiera a sollozar con todas sus fuerzas.

Pronto las divagaciones del pastor llegarían a su fin, dejando a Emma sin otra opción que entregar su devoción y su cuerpo a este desconocido marchito.

Con ojos aterrados, dirigió una mirada a su espalda, preguntándose qué harían todos ellos si se levantaba el dobladillo de encaje de su vestido de seda y se echaba a correr como una loca en dirección a la puerta. Había oído numerosas moralejas sobre viajeros imprudentes que desaparecían por las tierras salvajes de las Highlands, sin volver a ser vistos, sin que se supiera más de ellos. En este momento, sonaba como una perspectiva de lo más tentadora. Al fin y al cabo, no parecía que su novio decrépito pudiera perseguirla, echársela encima del hombro y traerla a rastras de regreso al altar.

Como para poner en relieve ese hecho, el conde empezó a pronunciar sus votos con voz ronca. Acabó demasiado pronto, y entonces el pastor le miró a ella con expectación.

Como todo el mundo en la abadía.

Dado que su silencio se prolongaba, una de las mujeres no tuvo reparo en murmurar:

—Ay, la pobre chiquilla está abrumada por la emoción.

—Si se desvanece, y él intenta sujetarla, se romperá la espalda —susurró su acompañante.

Emma abrió la boca, luego volvió a cerrarla. La tenía seca como el algodón, se vio obligada a humedecerse los labios con la punta de la lengua antes de hacer otra intentona de hablar. El pastor la miró pestañeante desde detrás de sus gafas de montura de acero, y la compasión en sus amables ojos marrones casi le provoca unas peligrosas ganas de llorar.

Emma volvió a mirar por encima del hombro, pero esta vez su mirada no captó a su madre y hermanas sino a su papá.

La expresión de súplica en sus ojos era inconfundible. Ojos del mismo azul oscuro que los suyos. Ojos que durante demasiado tiempo habían parecido obsesionados y atormentados. Juraría casi que el temblor en sus manos había aminorado desde que el conde había firmado el contrato prematrimonial. No le había visto estirar la mano para buscar la petaca que siempre llevaba en el bolsillo del chaleco ni siquiera una vez desde que ella había aceptado la proposición del conde.

En aquella sonrisa que la alentaba a seguir, entrevió a otro hombre, un hombre más joven de mirada clara y manos firmes cuyo aliento olía a menta en vez de a licor. Aquel hombre solía agacharse y montarla sobre sus hombros para darle una cabalgada vertiginosa, que la hacía sentirse la reina de todo lo que contemplaba, en vez de una mocosa asquerosa con las rodillas despellejadas y una sonrisa que revelaba su dentadura irregular.

También vio algo en los ojos de su padre que no había visto desde hacía mucho tiempo... esperanza.

Emma se volvió de nuevo al novio y se enderezó. Pese a lo que pensaran los mirones, no era su intención llorar o desvanecerse. Siempre se había enorgullecido de estar hecha de materia más dura. Si tenía que casarse con este conde para asegurar el futuro y la fortuna de su familia, pues claro que se casaría con él. Y se esforzaría por ser la mejor esposa y condesa que él pudiera pagar con su riqueza y título.

Empezó a abrir la boca, preparada para prometer amarle, respetarle y obedecerle, en lo bueno y en lo malo, hasta que la muerte les separara... cuando las puertas dobles de roble ribeteado de hierro de la parte posterior de la abadía se abrieron con un estruendo y dejaron entrar una ráfaga de aire invernal y a una docena de hombres armados.

La abadía estalló en un coro de chillidos y jadeos de sorpresa. Los hombres se desplegaron en abanico entre los bancos, con rostros sin rasurar y expresiones adustas, llenas de decisión. Sostenían pistolas listas para sofocar cualquier señal de resistencia.

En vez de miedo, Emma notó una llama ridícula de esperanza encendiéndose en su corazón.

Una vez disminuyó la protesta inicial, Ian Hepburn salió con coraje al pasillo central de la abadía y se colocó entre los cañones intimidantes de las armas de los intrusos y su tío abuelo.

—¿Qué significa todo esto? —gritó en un tono cortante que resonó en la bóveda del techo—. ¿No mostráis respeto por la casa del Señor, salvajes?

—¿Y qué señor es ése? —respondió un hombre, con una cadencia escocesa tan profunda y rica que provocó un escalofrío involuntario en la columna de Emma—. El que formó estas montañas con su propias manos o el que cree que ha nacido con derecho a gobernarlas?

Al igual que todos los presentes, la novia soltó un resuello cuando el dueño de esa voz cruzó el umbral de la puerta de la abadía con un imponente caballo negro. Un murmullo de conmoción se elevó mientras los invitados a la boda se encogían en su bancos, reflejando en sus miradas ávidas la misma cantidad de miedo y de fascinación. Por extraño que pareciera, lo que tenía hipnotizados los ojos de Emma no era la bestia magnífica de pecho fornido y crin ondeante de ébano sino el hombre que montaba a lomos del imponente corcel.

La espesa melena azabache dividida por la mitad enmarcaba su rostro bronceado por el sol, en sorprendente contraste con el verde glacial de sus ojos. Pese al día frío, sólo llevaba una falda de lana verde y negra, un par de botas acordonadas y un chaleco sin mangas de vapuleado cuero marrón que dejaba expuesto a los elementos su pecho amplio y liso. Manejaba el animal como si hubiera nacido para esta silla, y sus hombros poderosos y antebrazos musculosos apenas daban muestras de tensión mientras guiaba el caballo por el pasillo, obligando a Ian a retroceder tropezando para no verse pisoteado por los cascos mortíferos del animal.

A su lado, Emma oyó al conde sisear:

—¡Sinclair!

Se volvió y encontró el rostro de su anciano novio teñido de rubor y crispado de odio. A juzgar por la vena púrpura y turgente que pulsaba en su sien, tal vez no sobreviviera a la ceremonia, qué decir a la noche de bodas.

—Perdónenme por interrumpir en un momento tan tierno —dijo el intruso sin rastro de remordimiento, mientras tiraba de las riendas para que su montura se detuviera a medio pasillo con un brinco—. No pensarían que iba a descuidar presentar mis respetos en una ocasión tan señalada. Mi invitación se habrá perdido.

El conde blandió el puño en su dirección, pese a sus problemas de movilidad.

—La única invitación que un Sinclair puede recibir de mí es una orden de arresto del magistrado y una cita del verdugo.

Como reacción a la amenaza, el intruso se limitó a arquear un ceja con desconcierto.

—Tenía muchas esperanzas de que la siguiente vez que traspasaras la puerta de esta abadía fuera para tu funeral, no para otra boda. Pero siempre has sido un viejo calentón. Tenía que haber sabido que no te resistirías a comprar otra novia para calentar tu cama.

Por primera vez desde su llegada a la abadía, la mirada burlona del desconocido se desplazó a ella. Incluso una mirada tan breve fue suficiente para provocar un sonrojo ardiente en las mejillas de Emma, sobre todo teniendo en cuenta que sus palabras resonaban con una verdad innegable y condenatoria.

Esta vez casi fue un alivio que Ian Hepburn intentara imponerse una vez más entre ellos.

—Puedes burlarte de nosotros y fingir que estás vengando a tus antepasados como siempre haces —dijo con un gesto desdeñoso que torcía su labio superior—, pero todo el mundo en esta montaña sabe que los Sinclair nunca han sido nada más que vulgares asesinos y ladrones. Si tú y tus rufianes habéis venido a despojar a los invitados de mi tío de sus joyas y carteras, ¿por qué no os ponéis manos a la obra sin malgastar tu aliento ni nuestro tiempo?

Con fuerza sorprendente, el novio de Emma se abrió paso a empujones, casi derribándola.

—No necesito a mi sobrino para librar mis batallas. No le tengo miedo a un mocoso insolente como tú, Jamie Sinclair —ladró, pasando junto a su sobrino con el puño huesudo todavía levantado—. ¡Muestra de qué calaña eres!

—Oh, no he venido a por ti, viejo. —Una sonrisa perezosa curvó los labios del intruso mientras sacaba una reluciente pistola negra de la cinturilla de su falda a cuadros y la apuntaba al corpiño blanco como la nieve del vestido de Emma—. He venido a por tu novia.

Capítulo 2

Mientras Emma contemplaba los verdes ojos gélidos del desconocido que la apuntaba con la pistola, se le ocurrió pensar de pronto que podía haber destinos aún peores que acceder a casarse con el temblequeante viejo. Las pestañas espesas y tiznadas que enmarcaban esos ojos no disimulaban en lo más mínimo la amenaza que relucía en sus profundidades.

Al ver la pistola dirigida al pecho de su hija, la madre de Emma se tapó la boca con la mano para apagar un grito entrecortado. Elberta y Edwina se abrazaron con sus ojos azules aterrorizados, y los ramilletes de violetas de seda temblando en sus sombreros a juego, mientras Ernestine empezaba a hurgar en el fondo de su bolso en busca de las sales aromáticas.

El padre de la novia se levantó de un brinco, pero no hizo amago alguno de dejar el banco. Era como si estuviera paralizado en el sitio por alguna fuerza más poderosa que la devoción por su hija.

—Oiga, usted —refunfuñó agarrando el respaldo del banco que tenía delante para estabilizar sus manos—, ¿qué patraña endiablada es ésta?

Mientras el pastor retrocedía hacia el altar, distanciándose de Emma de modo intencionado, el conde bajó el puño cerrado y poco a poco empezó a retroceder arrastrando los pies, dejando el camino despejado entre el corazón de Emma y la pistola cargada. A juzgar por el silencio expectante que se había hecho entre el resto de invitados, ella y Sinclair tal vez fueran las únicas personas en la abadía. Emma supuso que haría falta alguna respuesta también por su parte, que debería desvanecerse, estallar en lágrimas o rogar con cierta gracia que la salvaran.

Consciente de que, con toda probabilidad, lo que el villano esperaba que hiciera era exactamente eso, tuvo coraje suficiente para sofocar su terror en ciernes, mantenerse bien erguida y levantar la barbilla. Mientras miraba aquellos ojos despiadados con su propia mirada desafiante, clavó las uñas de los dedos en el ramo para ocultar el temblor violento de sus manos, exprimiendo el perfume persistente del brezo de los capullos frescos. Durante un segundo fugaz, otra emoción chispeó en esos glaciales ojos verdes, y podría haber sido diversión... o admiración.

Ahora le tocaba a Ian Hepburn pasar marchando junto a su tío, con los ojos oscuros ardiendo de desprecio. Se detuvo a una distancia prudente del hombre sentado a lomos del caballo.

—De modo que ahora te rebajas a profanar iglesias y amenazar con disparar a mujeres indefensas y desarmadas. Supongo que no se puede esperar nada mejor de un bastardo como tú, Sin —añadió siseando el apodo como si fuera el más horrendo de los epítetos.

Durante un breve instante, Sinclair desplazó la mirada de Emma a Ian, sin vacilar un momento con la pistola.

—¿Entonces no te sentirás decepcionado, verdad que no, viejo amigo?

—¡No soy tu amigo! —gritó Ian.

—No —respondió Sinclair en voz baja, teñida de lo que podría ser amargura o pesar—. Supongo que nunca lo has sido.

El conde, pese a replegarse, continuaba desafiante.

—¡Eres la prueba viva de que hace falta algo más que estudios en Saint Andrews para convertir a una rata de montaña en un caballero! Tu abuelo tiene que desquiciarse al comprender la pérdida de dinero que fue enviarte a la universidad. ¡Dinero sin duda robado de mis propias arcas por esta banda de chusma impresentable!

Los insultos del conde no parecieron perturbar a Sinclair.

—Yo no lo llamaría exactamente una pérdida. Si no hubiera ido a Saint Andrews, tal vez no habría conocido nunca a su encantador sobrino, aquí presente. —Eso le mereció otra mirada fulminante de Ian—. Pero me aseguraré de dar recuerdos a mi abuelo de su parte la próxima vez que lo vea.

De modo que este forajido había vivido entre gente civilizada durante un tiempo. Eso explicaría por qué se habían pulido los extremos más ásperos de su acento escocés, dejándolo en una cadencia sedosa y musical más peligrosa para los oídos de Emma.

—¿Y qué es lo que planeas hacer, miserable? —exigió saber el conde—. ¿Has venido a acelerar tu viaje inevitable al infierno asesinando a mi novia a sangre fría en el altar de una iglesia?

A Emma le alarmó advertir que su ferviente prometido no pareciera especialmente afligido ante aquella perspectiva. Con su título y riqueza, Emma supuso que sería un asunto bastante sencillo buscarse otra novia. Las mismas Ernestine y Elberta casi tenían edad de casarse. Tal vez su padre pudiera mantener el acuerdo prematrimonial con el conde si ofrecía al hombre elegir entre las dos chicas para que la ceremonia pudiera continuar sin más interrupciones.

Después de restregar la sangre, por supuesto.

A Emma se le escapó un hipo nervioso al intentar contener una risita. Había logrado evitar desvanecerse o suplicar por su vida, y ahora casi ni podía esquivar la histeria. Empezaba a pensar que en realidad podría morir aquí a manos de este despiadado desconocido: una novia virgen que nunca llegó a conocer la pasión verdadera ni las caricias de adoración de un amante.

—A diferencia de algunos —dijo Sinclair con amabilidad intencionada—, no tengo por costumbre asesinar a mujeres inocentes. —Una tierna sonrisa curvó sus labios, más peligrosa en cierto sentido que cualquier gesto de desdén u hostilidad—. He dicho que venía a por tu novia, Hepburn, no que viniera a matarla.

Emma entrevió su intención una milésima de segundo antes que cualquier otro invitado en la abadía. Lo vio en el gesto de su mentón sin afeitar, en la tensión que onduló sus muslos musculosos, la manera en que sus puños poderosos rodearon el cuero vapuleado de las riendas.

No obstante, lo único que ella pudo hacer fue quedarse clavada sobre las losas, paralizada por la cruda decisión en aquella mirada entrecerrada.

Todo pareció suceder al mismo tiempo. Sinclair clavó los talones en los costados del caballo, y el animal se abalanzó hacia delante, resoplando y entornando los ojos descontroladamente. Embistió por el pasillo central directo hacia Emma. Su madre soltó un grito espeluznante y luego se desplomó desmayada. El pastor se hundió tras el altar, con la túnica negra volando tras él como las alas de un cuervo. Emma levantó los brazos para protegerse el rostro, preparándose para ser pisoteada bajo esos cascos relucientes.

En el último segundo imaginable, el caballo viró a la izquierda mientras Sinclair se inclinaba a la derecha, rodeaba la cintura de Emma con un brazo poderoso y la arrojaba boca abajo sobre su regazo, como si no pesara más que un saco de patatas con gusanos, dejándola sin aire. Emma todavía se esforzaba por recuperar el aliento cuando el escocés hizo dar la vuelta al caballo describiendo un círculo cerrado que obligó al animal a levantarse sobre sus patas traseras en una pirueta vertiginosa. Mientras esos cascos letales piafaban en el aire, Emma dio una bocanada que sin duda pensó que era la última, esperando que el caballo se desplomara y los aplastara a ambos.

Pero el secuestrador tenía otras ideas. Sacudió las riendas con fuerza bruta, empleando un total dominio para obligar al animal a someterse a su voluntad. La bestia soltó un relincho ensordecedor. Los cascos delanteros descendieron con un estruendo y las herraduras de hierro soltaron chispas sobre las losas.

La fuerte voz de Sinclair se oyó a continuación, incluso por encima de los chillidos estridentes y los gritos de alarma que reverberaban en el techo abovedado. Pero sus palabras iban dirigidas sólo al conde:

—¡Si la quieres de vuelta ilesa, Hepburn, tendrás que pagar, y pagar caro! Por tus propios pecados y los de tus padres. No te la devolveré hasta que me devuelvas lo que me corresponde por derecho.

Luego golpeó con las riendas la grupa del caballo, lanzando a la bestia por el pasillo de la abadía. Salieron por el umbral con un estruendo y pasaron junto a las lápidas torcidas del cementerio. Y con cada zancada larga y poderosa del animal, quedaba también más lejos cualquier esperanza de rescate de Emma.

Capítulo 3

*E*mma no sabría decir lo lejos que habían viajado o cuánto tiempo lo habían hecho. Cada sacudida demoledora de los cascos de los caballos contra la hierba helada le desprendía más horquillas de punta de ámbar, de las usadas por la doncella para sujetar a conciencia los rizos rebeldes aquella mañana, mientras ella permanecía sentada ante el espejo. Al cabo de poco rato, los mechones sueltos formaban una cortina cegadora en torno a su rostro.

Tenía una impresión vaga de que les rodeaban otros caballos, que otros cascos golpeaban el suelo a un ritmo tan incesante como el suyo. Los hombres de Sinclair habrían saltado sobre sus propias monturas en el exterior de la abadía y se habrían unido a la temeraria huida.

Iban demasiado rápido como para que ella pudiera oponer alguna clase de resistencia. Si intentaba arrojarse desde el caballo mientras avanzaban al galope, se rompería todos los huesos del cuerpo con la caída.

Su posición indigna podría haber sido incluso más precaria a no ser por la gran mano, masculina y cálida, que la tenía sujeta con firmeza por la cintura, apoyada escandalosamente cerca de la leve prominencia de su trasero. La presión constante era lo único que impedía que se diera la vuelta y cayera sobre el regazo de su secuestrador como una de las muñecas de trapo que tanto apreciaba Edwina.

Pese a esa dudosa protección, seguía sin garantías de que el siguiente salto del caballo no le fracturara una frágil costilla o le abriera el cráneo por completo contra uno de los troncos de los árboles que entraban y salían de su visión frenética. Mientras el paisaje pasaba a velocidad vertiginosa, borrándose ante sus ojos, sentía el movimiento de los músculos en los muslos poderosos de su secuestrador. Dirigía el caballo entre matorrales, bosquecillos y a través de campos abiertos como si él y el animal fueran uno.

Cuando los cascos del corcel salieron de la turba musgosa y se lanzaron al vuelo, enviándoles por los aires a través de un profundo barranco, Emma contuvo un grito ahogado y cerró los ojos con fuerza. Cuando se atrevió a abrirlos de nuevo, estaban bordeando el extremo exterior de un acantilado empinado. Alcanzó a ver a distancia vertiginosa la cañada inferior y las onduladas estribaciones coronadas por las torres almenadas de piedra del castillo de Herpburn. Su miedo aumentó hasta formar un gélido horror cuando se percató de cuánto se habían alejado de la abadía y de la civilización.

Cabalgaron tanto rato que no le habría sorprendido llegar a la entrada del propio infierno. Pero cuando Sinclair por fin tiró de las riendas y aminoró el paso hasta llevar al caballo a un trote ligero, y luego un andar oscilante, no fue el hedor sulfuroso del azufre lo que le provocó cosquillas en la nariz sino la fragancia fresca a cedro.

Emma no estaba segura de qué esperaba a la llegada a su destino desconocido, pero desde luego no había pensado que fueran a tirarla sin miramientos de pie al suelo. Mientras Sinclair levantaba una pierna por encima de la grupa para desmontar con gracia y sin esfuerzo, ella se fue hacía atrás y casi se cae. Tenía las piernas débiles y gomosas, igual que cuando su padre llevó a la familia a navegar a Brighton, el verano anterior a que su suerte en las mesas de juego diera un giro costoso, a peor.

Recuperó el equilibrio sólo para encontrarse en medio de un claro espacioso con una bóveda de cambiante cielo gris, rodeado de un bosquecillo frondoso de hoja perenne. Sus ramas livianas les protegían del viento racheado, que suspiraba en vez de rugir.

Aquí, donde hasta el aire olía a libertad, ella se sintió más prisionera de las circunstancias que nunca.

Una vez concluido el atroz viaje, debería haber sentido cierto alivio, pero mientras se sacudía los rizos enredados para apartárselos de los ojos y enfrentarse al hombre que ahora era dueño de su destino, comprendió que iba a tener que reconocer otra cosa.

Al otro lado del caballo, él estaba soltando con diestras manos la cincha de latón que sujetaba la silla. El largo cabello azabache caía a ambos lados y dejaba su rostro en sombras, ocultando su expresión.

Emma permaneció ahí en pie en una agonía de suspense mientras el desconocido tiraba de la pesada silla, delatando su esfuerzo tan sólo con los músculos abultados del brazo superior. Luego arrojó la silla sobre un nido de agujas de pino antes de regresar para retirar la brida del cuello brillante del caballo.

Sus hombres habían detenido los caballos a una distancia respetuosa y desmontaban con igual facilidad. Aunque algunos se atrevían a dirigirle miradas de soslayo y murmurar algo, era casi como si imitaran la indiferencia de su líder.

Emma notó que su aprensión empezaba a endurecerse y a transformarse en rabia. Había esperado que Sinclair la aterrorizara, no que hiciera caso omiso de ella. El escocés se ocupaba de las tareas rutinarias como si no acabara de raptarla con brutalidad y a punta de pistola de su boda, separándola del seno de su familia.

Echó un vistazo a su espalda, preguntándose si repararía en ella si se daba media vuelta y salía corriendo en busca de su libertad.

—No lo intentaría si estuviera en tu lugar —dijo sin alterarse.

Sorprendida, Emma volvió la cabeza de golpe. Sinclair estaba pasando el cepillo sobre los lomos temblorosos del caballo, diríase que con toda la atención puesta en esa tarea. Era como si hubiera adivinado sus pensamientos y la dirección de su mirada con un sentido más profundo que el oído o la vista.

De todos modos, Emma sintió una punzada satisfactoria de triunfo. Al menos había conseguido demostrar que no ignoraba su presencia tanto como pretendía.

—Como su rehén, ¿no es lo que estoy obligada a hacer? —Se esforzó por que el temblor no llegara a su voz—. ¿Intentar escapar de sus infames garras?

Él encogió uno de sus poderosos hombros.

—¿Por qué malgastar esfuerzos, chiquilla? No darás ni diez paso antes de que yo te detenga.

—¿Cómo? ¿Pegándome un tiro por la espalda?

Al final la miró, y el arqueo de una de sus cejas azabache le advirtió de que sólo había logrado divertirle.

—Eso sería un total desperdicio de una pólvora en perfecto estado, ¿o no? Sobre todo teniendo en cuenta que vales mucho más viva que muerta.

Emma se sorbió la nariz.

—Un sentimiento conmovedor, señor, pero, me temo que ha hablado más de la cuenta. Ahora que sé que no tiene intención de matarme, ¿qué impedirá que me escape?

Sinclair rodeó entonces el caballo, con zancadas tan regulares y decididas como su voz.

—Yo.

Ahora que había conseguido obtener toda su atención, Emma tenía motivos para lamentar su excesiva desenvoltura. El corazón empezó a latirle descontrolado en el pecho mientras retrocedía a duras penas, a sabiendas de que no tenía esperanza de eludirle. Era todo lo que no era su novio: joven, musculoso, viril... peligroso.

Tal vez no tuviera intención de matarla, pero era capaz de hacerle otras cosas que podrían considerarse incluso peores.

Mucho peores.

Se dio de espaldas contra el tronco nudoso de un pino, lo cual la dejó sin otra opción que aguantar ahí mientras él continuaba acercándose. El aire debía de ser más tenue aquí arriba en el risco. Cuanto más se aproximaba, más aliento le faltaba. Cuando su sombra cayó sobre ella y tapó la luz lechosa del día, se sintió totalmente mareada.

Había creído que esos ojos verde claro, con su denso fleco de pestañas azabaches, serían su rasgo más asombroso, pero con la proximidad ya no podía estar segura. Tal vez no fuera más que un bandolero común, pero sus pómulos eran altos y anchos como los de un rey legendario. Tenía la nariz recta como un hoja, con orificios nasales un poco abiertos. Los labios eran carnosos, sensuales casi hasta lo pecaminoso. Una débil insinuación de hendidura ensombrecía su afilado mentón.

Sinclair plantó ambas manos en el tronco del árbol encima de la cabeza de Emma, inclinándose tanto sobre ella que pudo sentir el calor que irradiaba cada centímetro musculoso de su cuerpo. Su miedo y su mareo se intensificaron hasta un grado peligroso mientras respiraba el almizcle cálido y masculino de su olor.

Pese al tono amenazador, su voz era suave como terciopelo aplastado sobre el pabellón de su oreja. El mensaje no iba dirigido a los oídos de sus hombres, sólo a los suyos, y nada más:

—Si echas a correr, tendré que ponerte las manos encima. Por lo tanto, a menos que pienses que vas a disfrutar con eso... y tal vez sea así... querrás pensártelo dos veces antes de intentar escapar.

Luego el resguardo cálido de su cuerpo desapareció, y Emma se encontró de nuevo expuesta a las gélidas rachas de aire. Cuando la dominó un inesperado estremecimiento incontrolable, que tenía más que ver con aquella tierna amenaza que con el frío del aire, Sinclair se acercó andando a su poderoso caballo como si no le importara otra cosa en el mundo.

Emma dirigió una mirada a los otros hombres y descubrió que aquel breve intercambio les había ganado una audiencia. Un tipo cetrino con una perilla oscura en el mentón se atrevió incluso a dar un codazo a su compañero y reírse en voz alta.

—No hace falta ser tan presuntuoso, señor —replicó la joven en voz alta a la espalda de Sinclair. Su orgullo herido estaba desplazando a su miedo—. Sospecho que su triunfo no durará mucho. Seguramente el conde ya esté informando a las autoridades y mandando a sus propios hombres para rescatarme, ahora mismo mientras hablamos.

—Una vez ascendamos lo suficiente por esta montaña, nunca nos encontrará, y él lo sabe bien —respondió él por encima del hombro—. Nadie encuentra a un Sinclair si éste no quiere que le encuentren. Ni siquiera un Hepburn. Pero no te inquietes, muchacha —añadió con un tono amable pero burlón—. Si todo va según lo planeado, volverás a estar en brazos de tu amantísimo novio antes de que su cama se enfríe. O al menos antes de que se enfríe más de lo que ya está.

Mientras se volvía a cepillar el caballo, los hombres se retorcieron de la risa en señal de reconocimiento. Emma se cogió los brazos para controlar otro tiritón, helada del todo al descubrir que su secuestrador no mostraba desprecio sólo por el conde.

Robar novias tenía una larga tradición en las Highlands, pero James Alastair Sinclair nunca había soñado que acabaría robando la novia a otro hombre. Desde hacía mucho tiempo se murmuraba que su tatarabuelo, MacTavish Sinclair, había secuestrado a su novia de quince años de la casa de su iracundo padre durante una batida de ganado, cuando sólo tenía diecisiete años. Ella se había negado a hablar con él hasta que nació el primer hijo, luego pasó los siguientes cuarenta y seis años de matrimonio cotorreando sin parar para compensar ese tiempo. Cuando el tatarabuelo falleció mientras dormía, a la avanzada edad de sesenta y tres, ella lloró desconsoladamente y murió pocos días después, algunos dijeron que con el corazón roto.

Jamie sólo podía estar agradecido de que su corazón nunca se sometiera a esa clase de peligros.

Mientras las nubes se despejaban y las estrellas empezaban a cobrar vida en el cielo nocturno, los hombres vaciaban el recipiente de barro lleno de whisky escocés que corría de mano en mano y se preparaban para instalarse en sus petates. Jamie se agachó junto al fuego y sirvió unos cucharones de humeante guiso de conejo en un cuenco mientras lanzaba a su cautiva una mirada cautelosa.

Estaba sentada sobre una roca al borde mismo de los árboles, rehuyendo tanto el calor seductor del fuego como su compañía. Las sombras de las ramas colgantes moteaban su pálida cara como si tuviera moratones. La última horquilla que quedaba en su pelo se había caído, dejándolo suelto en torno a su rostro en una mata desordenada de rizos teñidos de cobre. Estaba sentada sujetándose los brazos delgados para protegerse del frío pues los jirones manchados de polvo del que antes había sido un elegante vestido no eran suficiente protección contra el enérgico aire de la montaña. Pese a la postura desamparada, su tierna boca y su pequeño mentón marcado seguían formando un ángulo de rebelión. Su mirada se perdía más allá de Jamie, en las llamas crepitantes del fuego de campamento, como si de algún modo consiguiera hacerles desaparecer a él y a sus hombres sólo con no prestar atención a su existencia.

Jamie frunció el ceño. Había esperado que la joven novia del conde fuera alguna señorita inglesa lánguida y miedosa, no demasiado lista y fácil de intimidar. Sabiendo lo que sabía de los Hepburn, había asumido que el viejo sinvergüenza escogería aposta a una chica con muchas posibilidades de morir en el parto minutos después de entregar la escurridiza criatura a la nodriza que la criaría.

Su demostración obstinada de valor, pese a su miedo —tanto en la abadía como aquí en este claro—, había inquietado a Sinclair y le había provocado una punzada de admiración que no podía permitirse. Al fin y al cabo, la muchacha no era para él más que un medio para cumplir un objetivo: un breve inconveniente del que podría librarse en cuanto Hepburn accediera a la demanda de rescate que se le entregaría dentro de pocos días.

Jamie sentía que llevaba esperando toda una vida este momento y ahora se le acababa el tiempo. Pero seguía decidido a dar un día o dos a Hepburn para considerar todo los destinos nefastos que podría sufrir su novia inocente a manos de su enemigo jurado si no satisfacía la petición.

Una racha gélida de viento zarandeó las ramas de los pinos y azotó el claro. Para el pellejo curtido de Jamie sólo era una suave brisa, pero la muchacha se estremeció, envolviéndose con los brazos con tal fuerza que los nudillos se le pusieron blancos. Jamie sospechó que ahora apretaba los dientes delicados, no por furia e impotencia, sino para no castañear.

Jurando en gaélico para sus adentros, se enderezó y se fue a buen paso hacia ella. Se detuvo justo delante, sosteniendo el cuenco de guiso. Ella siguió mirando al frente, mostrando desprecio tanto hacia él como a su humilde ofrecimiento.

A Sinclair no le vaciló la mano.

—Si pretendes morir de hambre sólo para avergonzarme, muchacha, no funcionará. Tu queridísimo novio te explicaría encantado que ni yo ni ningún miembro de mi familia tenemos vergüenza.

Agitó el cuenco debajo de su altiva naricilla, tentándola aposta con el suculento aroma. El estómago la traicionó con un ansioso rugido. Lanzándole una mirada de resentimiento, Emma le cogió el cuenco de la mano.

Jamie observó, debatiéndose entre el triunfo y la diversión mientras ella usaba la cuchara de madera tallada toscamente para dar varios bocados ávidos a la sustancia. Fue un placer inesperado observar que el color regresaba a sus mejillas mientras el guiso calentaba su tripa. Había oído rumores de que la novia de Hepburn no era una gran belleza, pero sus mejillas cubiertas de pecas y los rasgos cincelados con delicadeza poseían un encanto seductor que nadie podía negar. En contra de su voluntad, sintió su mirada atraída por la ternura de aquellos labios mientras los cerraban en torno a la curva de la cuchara, la gracia ágil de su lengua rosa al salir rápida para dejar limpio el utensilio.

La visión inocente despertó un hambre sorpresivo en el fondo de su vientre. Temeroso de empezar a soltar gruñidos él también, decidió darse media vuelta.

—¿Cuánto tiempo voy a ser su prisionera, señor? —quiso saber.

Con un suspiro, él se giró para mirarla a la cara.

—Eso depende de cuánto la valore su novio, creo yo. Tal vez su suerte en la vida le resulte más soportable si intenta considerarse mi invitada.

Emma arrugó la nariz, atrayendo la atención de Jamie a la nube de pecas color canela que cubrían el caballete nasal.

—Entonces me vería obligada a decir que su hospitalidad deja mucho que desear. La mayoría de anfitriones, por muy mezquinos que sean, ofrecerán al menos un techo al invitado. Así como cuatro paredes para que no se muera de frío.

Apoyando un pie en un madero caído, Jamie inclinó la cabeza hacia atrás para inspeccionar la majestuosa extensión añil de cielo nocturno.

—Nuestras paredes son las ramas protectoras de los pinos y nuestro techo una cúpula abovedada salpicada de gemas rociadas por el mismo Todopoderoso. La desafío a encontrar una visión más grandiosa en cualquier salón de baile de Londres.

Cuando sus palabras fueron acogidas con un silencio, Jamie le dirigió una mirada de soslayo que le permitió pillarla estudiando burlonamente su perfil en vez del cielo. Ella se apresuró a bajar los ojos, ocultándolos bajo la caída rojiza de cautela de sus pestañas.

—Esperaba poco más que un gruñido ininteligible. Parece que el conde se equivoca, señor. Su educación al fin y al cabo no ha sido una pérdida de tiempo. Al menos a juzgar por su vocabulario.

El escocés le dedicó una inclinación burlona tan impecable como la de cualquier caballero orgulloso.

—Con tiempo y decisión suficientes, muchacha, incluso un salvaje puede aprender a imitar a sus superiores.

—¿Cómo Ian Hepburn? Por lo que dijo en la abadía, deduzco que fue uno de sus superiores en la universidad.

—Hubo un tiempo en que podría haberse considerado mi igual. Pero eso sucedió cuando me conocía sólo como su querido amigo *Sin*. Una vez su tío le informó de que no era más que un apestoso, asqueroso Sinclair, con porquería bajo las uñas y sangre en las manos, ya no quiso saber nada más de mí.

—Tras haberle conocido por tan sólo unas horas, no puedo decir que le culpe.

—¡Ay, muchachita! —exclamó, dándose en el pecho con una mano y dedicándole una mirada de reproche—. Me llegas al alma con esa lengua tuya tan afiladita. ¿No hay en ese corazón ni una pizca de caridad por este pobre escocés ignorante?

Emma, confiando en disimular el efecto enternecedor que ese acento de cadencia aterciopelada tenía sobre ella, se puso en pie para plantarle cara.

—No me llamo «muchachita». Me llamo Emmaline. O señorita Marlowe si es lo bastante civilizado como para respetar las pautas sociales. Mi padre es un baronet, pertenece a la pequeña nobleza.

Jamie resopló con los brazos doblados sobre el pecho.

—¿Tan noble como para subastar a su hija al mejor postor?

Ella volvió a alzar la barbilla, negándose a dejarse amedrentar por su desprecio, y respondió bajito:

—El único postor.

Su confesión cogió a Jamie con la guardia baja. La chica podría ser frágil y tener poco pecho, pero sus encantos femeninos eran innegables. Si hubiera nacido y crecido en esta montaña, los pretendientes harían cola, perdidamente enamorados, para rendirse a sus pies.

—Y no hace falta que pinte a mi padre como una especie de villano codicioso salido de un melodrama gótico —añadió—. Por lo que a usted respecta, yo podría estar locamente enamorada del conde.

Jamie soltó una risotada.

—Y yo podría ser el rey de Escocia. —En contra de decisiones más juiciosas, permitió que su mirada la inspeccionara con audacia—. Sólo hay un motivo para que una mujer como usted se case con un viejo saco apolillado de huesos como Hepburn.

Emma apoyó las manos en sus delgadas caderas.

—Usted acaba de secuestrarme hace pocas horas, ¿cómo puede atreverse a decir qué tipo de mujer soy?

Antes de percatarse de lo que él iba a hacer, Jamie se había acercado un paso, lo bastante para acariciar la suavidad irresistible de su mejilla con sus ásperos nudillos. Nunca había sido un hombre dado a acosar a las mujeres, pero había algo en esta muchacha de lengua ácida que le incitaba a ponerle las manos encima, provocar algún tipo de reacción en ella, aunque fuera en su propio perjuicio.

Llevó la boca a su oído, bajando la voz adrede hasta dejarla en un susurro ronco.

—Sé que todavía eres lo bastante joven, y linda, como para necesitar un hombre de verdad en la cama.

Un escalofrío que no tenía que ver ni con el miedo ni con el vivo viento surcó su tierna carne. Cuando Jamie retrocedió para inspeccionar su rostro, ella le miraba con los labios separados y un poco temblorosos, y sus ojos azules oscuros tan abiertos como para reflejar la luna que se alzaba en el cielo.

Antes de poder sucumbir a aquella invitación involuntaria, Jamie se apartó, decidido a buscarle un petate y dejarlo por aquella noche.

Las siguientes palabras de Emma le obligaron a pararse en seco.

—Se equivoca con mi padre, señor. Él no es tan codicioso. Yo sí lo soy.

Jamie se volvió poco a poco, entrecerrando los ojos mientras un escozor de cautela ascendía por su columna. Había sentido muchas veces antes esa sensación de inquietud, por regla general justo antes de sufrir una emboscada a manos de alguna pandilla itinerante de pistoleros de Hepburn.

La postura de su cautiva ya no era desesperada ni temerosa sino del todo desafiante. Su voz sonó firme y su mirada era tan fría como la luz plateada de la luna que jugaba con su altos pómulos cubiertos de pecas.

—Sin duda un rufián vulgar y corriente como usted tiene que saber que la mayoría de mujeres entregarían no sólo sus cuerpos sino sus almas por casarse con un hombre rico y poderoso como el conde. Una vez sea condesa, tendré todos los tesoros que una mujer pueda desear: joyas, pieles, tierra, y más oro del que pueda gastar o contar en toda una vida. Y le prometo, señor, que no me faltará un «hombre» en la cama —añadió con un ademán despectivo—. Después de darle un heredero, estoy segura de que al conde no me prohibirá pasar una temporada en Londres, y un joven y fornido amante... o dos.

Jamie se limitó a observarla pensativo durante un largo instante, antes de replicar:

—No me llamo «señor», señorita Marlowe. Me llamo Jamie.

Con eso, se dio media vuelta y la dejó ahí de pie, con su delgado cuerpo zarandeado por el viento.

Capítulo 4

Jamie, pensó Emma. Un nombre tan inofensivo para un hombre tan peligroso.

La luna había alcanzado el punto álgido e iniciaba su descenso, y Emma se arropó un poco más en el nido de mantas de lana áspera que su secuestrador le había proporcionado. Olían como él, un pensamiento que sólo sirvió para acentuar la dureza de su infelicidad.

El intenso aroma masculino a almizcle, con sus tonos terrosos a cuero, humo de leña y caballo debería haber resultado ofensivo para una nariz delicada. La mayoría de hombres que ella conocía, entre ellos su padre y todos los caballeros que le habían presentado durante sus tres temporadas en Londres, suavizaban sus aromas naturales con capas asfixiantes de jabón de afeitar y colonias florales. Casi no podías inspirar al entrar en una salón de baile abarrotado de dandis empapados en las aguas dulces más populares de la temporada, fueran de miel o rosa. La fragancia exótica de Sinclair, en vez de disgustarle, le hizo respirar hondo para llenarse los pulmones, casi como si tuviera la propiedad de calentar su sangre congelada.

Se dio media vuelta. El suelo frío y duro era tan poco acogedor como una placa de roca. Cada vez que se agitaba, una nueva piedra o ramita parecía erguirse para hincarse en su tierna carne. Por otro lado, tampoco iba a dormir mucho mientras se hallara echada a escasos metros de una panda de forajidos peligrosos, en medio de las tierras deshabitadas escocesas.

Ni siquiera los ronquidos embriagados de los hombres conseguían apagar del todo el eco de su voz burlona: *Estoy segura de que el conde no me prohibirá una temporada en Londres, y un joven y fornido amante... o dos.*

Emma gimió en voz alta, enterrando la cabeza bajo las mantas, mientras se preguntaba qué le había hecho soltar un fanfarronada así. Había conseguido sobrevivir a la dicha forzada de sus padres y la envidia fingida de sus hermanas durante la nupcias con el conde, ¿por qué la opinión de un desconocido sobre ella mortificaba tanto su orgullo?

Por algún motivo, momento antes ahí de pie bajo la luz de la luna, juzgada y menospreciada por la fría mirada de Jamie Sinclair, le había parecido preferible que él la tomara por un arpía codiciosa que por un corderillo sacrificado que aceptaba mansamente su destino. Era mejor su desprecio que su lástima. Durante unos segundos preciosos, se había sentido fuerte y poderosa, al mando de su propio destino.

Ahora se sentía ridícula.

Tal vez hubiera podido contener su mal genio si él no hubiera insistido en llamarla «muchachita» de forma tan irritante. Gracias a esa cadencia a whisky y terciopelo en su acento, la palabra había sonado como una expresión cariñosa más que un insulto por exceso de familiaridad. Le había hecho querer con desesperación poner distancia entre ellos, aunque sólo fuera insistiendo en que reconociera su superioridad social llamándola señorita Marlowe. Con toda probabilidad se reiría en su cara si supiera que su *noble* padre se encontraba a tan sólo una petaca de brandy y una ronda de mala suerte en las mesas de juego de ser arrojado a la prisión de los morosos.

Sé que todavía eres lo bastante joven, y linda, como para necesitar un hombre de verdad en la cama.

Mientras se esforzaba en aporrear un pliegue de la manta para conseguir darle forma de algo parecido a una almohada, eran las palabras de Jamie, no las suyas, las que regresaban para obsesionarla. La sacudió otro escalofrío al recordar la caricia de aquellos nudillos en su mejilla, con una ternura que la había desarmado. Su susurro ronco había invocado imágenes misteriosas y provocativas de las cosas que un «hombre» podría hacerle en la cama. Esas imágenes tenían poco que ver con el deber desagradable que su madre había descrito. Incluso ahora, conseguían provocar una oleada de calor que recorría chisporrante sus venas, hasta quemar el frío de sus huesos doloridos.

Cerró con fuerza los ojos. ¿Era Sinclair lo bastante temerario como para insinuar que necesitaba un hombre como él en la cama? ¿Un hombre que no se limitaría a ponerse encima y retorcerse y gruñir, como su madre había dicho que haría el conde con toda probabilidad? ¿Un hombre que la sedujera con besos tiernos, pasmosos, y caricias expertas, hasta hacerla rogar que le permitiera rendirse a él?

Abrió los ojos de golpe. Ir dando botes boca abajo a lomos del caballo le había trastocado las entendederas. Un bárbaro como Jamie Sinclair no sería jamás ese hombre. Por lo que había oído de los salvajes que todavía recorrían estas colinas de las Highlands, lo más probable fuera que Sinclair tumbara a las mujeres sobre la mesa, les subiera las faldas por encima de la cabeza y se diera placer con rudeza sin preocuparse de la satisfacción de ellas.

Emma asomó la cabeza entre las mantas, confiando en que el aire gélido refrescara la repentina fiebre en sus ardientes mejillas. Estaba acostumbrada a oír a sus hermanas susurrar y reírse en la cama cada noche después de que su madre apagara la lámpara. Le produjo un sobresalto inquietante oír el rumor grave de dos hombres hablando entre ellos.

—Es una muchacha bastante linda, creo yo —decía uno de ellos—. Eso sí, un poco esquelética para mi gusto.

—A juzgar por las carnes de esa camarera de Invergarry, cualquier muchacha de menos de noventa kilos sería un poco esquelética para tu gusto, Bon. —Emma se puso rígida al reconocer la inconfundible cadencia del murmullo de Jamie. Aunque estaba de espaldas al fuego, cerró los ojos instintivamente para que nadie adivinara que estaba poniendo la oreja en vez de dormir.

El comentario de Sinclair recibió como respuesta un suspiro melancólico del hombre al que había llamado Bon.

—Sí, mi Rosie era de armas tomar, ¿eh que sí? Aunque más bien me desarmaba. ¡Vaya manos! Y vaya boca, por si te interesa.

—No me interesa, pero estoy seguro de que esa imagen me perseguirá en sueños durante las próximas noches —replicó Sinclair con sequedad.

—No intentes hacerte el santurrón conmigo, muchacho. Estoy seguro de que nada te gustaría más que calentarte entre cierto par de muslos blandos y blancos en esta fría noche de primavera.

—Ya me oíste en la abadía —respondió Sinclair, con tono cortante—. Le dije a Hepburn que si cumplía con mis exigencias, no le sucedería nada malo a ella.

—Ah, pero prometiste devolverla ilesa, no dijiste nada de no cepillártela. —Emma aún estaba intrigada con aquel término poco familiar cuando el compañero de Sinclair soltó una risita—: Podría ser la venganza final, ¿no? Devolvérsela al viejo halcón con un bastardo Sinclair en el vientre.

A Emma se le congeló la sangre en las venas al caer en la cuenta de la trascendencia de las palabras de aquel hombre. Tal vez fuera aún una inocente, pero no era boba. Si Sinclair decidía usar su tierno y joven cuerpo para saciar su hambre de venganza, poco podría hacer ella para detenerle. Nadie haría caso de sus ruegos de misericordia. A juzgar por lo que acababa de decir su compañero, lo más probable fuera que sus hombres le rodearan y le animaran en vez de acudir prestos al rescate de la doncella.

Se estremeció al volver a recordar las cosas espantosas que ella le había dicho, ella misma había manifestado con temeridad sus ganas de buscarse un amante joven y fornido en cuanto el conde lo permitiera. El escocés podría estar convencido incluso de que acogería con beneplácito sus insinuaciones.

Contuvo la respiración, a la espera de que Sinclair negara las palabras del hombre, que le reprendiera por sugerir algo tan abominable.

Pero se mantuvo el silencio tenso, a excepción del chasquido del fuego y su alegre crepitar. Aunque seguía con los ojos cerrados, casi podía verle ahí sentado ante la hoguera, con sus pómulos regios ensombrecidos por las llamas danzantes, mientras consideraba la sabiduría del consejo de su hombre.

Incapaz de aguantar más el suspense, se atrevió a dirigir una mirada furtiva por encima del hombro. Sinclair estaba sentado de espaldas a ella mirando el fuego, y le impedía ver al otro hombre. Sus amplios hombros y espalda parecían más imponentes todavía desde este ángulo particular.

No tenía intención de quedarse ahí y esperar a que su sombra cayera sobre ella, tapando la luz de la luna y cubriéndola de oscuridad.

Mientras retiraba una esquina de la manta, la advertencia de tono aterciopelado reverberó a través de su mente: *Si echas a correr...*

Se dio media vuelta en silencio para salir del petate.

Si Jamie Sinclair quería ponerle las manos encima, tendría que atraparla primero.

Jamie fulminó con la mirada a su primo por encima de las llamas danzantes. El relumbre infernal de la fogata sólo servía para acentuar la chispa maligna de los ojos negros de Bon y el arco pícaro de sus cejas finas y oscuras.

Bon era uno de los pocos hombres que podía aguantar las miradas hostiles de Jamie. Tenía mucha práctica, habían correteado juntos de niños por los terrenos de la fortaleza Sinclair, y también durante la media docena de años más o menos que llevaban enfrentándose a los Hepburn y sus hombres. La única vez que habían estado separados fue durante los largos y deprimentes períodos de estudio que Jamie había pasado en Saint Andrews.

Si Jamie no hubiera sabido que Bon le estaba pinchando aposta, habría embestido a través del fuego y le habría propinado un sopapo en sus orejas puntiagudas como tantas veces cuando era niño. Lo más habitual era que acabaran rodando por el polvo, zumbándose hasta hacerse sangre o hasta que alguien les separara cogiéndolos por el cuello, normalmente la madre de Bon —Dios tuviera aquel alma sufrida en su gloria— o el abuelo de Jamie, y les diera un cachete.

Sus peleas se calmaron un poco cuando Jamie cumplió catorce años y en poco tiempo sacó veinte centímetros de altura a Bon y le superó en trece kilos. Desde entonces, Bon se había visto obligado a recurrir a sus ocurrencias astutas en vez de a los puños. Tales agudezas se exhibían de nuevo en ese instante mientras respondía a la mirada hostil de Jamie con un guiño inocente.

Jamie debería haber interrumpido las palabras de su primo de forma más tajante, pero no podía negar la verdad en ellas. En esta montaña, casi nadie le censuraría por catar a la novia del viejo. Después de todo lo que Hepburn había hecho a su familia —incluso intentar borrar el apellido Sinclair de la faz de la tierra—, sería una venganza adecuada dejar la semilla de Jamie en la matriz de la mujer que Hepburn había escogido para darle un hijo.

Sinclair notó una sorprendente y repentina oleada de deseo. Por primera vez desde que Bon y él habían instituido su juego de ingenio y aguante, Jamie fue el primero en apartar la vista.

Haciendo caso omiso de la mueca triunfante de Bon, cogió una ramita y atizó el fuego con furia, provocando una rociada de chispas que ascendió a través de la negrura aterciopelada del cielo nocturno.

—No hay necesidad de seguir con este juego. Soy muy consciente de que no apruebas que me haya llevado a la novia de Hepburn.

—¿Y por qué iba a hacerlo? El resultado más probable es que acabemos colgados del cuello en la horca de un verdugo. Ahora que ya te has llevado a la inglesa, ¿qué impedirá que Hepburn arroje toda la cólera del ejército británico sobre nuestras cabezas?

—Su orgullo. Sabes que prefiere morir a pedir ayuda a otro hombre, sea escocés o inglés.

—Entonces ojalá se muera de una vez y nos evite todo este problema. —Bon señaló con un dedo el petate donde Jamie había dejado a su cautiva—. Porque te prometo que lo único que esa muchacha va a traernos son problemas.

Jamie soltó un resoplido.

—Dudo que una chiquita repipi y terca como ésa haya hecho alguna cosa más problemática que perder un punto mientras bordaba unas letras en un dachado. —Dedicó a su primo una mirada de soslayo—. Aparte, es imposible que dé más problemas que aquella linda doncellita de Torlundy cuyo marido amenazó con romper tu escuálido brazo y matarte a golpes cuando te pilló escabulléndote por la ventana de su dormitorio en medio de la noche.

—¡Ah, mi dulce Peg! —Bon suspiró con afecto al recordarla—. Por esa chiquita sí merecía la pena morir... tanto entre sábanas como fuera de la cama. ¿Puedes decir lo mismo de la mujer de Hepburn?

Jamie arrojó la rama.

—No es su mujer. Todavía no, al menos. Y te prometo que no tengo intención de morir por ella. Ni a manos del verdugo, ni de cualquier otro modo.

—¿Qué te hace pensar que Hepburn va a querer pagar el rescate? No tiene fama de ser demasiado sentimental. Algunos dicen que vendió su negro corazón al diablo además de su alma.

—Oh, pagará. No porque sienta algún afecto especial por la muchacha sino porque no soportará la idea de que un Sinclair le robe algo que le pertenece. —Jamie notó una sonrisa tomando forma en sus labios a pesar de todo—. Sobre todo este Sinclair en concreto.

—¿Y si Ian Hepburn no es tan orgulloso como su tío? ¿Y si convence al viejo halcón de que traiga a los casacas rojas a pelear por su causa?

La mirada de Jamie regresó a la oscuridad del centro mismo del fuego. Incluso él tenía que admitir que Ian era toda una incógnita en esta plan. Era difícil fingir que no le había consternado la intensidad del desprecio captado en los ojos de su antiguo amigo al encontrarse cara a cara en la abadía.

Sacudió la cabeza con brusquedad.

—En todo caso, Ian me odia más que su tío. No querrá que los casacas rojas hagan el trabajo sucio por ellos. Preferirá ver sus manos en torno a mi cuello antes que el lazo de un verdugo.

La chispa en los ojos oscuros de Bon quedó empañada por una sombra de preocupación.

—No sé con exactitud qué planeas pedir a Hepburn a cambio de su novia, pero para que justifique que nos juguemos todos el cuello, incluido el tuyo, tiene que ser un recompensa insuperable. ¿Estás seguro de que merece la pena?

—Sí. —Jamie miró fijamente a los ojos a Bon. Siempre había sido más un hermano que un primo para él, le debía al menos su sinceridad—. Eso sí te lo puedo prometer.

Mucho después de que Bon se hubiera retirado a dormir, Jamie se encontraba junto al petate de su cautiva, confiando en ser capaz de mantener la promesa que había hecho a su primo. Si se equivocaba y Hepburn traía a los casacas rojas para rescatarla, el destino de todo el clan podría estar ya escrito.

Hacía mucho que sospechaba que el jefe del clan Hepburn disfrutaba en secreto con aquel juego del gato y el ratón que mantenían prácticamente desde el momento en que Jamie había nacido. Casi podía visualizar al viejo en ese preciso momento, frotándose sus manos huesudas mientras tramaba el siguiente movimiento. Para un hombre como Hepburn, la montaña sólo era su partida de ajedrez personal, y la gente que a duras penas se ganaban la vida en su suelo rocoso eran peones que movía a su antojo y placer. Sólo había una manera de derrotar a aquel hombre, y consistía en ser más astuto... y más despiadado que él. Al secuestrar a una mujer inocente, Jamie había conseguido ambas cosas. No le cabía la menor duda.

Miró el petate con ceño fruncido. La chica que dormía a sus pies no dejaba de ser un peón del conde. Sabía que a Hepburn le amargaba hasta lo indecible haber sobrevivido a sus tres hijos y a todos sus vástagos, mientras Jamie seguía con vida e incluso prosperaba. Con tal de procurarse otro heredero, nada detendría a Hepburn.

Jamie se pasó la mano por su tenso mentón, preguntándose por qué había sido tan necio como para asignarse las tareas de vigilancia cuando bien podría haber ordenado hacerlo a uno de sus hombres. Echó un vistazo hacia el otro lado del fuego, donde se habían instalado para dormir. Dejaría su vida en manos de la mayoría de estos hombres, por algún motivo era reacio a dejarlos a solas con la señorita Marlowe. Diantres, pero en este momento no estaba seguro de poder quedarse a solas con ella. Y menos con las palabras burlonas de Bon aún frescas en su mente.

Estaba tan tapada con las mantas que incluso la cascada de rizos cobrizos en lo alto de su cabeza quedaba oculta. Aquello le dejó intrigado. Era una dama, no una robusta moza de las Highlands. Con toda probabilidad, estaba acostumbrada a reposar en una cama mullida de plumas con montones de cubrecamas, no sobre el duro suelo de la montaña, con tan sólo una fina capa de lana áspera protegiéndola del frío.

Se agachó y apartó un pliegue de la manta, con intención de comprobar que no se había muerto congelada sólo para fastidiarle.

No había ninguna cascada de rizos cobrizos. La señorita Marlowe había desaparecido.

Capítulo 5

*D*urante un momento de incredulidad, Jamie sólo pudo mirar con expresión estúpida el punto vacío donde debería encontrarse Emma.

No sólo había conseguido escabullirse del campamento con él sentado a tan sólo unos metros de distancia, sino que había sido lo bastante lista como para dar forma a las mantas y que cualquiera que mirara sin fijarse demasiado supusiera que ella seguía bien tapada debajo.

—Puñetas —exclamó en voz baja mientras se pasaba la mano por el pelo.

Debería haber sabido que no podía fiarse de alguien que tuviera trato con Hepburn. Era un necio del carajo por no haberla atado al árbol más próximo cuando había tenido ocasión. Eso le enseñaría a no volver a intentar hacerse el caballero.

Se irguió e inspeccionó con mirada huraña las sombras opacas situadas bajo el grupo de cedros más próximo. Jamás se le hubiera ocurrido que una muchacha así tuviera coraje suficiente para desacatar sus advertencias y adentrarse en la noche a la intemperie ella sola.

Sabía bien lo implacable que llegaba a ser esta naturaleza. Una protegida chiquilla inglesa no tenía posibilidades de orientarse en aquel terreno brutal de la montaña. No era probable que sobreviviera más de una hora sin caerse a un arroyo —donde tendría suerte si se ahogaba en vez de morirse congelada— o perder pie por el borde de un precipicio. La imagen de su frágil y joven cuerpo roto en el fondo de algún peñasco rocoso le preocupaba más de lo que quería admitir.

Jamie sabía que la única vía racional de acción era levantar a sus hombres de los petates y mandarles a peinar los bosques en su busca. Pero algún instinto primitivo le obligó a frenarse. Hepburn había puesto precio a su cabeza en el momento de su nacimiento. Sabía con exactitud qué se sentía al ser perseguido por esas colinas, corriendo hasta pensar que tus piernas doloridas iban a ceder debajo de ti y los pulmones iban a explotar, sin saber nunca si tu siguiente respiración podría ser la última. No podía soportar la idea de que sus hombres trajeran a Emma ante él como si fuera una especia de criatura indefensa del bosque. Bien podrían ser ellos quienes le dieran un susto y la hicieran saltar por el borde de un precipicio.

Jamie se fue andando hasta el extremo del claro y apartó una rama baja de cedro. Mientras su mirada experta inspeccionaba la maleza en busca de agujas caídas y ramas rotas, una sonrisa se dibujó despacio en sus labios. Por lo visto la señorita Marlowe había dejado un rastro regular que hasta un ciego podría seguir.

Emma se lanzó a ciegas por el bosque, con un único pensamiento de escapada. Sabía que era imposible regresar montaña abajo a solas pero, si conseguía sacarle ventaja a Sinclair y su banda de rufianes, tal vez pudiera encontrar un árbol hueco o algún rincón resguardado donde ocultarse hasta que vinieran los hombres del conde a rescatarla. Dada la inclinación del terreno en la ladera empinada y el número de veces que había tropezado, sabía al menos que iba en la dirección correcta: hacia abajo.

Este bosque no se parecía en nada al bosque que bordeaba las tierras de su padre en Lancashire. Ella y sus hermanas habían pasado muchas horas agradables ahí de niñas, cogiendo flores silvestres o buscando setas para la mesa de su madre, mientras jugaban a ser piratas o princesas de cuentos de hadas. Las ramas protectoras del olmo y el roble estaban bien espaciadas, invitando a los rayos relucientes del sol a filtrarse. Los huecos musgosos y los claros amables eran más propios de un parquecito que de un bosque.

Este lugar parecía en cambio el bosque de algún cuento de hadas, oscuro e intimidante, un lugar donde el tiempo se había detenido durante siglos, y donde algún ogro babeante podría salir en cualquier momento para devorarla.

Las ramas de denso encaje sobre la cabeza de Emma permitían el paso de apenas meros destellos poco generosos de luz de luna. Mientras descendía por una orilla resbaladiza y musgosa, su respiración entrecortada reverberó en sus oídos como los jadeos de un animal salvaje desesperado.

Aún no había dado con algo que se pareciera remotamente a una carretera o un camino, aunque probablemente era preferible así. Lo último que quería hacer era poner fácil a Sinclair y a sus hombres seguirle el rastro.

Las ramas la azotaban con sus dedos huesudos mientras corría, herían sus mejillas y rasgaban la frágil seda de su vestido. Se le escapó un sollozo de dolor cuando su pie izquierdo descendió de lleno sobre una piedra irregular. Las delgadas suelas de sus pantuflas de cabritilla poco hacían por proteger sus delicados pies. Era como ir descalza. Se estremeció al salpicar las aguas heladas de un arroyo poco profundo, a sabiendas de que era cuestión de tiempo que las pantuflas se rompieran del todo, dejándola totalmente expuesta a los elementos. ¡Lo que hubiera dado por el par de medias botas viejas y resistentes que había dejado debajo de su cama en casa! Su madre se había negado a que las metiera en la maleta, insistiendo en que el conde, una vez se casaran, le compraría todas las pantuflas elegantes que necesitara.

Miró a su espalda. Era imposible saber si alguien la seguía o si los sonidos que oía, aparte del rápido palpitar de su corazón en sus oídos, eran sólo ecos de su vapuleo torpe de la maleza. No iba a detenerse lo bastante como para aclararlo.

No tenía ganas de descubrir con exactitud cómo podría castigarla Jamie Sinclair por negarse a hacer caso de su advertencia. A juzgar por la calma gélida que había mostrado en la abadía y la autoridad que ejercía sobre sus hombres, no se tomaría bien el desafío.

Doblando su paso, se atrevió a dirigir otra mirada desesperada por encima del hombro. La luna se hundía en el cielo, las sombras también parecían perseguirla, y las nubes infladas de oscuridad amenazaban con tragársela sin dejar rastro.

Volvió la mirada al frente con turbación y se encontró avanzando directa hacia el borde de un empinado risco. Era demasiado tarde para detener el impulso, demasiado tarde para hacer otra cosa que intentar sujetarse frenéticamente al delgado tronco de abedul que colgaba sobre el desfiladero rocoso más abajo.

La lisa corteza se escurrió entre sus manos sin ofrecerle nada a que agarrarse, sin dejarle esperanza alguna. Se le escapó un chillido al escurrirse por el borde del risco.

Jamie se detuvo en seco, en sus oídos reverberaba un grito tan agudo y breve que bien podía haberlo imaginado. O tal vez fuera tan sólo el grito nocturno de un animal, depredador o presa.

Inclinó la cabeza para escuchar, pero sólo oyó silencio, roto por el suspiro lastimero de las rachas de viento a través de un bosquecillo de pinos próximo.

Fue entonces cuando se percató de que algo iba mal. Llevaba siguiendo a Emma casi una hora, aguzando el oído y la vista, pero también algún sentido más profundo y primitivo. Por rápido o lejos que fuera, en todo momento sabía que ella estaba ahí... en algún sitio por delante, sin poder aún atraparla pero todavía a su alcance. Pero ahora había dejado de captar su presencia. Era como si se hubiera cortado aquel hilo invisible, y él se hubiera quedado colgado sobre un precipicio sin fondo a la vista.

Conteniendo un juramento, echó a correr siguiendo la dirección de ese grito indefenso. No prestó atención a las ramas que le daban en la cara o intentaban atraparlo en su abrazo espinoso. Había embestido a través de estos mismos bosques docenas de veces, normalmente con una banda de hombres de Hepburn pisándole los talones.

Esta vez no corría para huir de algo sino hacia algo. Por desgracia, ese algo resultó ser una ladera descendente que finalizaba de forma abrupta.

Jamie se detuvo tambaleante a poco más de un metro de la caída mortal, y el corazón le dio un vuelco en el pecho. Conocía demasiado bien este risco en concreto, más de un hombre había encontrado la muerte aquí a causa de la ignorancia o indiferencia, o una combinación fatal de ambas.

Se adelantó poco a poco, sin confianza en sus pasos ahora que sabía que sus peores temores se habían cumplido. Cerró los ojos un breve instante antes de asomarse sobre el borde del acantilado, temiendo ya la visión que le esperaba.

Emma iba a morir.

Si la delgada repisa de tierra y roca que había detenido su caída no se desmoronaba enseguida bajo ella, dejándola caer en picado hasta su tumba de piedras, moriría congelada. A medida que desaparecían los efectos del esfuerzo, el frío empezó a penetrar sus huesos. Se acurrucó contra la pared de piedra del risco y se ciñó los jirones del vestido de novia cuanto pudo, temiendo que un escalofrío incontrolable dañara aún más el piso frágil sobre el que se hallaba.

Dirigió una mirada desesperada hacia arriba. Se encontraba a escasa distancia de lo alto del precipicio, pero podría encontrarse a cien leguas y daría lo mismo. Aunque consiguiera ponerse en pie sin que se derrumbara toda la repisa por la garganta, el borde del risco era inalcanzable. Ni siquiera había una raíz o una piedra suelta que sobresaliera de la húmeda pared y sirviera de apoyo para su pie o de agarre para la mano.

Probablemente era un testamento indigno de su fortaleza de carácter que en ese momento no sintiera pena o una resignación piadosa, sino rabia mezclada con una dosis mezquina de satisfacción. Por lo visto, después de todo, iba a ser la última en reír, pensó con un débil matiz de histeria. Una vez muerta, no tendría valor alguno para Sinclair, ni para su padre o el conde. Ya no podrían ofrecerla en trueque, como una oveja o una cerda premiada en el mercado local. Se preguntaba si Sinclair se tomaría la molestia de enterrarla o se limitaría a dejar su cuerpo pudriéndose en la repisa e irse lo antes posible a secuestrar a otra novia.

—Hooola. ¿Hay alguien por ahí abajo?

Emma sufrió un violento sobresalto, que provocó una nueva rociada de tierra sobre el fondo de la garganta. Inclinó poco a poco la cabeza hacia atrás para mirar y descubrió a Jamie Sinclair sonriéndole sobre el extremo del precipicio.

Su corazón le traicionó con una gran oleada de alivio. Para disimularlo, entrecerró los ojos al mirarle.

—No se muestre tan arrogante, señor. Por lo que a mí respecta, puede irse al cuerno.

Aquellas palabras sólo sirvieron para agrandar la sonrisa del imponente escocés.

—No eres la primera muchacha que me dice que me vaya al infierno y es probable que no seas la última.

Ella soltó un resoplido.

—¿Y por qué no me sorprende?

Jamie se apoyó en una rodilla y miró desde el borde del risco, evaluando enseguida con su mirada aguda la urgencia de la situación.

—¿Prefieres subir o mejor bajo yo?

Ella le sonrió con dulzura.

—¡Oh, puede bajar, con toda libertad! Y puede estar tranquilo, le saludaré cuando caiga.

—Vaya, eso no nos beneficiaría a ninguno de los dos, ¿o sí? Sobre todo teniendo en cuenta que acabarías siguiendo el mismo destino que yo al poco rato, y luego tendríamos que pasar el resto de la eternidad uno en compañía del otro.

Emma le observó con cautela mientras se estiraba por completo apoyado en el vientre y alargaba un brazo sobre un lado del risco para ofrecerle la mano.

Al recordar los motivos exactos que la habían llevado a acabar extraviada sobre la repisa, pasó por alto la tentación innegable de su mano estirada.

—He oído lo que decía su hombre —confesó a su pesar—, mientras estaban sentados los dos en torno al fuego.

La mirada de Jamie expresó confusión, pero luego se le hizo la luz.

—Oh —contestó. Esa única palabra decía mucho—. De modo que por eso echaste a correr. Porque pensabas que estabas a punto de ser...

—Cepillada —concluyó en tono grave.

El escocés parecía sorprendido, luego se vio obligado a contener una tos. Emma, al ver cómo se esforzaba por recuperar el aliento, y al ver sus ojos un pelín demasiado brillantes, sacudió la cabeza con frustración.

—No estoy familiarizada con la palabra, no se usa donde yo vivo, pero no soy ignorante del todo. Mi madre me preparó para mi noche de bodas y me explicó que un hombre tiene instintos... muy parecidos a los de un animal.

Jamie torció una ceja.

—¿Y una mujer no?

—Ella dio a entender que había mujeres que sí, pero que no se trataba de casos naturales, más bien criaturas dadas a montar escándalos y a llevar la ruina a sus familias. También explicó con detalles bastante horripilantes lo que se esperaba de mí para poder dar un heredero al conde.

La chispa en los ojos de Jamie se endureció y dio paso a un relumbre peligroso.

—Y supusiste que yo esperaría lo mismo de ti. —No era una pregunta.

—Por lo que dijo su hombre, más que esperarlo, lo exigiría. —Aunque era una de las cosas más duras que había echo en la vida, Emma se obligó a mantenerle la mirada—. O sencillamente tomaría lo que quisiera sin rogar mi permiso.

Él tensó el mentón, de fisonomía dura de por sí. Ese movimiento sutil apuntaba sólo las cosas siniestras que podrían pasar entre un hombre y una mujer si ella se veía obligada a depender de su merced.

—Mientras Hepburn me dé lo que pido, no tienes que temer nada. No dejaré que nadie te haga daño. —Hizo una pausa, tan sólo una milésima de segundo—. Ni siquiera yo.

Emma miró su mano estirada, todavía debatiéndose. Lo único que tenía que hacer era levantarse y estirar el brazo para aceptar su oferta de salvación.

No tenía motivos para confiar en él. Era un bribón y un ladrón, podría estar mintiendo con todo descaro. Lanzó una rápida ojeada a la caída de vértigo que había debajo. Si fuera una verdadera dama, se colgaría sobre las rocas en vez de arriesgarse a la deshonra en sus manos.

Casi como si leyera su mente, Jamie dijo:

—Olvidas una cosa, muchacha. Tu virtud tiene casi tanto valor para mí como tu vida. Hepburn no va a pagarme ni medio penique por mercancía usada.

—¿Qué le hace pensar que querrá recuperarme? ¿Por qué no va a considerarme *usada* sólo por el hecho de verme arrastrada por usted y sus hombres casi hasta el infierno sin contar siquiera con una dama de compañía?

—Oh, seguro que todavía quiere recuperarte —dijo Jamie poniendo mala cara—. Aunque sólo sea para demostrar que un Sinclair no le arrebata lo mejor que posee. Conozco a los Hepburn, y lo más seguro es que insista en que su médico personal te examine para demostrar que aún vales para ser su esposa.

Mientras ella asimilaba la trascendencia de esas palabras, un sonrojo ardiente eliminó el frío de sus mejillas. Jamie añadió:

—Caramba, yo no descartaría que el viejo halcón hiciera pasar a los invitados a su dormitorio para presenciar cómo te desvirga o que colgara una sábana ensangrentada en la ventana a la mañana siguiente como solían hacer los antiguos señores Hepburn.

—¡Basta! —gritó Emma—. ¡Deje de intentar pintar a un viejo bondadoso como si fuera un monstruo, cuando usted es el verdadero villano aquí! ¡Por lo que a mí respecta, no dice más que mentiras, incluido lo que planea hacer conmigo si confío en usted lo bastante como para darle mi mano!

—¿Y si estuvieras en lo cierto?

La calma mortal de su tono de voz atravesó la agitación de Emma.

Un desdén burlón curvaba los labios del escocés:

—¿Y si te estoy mintiendo? ¿Tienes tan poco coraje que estás dispuesta a morir con tal de preservar tu preciosa virtud? —Aunque Emma sospechaba que intentaba deliberadamente incitarla a actuar, seguía hipnotizada por la inclinación cruel de esos labios sensuales.

Con una mirada furiosa fija en esa cara, Emma empezó a incorporarse, poco a poco, con la espalda pegada aún al muro de piedra situado tras ella. Cuando el sutil desplazamiento de su peso lanzó otra lluvia de brozas precipicio abajo, cerró los ojos con fuerza para contener una oleada de vértigo paralizante.

—*¡Puñetas, muchacha, coge mi mano de una vez!* —La voz de Jamie descendió luego con una nota de súplica—. Por favor...

No fue la orden bramada sino el ruego sincero lo que finalmente la decidió.

Emma llevó el brazo hacia arriba hasta que su mano dio con su amplia palma, escogiendo la vida y escogiéndole a él. Los dedos de Jamie rodearon la delgada muñeca con la fuerza de un torno. Mientras la estrecha repisa bajo sus pies se desprendía del soporte de piedra y se desplomaba hacia la garganta inferior, Jamie la izó y la recogió en sus brazos expectantes.

Capítulo 6

*J*amie se incorporó y retrocedió tambaleándose, apartándoles a ambos del extremo del risco. Mientras se extinguía el último eco de la repisa que acababa de desplomarse sobre el desfiladero, recordándole a Emma que podrían haber sido sus frágiles huesos los fracturados sobre esas rocas, se pego a él con indefensión, consciente sólo del calor y la solidez del pecho desnudo bajo su mejilla. Su escalofrío se había transformado en un temblor violento que parecía no poder controlar.

El escocés vaciló por un momento, pero luego la rodeó con los brazos, estrechándola con más fuerza. Entre una neblina de alivio ciego, se percató de que su corazón latía casi con la misma fuerza que el de ella.

—Ya está, ya está, muchacha —murmuró pasándole una mano por el pelo enredado—. No pasa nada, ahora estás a salvo.

Aunque una parte traicionera de ella quería creer que se encontraba a salvo en el calor sólido de sus brazos, no era tan tonta como para hacerlo. Con las palmas planas sobre su pecho, empujó para separarse de él, decidida a aguantarse por sí sola sobre sus dos pies.

Jamie la observó con mirada cautelosa mientras se sacudía restos de tierra de la falda del asqueroso harapo hecho jirones en que se había convertido su vestido de novia. Una superficie alarmante de piel pálida, cubierta de pecas, empezaba a asomarse entre la seda desgarrada, un hecho que no parecía haber escapado a la mirada escudriñadora de Jamie.

—Cuando te advertí sobre un intento de huida, en ningún momento creía que esa cabecita tuya considerara en serio la idea estúpida de salir corriendo en medio de la noche y acabar despeñada por un precipicio.

—¿Y qué tengo que hacer ahora? —preguntó, lanzándole una mirada desafiante—. ¿Debo pedir disculpas por intentar escapar o por liar este revuelo tan humillante?

Él se cruzó de brazos.

—Tal vez la pregunta, señorita Marlowe, sea: ¿qué quieres que haga yo? ¿Que demuestre que soy tan villano como me pintas? ¿Intentas provocarme para que te levante la mano? ¿Y que te obligue a cumplir mis deseos?

—¡Lo que yo quiero, señor, es irme a casa! —Las palabras surgidas de sus labios la consternaron a ella tanto como a él. Las había contenido durante lo que parecía una eternidad.

Jamie se puso rígido. El calor se desvaneció de sus ojos, dejándolos tan fríos y opacos como unas esmeraldas de imitación.

—He prometido llevarte de vuelta con tu prometido en cuanto sea posible. Estoy convencido de que serás una señora del castillo irreprochable. E igual de buena en su cama.

Sacudiendo la cabeza con indefensión, Emma se apartó de él. Se dejó caer sobre un tocón y descansó la barbilla en la mano, incapaz de mirarle por temor a que las lágrimas contenidas en la parte posterior de su garganta finalmente saltaran a su ojos.

—El castillo Hepburn no es mi hogar. Mi hogar es una casa solariega vieja y destartalada en Lancashire que ha pertenecido a la familia de mi madre durante dos siglos. El techo parece un colador por la cantidad de goteras, las maderas del suelo crujen a cada paso, y hay una familia de ratones viviendo tras el zócalo de la cocina, que sale a escondidas cada noche para llevarse las migas que quedan bajo la mesa del comedor. La mayoría de postigos cuelgan torcidos y no cierran bien, y cuando nieva las corrientes son tan frías que se forma una fina capa de hielo en la parte interior de las ventanas. La chimenea del salón no tira la mayoría de veces y, por lo tanto, cuando enciendes el fuego no sabes si el humo acabará sacándote de la habitación.

Miró de soslayo a Jamie, pero su expresión le pareció todavía más ilegible que antes.

—Siempre sé que va a llegar la primavera porque un petirrojo descarado y su pareja hacen un nido en el acebo que crece justo en el exterior de la ventana de mi dormitorio. Cuando las crías salen del cascarón, los gorjeos me despiertan cada mañana al amanecer. La pérgola del huerto está a punto de venirse abajo porque está completamente enterrada bajo un enredadera de rosas silvestres. —No pudo impedir que una sonrisa de melancolía curvara sus labios—. Y en otoño, cuando las manzanas empiezan a caer del árbol en el huerto, el mundo tiene tal olor ácido y dulce que sólo el aire podría emborracharte.

—Hablas de ese lugar como si fuera el cielo en la tierra, pero ¿qué hay de los tesoros que Hepburn puede darte? ¿Las joyas? ¿Las pieles? ¿La tierra? ¿El oro?

Emma le dirigió una mirada de desesperación.

—Lo cambiaría todo por una ocasión de salir a coger zarzamoras una buena mañana de verano.

—Si tanto quieres ese hogar tuyo, ¿por qué has accedido a casarte con el conde?

Emma volvió a perder la mirada en las sombras.

—Antes de que mi padre me enviara a Londres para la temporada social, recibimos una notificación que nos informaba de que los acreedores iban a quedarse con nuestra casa y que teníamos tres meses para abandonar el lugar. La oferta del conde fue una bendición del cielo. En vez de exigir una dote, pagó a mi padre una cantidad generosa como acuerdo prematrimonial cuando le concedió mi mano. Suficiente incluso para que papá siguiera jugando y bebiendo. Mi madre tiene garantizado un techo sobre su cabeza para el resto de su vida. Y yo, como nueva condesa, poseeré medios e influencia para presentar en sociedad a mis hermanas en Londres.

—¿Al tiempo que renuncias a tu hogar y a toda esperanza de felicidad? —Jamie sacudió la cabeza, sus altos pómulos presagiaban un acceso de ira—. Si fue tu padre quien se jugó el dinero y se bebió hasta el último chelín de la familia, ¿por qué tienes que ser tú quien sufra las consecuencias?

Emma se levantó de la roca para volverse a él.

—Porque fui yo quien le llevó a eso.

Capítulo 7

*D*urante tres largos años, ningún miembro de su familia se había atrevido a expresarlo así. Y no obstante, ahí se encontraba ella, confesándolo a un hombre que era poco más que un desconocido; y un desconocido peligrosos, ya puestos. Fue tal el alivio que le provocó pronunciar finalmente esas palabras en voz alta que tardó un momento en percatarse de la sonrisa de incredulidad de Jamie. Era el tipo de sonrisa que dedicarías a un idiota fugado de Bedlam que afirma ser Ricardo Corazón de León o una crema de vainilla.

—¿Tú? ¿Fuiste tú quien llevó a tu padre a las mesas de juego y a darle al frasco? —Su sonrisa aumentó y se convirtió en una risotada de incredulidad—. ¿Y qué infracción terrible cometiste tú, pequeño monstruo? ¿Olvidaste sacar al gato o rompiste el platillo de porcelana favorito de tu madre?

Ella levantó la barbilla con gesto desafiante.

—Rompí el corazón de un hombre.

Aunque medio esperaba que él se retorciera de la risa otra vez sólo de pensar en ella como una seductora, la sonrisa de Jamie desapareció poco a poco mientras ella continuaba:

—Cuando tenía diecisiete años, fui a Londres a instalarme con mi tía Birdie y mi prima Clara para mi presentación en sociedad. Todo iba exactamente como mis padres habían planeado y recibí una proposición de un joven ayudante de un vicario con perspectivas excelentes de llevar una vida decente en Shropshire. Después de haber obtenido la bendición entusiasta de mi padre, se prepararon todos los documentos para celebrar el compromiso. Pero a poco menos de un mes de la boda, decidí que no me quedaba otra opción que dar una excusa para no casarme.

—¿Por qué?

Emma se apartó de él entonces, mordiéndose el labio inferior mientras una antigua vergüenza encendía sus mejillas.

—Comprendí que estaba enamorada de otro hombre. Lysander era el segundo hijo de un marqués, me halagaba con sus atenciones cada vez que coincidíamos en un baile o mientras cabalgábamos por el parque. Buscaba mi compañía y me tomaba el pelo con tal ternura que enseguida me encontré pensando en él a todas horas cuando nos separábamos. Tras ir a ver a mi novio para romper nuestro compromiso, le busqué para decirle lo que había hecho. Pensaba encontrarle rebosante de alegría.

Jamie hizo una mueca como si ya anticipara el resultado inevitable de su pequeña historia escabrosa.

La sonrisa irónica de Emma se burlaba sólo de sí misma.

—Se mostró horrorizado. Por lo visto estaba a punto de anunciar su propio compromiso con una joven heredera americana, una hermosísima y riquísima heredera americana. Dejó del todo claro que una hija de un baronet de Lancashire, guapa a secas, nunca sería para él algo más que un coqueteo, y además leve. —No se dejó afectar por el recuerdo de la angustia e humillación al sentir su joven y frágil corazón arrancado del pecho—. Fue lo bastante generoso como para sugerir que podría considerar la opción de convertirme en su amante cuando llevara casado un periodo de tiempo respetable.

—¡Un perfecto caballero! —declaró Jamie, con una mirada entrecerrada más sanguinaria que admirativa.

Emma inclinó la cabeza.

—Cuando decliné, me dio una palmadita en la mano, con cierto aprecio, y me instó a ir en busca de mi novio para rogarle su perdón antes de que fuera demasiado tarde.

—Pero no lo hiciste —dijo Jamie. No era una pregunta.

Ella negó con la cabeza con gesto compungido.

—Tal vez fuera mejor así, para entonces ya era demasiado tarde. Poco sabía yo que, tras la fachada pía de mi novio, se ocultaba una naturaleza vengativa. Había contratado a un abogado y demandó a mi padre por incumplimiento de su compromiso. La sentencia casi nos envía a la prisión de morosos, y el escándalo destruyó cualquier esperanza de hacer una boda decente, además de ensombrecer las perspectivas de mis hermanas. Ningún hombre quería arriesgarse a ser humillado públicamente como al pobre George. Por desgracia, la lengua de George resultó ser casi tan virulenta como su ira. No se quedó satisfecho con la liquidación monetaria, de modo que se dedicó a difundir rumores acerca de mi amistad con Lysander, afirmando que era más íntima de lo que afirmábamos que había sido. No arruinó mi reputación exactamente, pero sí consiguió arrojar una sombra de duda al respecto. El tipo de sombra que puede desanimar a cualquier pretendiente que no sea demasiado ferviente. Y puesto que no había ninguno así...

—El muy hijo de perra —farfulló Jamie—. A mí me suena a que heriste su orgullo en vez de romperle el corazón.

Ella se encogió de hombros.

—Me temo que el resultado sería el mismo. Papá empezó a beber más y a jugar con más frecuencia. Casi nunca venía a casa antes del amanecer, si lo hacía. —Cerró los ojos un momento, recordando el traqueteo amortiguado de los pasos de su padre por las escaleras, las voces altas procedentes del dormitorio de sus padres mientras ella y sus hermanas se acurrucaban bajo las mantas, enmudecidas por la infelicidad, fingiendo dormir—. Papá siempre fue aficionado a las cartas, pero creo que se equivocó al creer que podría recuperar la fortuna de la familia en las mesas de juego. Acabó dilapidando lo que quedaba de nuestros escasos recursos, y nos dejó a merced de los acreedores.

La frente de Jamie se arrugó todavía más.

—Y dejó a su hija a merced de ese viejo calentón.

Emma se volvió a él llena de frustración, sorprendida de encontrarse temblando con una pasión que no se había permitido durante mucho tiempo.

—¡No tiene derecho a juzgar a mi padre, cuando ha demostrado estar dispuesto a cambiar a una mujer por oro!

—¡Lo único que sé es que nunca permitiría que mi hija pagara mis deudas en la cama de un hombre como el conde!

—A pesar de lo que crea, mi padre no es un mal hombre, sólo un hombre débil —dijo Emma, repitiendo la cantinela que había oído mil veces en labios de su madre desde que era pequeña—. No tiene la culpa de nada de esto. Fue mi indiscreción la que destruyó el futuro de mi familia y su buen nombre.

—¿Indiscreción? ¿Así llama una muchacha inglesa a que un hombre le guiñe el ojo desde el otro lado del salón de baile? ¿O que se atreva a tocarle la mano enguantada cuando la ayuda a subir al carruaje? Todo el mundo sabe que los ingleses tienen té tibio en las venas, no sangre caliente y apasionada. ¡Caramba, apostaría a que ese joven y elocuente pretendiente tuyo ni siquiera tuvo la audacia de sacarte a algún jardín bajo la luz de la luna para conseguir un beso! —Jamie dejó caer la mirada a los labios de la muchacha, y se demoró lo bastante ahí como para que Emma los sintiera cálidos y dispuestos.

—¡Claro que consiguió un beso! —le informó Emma, resistiéndose al impulso de refrescarse los labios con la punta de la lengua—. No en el jardín, sino en un recodo en la casa de campo de lady Erickson. Cuando nadie miraba, llevó sus labios a mi muñeca con atrevimiento.

—Arruinando tu reputación, sin duda, ante los demás hombres —replicó Jamie, con un matiz burlón en su voz que avivaba su acento.

Emma se puso tensa.

—Fui yo quien lo echó todo a perder. Fui yo quien destruyó mi familia.

—Y ahora has decidido expiar el pecado de no casarte con un hombre a quien no querías casándote con un hombre que pronto despreciarás. ¡Eras sólo una niña! Una muchacha ingenua de diecisiete años que tomó el deseo de un hombre por amor y pagó alto precio. —Los ojos verdes de Jamie relucían con rabia renovada.

Reprimiendo la pasión como había hecho desde aquel día, Emma respondió con frialdad.

—Fue un error que no tengo intención de cometer otra vez.

Como si le hubiera lanzado un desafío, Jamie se aproximó a ella, peligrosamente cerca. Ahí erguido bajo la luz de la luna, la amenaza no era tanto su altura o su fuerza superior, sino la ternura tentadora de su caricia cuando estiró la mano para sujetarle tras la oreja un rizo suelto, permitiendo que la base del pulgar se demorara contra la piel sedosa de la mejilla.

—Una vez te cases con el conde, no tendrás que preocuparte más de eso. No habrá ni amor ni deseo de que preocuparte.

No podía negarse la verdad de sus palabras. Una vez se convirtiera en la mujer del conde, ningún hombre le aceleraría el corazón al entrar en una habitación. Nunca sentiría el rubor en sus mejillas por la mera mención de su nombre. Nunca sentiría un anhelo de honda expectación por su contacto.

Como el ansia que sentía en este preciso instante mientras contemplaba la escarcha bullente en los ojos de Jamie Sinclair.

Emma, incapaz de hacer caso a la advertencia estruendosa que su corazón lanzaba a sus oídos, se encontró con la boca del escocés sobre la suya, moviéndose con ternura cautivadora sobre sus labios. Podía tener el aspecto y los modales de un bárbaro de la Highlands, pero besaba como un príncipe. Rozó los labios de Emma con suma delicadeza, conocedor de la presión precisa que debía aplicar para inducirle a bajar la guardia y permitirle introducir la lengua.

Emma había sentido escalofríos sólo de pensar en el primer beso real que recibiría de los labios secos, agrietados, del conde. Pero el estremecimiento que danzaba ahora sobre su piel, mientras permitía que aquel desconocido lamiera su boca a fondo, era bien diferente. Nunca había soñado con permitir a Lysander tomarse unas libertades tan escandalosas, ni siquiera cuando todos sus pensamientos estaban centrados en él y en el futuro que creía que iban a compartir juntos, lleno de castos besos y largos paseos por los prados soleados, dedicados a comentar los libros que a ambos les gustaban.

No había nada casto en este beso. Mientras la lengua de Jamie hacía travesuras, ella apoyó las palmas una vez más en su musculoso pecho liso y duro, sintiendo un hormigueo cuando pasaron sobre los pezones endurecidos de él. Por lo visto no había huido demasiado rápido, ni demasiado lejos. Al final las sombras la habían alcanzado. Mientras aquella oscuridad seductora la envolvía, perdió por completo la necesidad de escaparse, pues su cuerpo sucumbía a una languidez deliciosa que hacía imposible otra cosa que no fuera balancearse suavemente en la cuna de los brazos de este hombre.

Sintió que regresaba exactamente a la estrecha repisa y que se encontraba a punto de sufrir una caída que podría destrozarle no sólo los huesos sino el corazón.

Tal vez hubiera sido capaz de aferrare a una brizna deshebrada de amor propio si él no se hubiera apartado primero. O si ella no hubiera tenido que contener la necesidad imperiosa de tirar de él para otra nueva cata de su boca exquisita.

Jamie bajó la mirada, con sus pestañas espesas, negrísimas, velando unos ojos casi tan cautelosos como los suyos. Si lo que pretendía era darle a saborear lo que iba a perderse en cuanto se casara con el conde, lo había conseguido con creces. Y si besarla era su manera de castigarla por tanta desobediencia, entonces ella le había subestimado. Era mucho más diabólico y peligroso de lo que se temía.

Un suspiro entrecortado escapó de los labios estremecidos de Emma. Se obligó a mantener su mirada, muy consiente de que tenía todavía las palmas de las manos apoyadas suavemente en su pecho.

—¿Esto ha sido mi castigo por escaparme? —susurró.

—No —contestó, con un gesto serio en el mentón que le daba un aspecto todavía más cruel—. Ha sido *mi* castigo por ser lo bastante necio como para perseguirte.

Antes de intentar dar sentido a sus palabras, él ya la había cogido por la muñeca y empezaba a tirar de ella para apartarla del precipicio.

—¿Ha olvidado las cadenas o la cuerda? —preguntó Emma, mientras la perplejidad daba paso al enfado al verse obligada a dar dos pasos por cada una de sus zancadas largas y autoritarias—. Estoy segura de que ya ha robado su cupo de ganado por hoy. Me sorprende que no intente estamparme el hierro de marcar como a alguna vaquilla u oveja descarriada que se ha alejado demasiado de su pasto.

—No me tientes —gruñó.

—¿Ni siquiera ha pensado en la angustia que esto supone para mi familia? ¡Caramba, mi madre y mis hermanas habrán enfermado de preocupación para ahora! ¿Y qué hay de mi padre? ¿Y si esto le empuja de nuevo a la bebida?

—A tu queridísima familia no le importó venderte al conde. Estoy seguro de que no le importará que te tome prestada unos días.

Emma notaba su frustración en aumento, y también su mal genio.

—Si no me deja marchar, volveré a fugarme. ¡No voy a permitir que una ridícula contienda de las Highlands destruya mi familia!

Jamie se detuvo con tal brusquedad que ella casi chocó con su espalda. Se giró en redondo para mirarla a la cara con expresión fiera. Durante un momento de ansiedad, Emma pensó que iba a besarla o hacer algo peor todavía. Pero se limitó a inclinarse casi hasta tocarle la nariz.

—No sabes nada de la gente de las Highlands y sus contiendas, muchacha. Tal vez consideres que el deber para con tu familia sea escapar, pero yo considero un deber para con mi clan detenerte. Tal vez quieras pensarlo largo y tendido antes de lanzarte por parajes deshabitados. —La recorrió con la mirada con tal familiaridad y audacia que Emma sintió otro estremecimiento—. Porque si vuelves a intentar fugarte, tal vez decida sencillamente que tu virginidad tiene más valor para mí que para el conde.

Sujetándola aún por la muñeca, reanudó su marcha implacable, dejándola sin otra opción que seguirle dando traspiés o a rastras. No lo podía haber dejado más claro, había delimitado bien el frente de batalla. Si Emma decidía traspasarlo, lo haría bajo su cuenta y riesgo.

Jamie continuó marchando, esforzándose por hacer caso omiso de sus remordimientos. Emma le había dado pocas opciones aparte de amenazarla con lo peor. Había sido un milagro rescatarla de la repisa instantes antes de que se desplomara por la garganta. Si intentaba escaparse de nuevo, tal vez no llegara a tiempo de salvarla de alguna torpe caída por un barranco o del ataque de un gato montés. Se le heló la sangre sólo de imaginar la visión que le habría esperado si hubiera llegado al barranco escasos minutos después.

Tiró de su mano con impaciencia, si no aceleraba el paso no tardaría en tener que arrastrar su peso muerto montaña arriba, truncando toda esperanza de volver al campamento y conseguir unas poquísimas horas de sueño antes de la salida del sol.

Cuando Emma chocó una vez más contra su espalda, casi haciéndoles perder el equilibrio a ambos, él se dio media vuelta con una exasperación próxima a la ira.

—Maldición, mujer, si no te recoges las...

Una sola mirada sirvió para darse cuenta de que Emma no intentaba aminorar la marcha a posta. Se balanceaba de pie con los ojos medio cerrados. Mientras Jamie la miraba, sus rodillas empezaron a ceder.

Maldiciéndose por ser tan burro, se adelantó para sujetarla antes de que cayera al suelo. Cuando la cogió en brazos como si fuera una niñita, sólo se ganó un murmullo apagado de protesta, y supo que estaba agotada por completo y que no intentaba irritarle para aminorar la marcha. Sus ojos se habían cerrado, y las pecas quedaban resaltadas contra sus mejillas pálidas. Estaba claro que Emma no podía continuar, ni a pie ni en sus brazos. No le quedaba otra opción que improvisar un campamento para pasar la noche.

Con esfuerzo concienzudo, apoyó su forma exhausta contra un

tronco caído, luego se puso a recoger madera suficiente para hacer un fuego. Aparte de los densos matorrales de álamo temblón y otras plantas de hoja perenne, no había cobijo en estas laderas bajas de la montaña, ni siquiera un granero abandonado o la cabaña de un campesino. Empleó la yesca de acero que siempre llevaba con él para encender una llama remolona con una maraña de maleza, luego se volvió y encontró a Emma todavía hecha un ovillo contra el tronco, con los ojos cerrados: era obvio que tenía demasiado frío, estaba demasiado agotada y desconsolada, como para hacer nada más. Su bonito traje de novia empezaba a recordar una tela de araña hecha jirones; las suelas de sus pantuflas estaban gastadas en algunos puntos y dejaban al descubierto los delgados pies ensangrentados y arañados.

No podía decirse que una mujer mereciera un día de boda así, o mejor dicho una noche de bodas así. La muchacha se había quedado inmóvil por completo, a excepción del suave movimiento ascendente y descendente de su pecho, un detalle que inquietó a Jamie más que si siguiera tiritando de modo incontrolable. Un débil matiz azulado teñía sus labios, los mismos que habían florecido reanimados bajo los suyos apenas hacía un rato, invitándole a explorar el calor sedoso de su boca.

Mientras una oleada de deseo traicionero recorría su cuerpo, Jamie se pasó una mano por el pelo, detestando sentirse así de impotente. Estaba acostumbrado a cuidar de sus hombres, pero eran un grupo fuerte, tan resistente como un rebaño de ovejas montañesas. No necesitaban que les protegieran o les mimaran, sólo que les arriaran.

Jamie había salido tras ella sin abrigo ni manto. Lo único que tenía para calentarla era el fuego y el calor de su propio cuerpo. Pero después de haber sido tan necio como para saborear sus labios, lo último que quería —o necesitaba— era acostarse con la novia de Hepburn para pasar la noche.

Capítulo 8

*E*mma se despertó poco a poco y se encontró envuelta en un capullo delicioso de calor. Estaba acostumbrada a despertarse con los pies fríos de Ernestine pegados a sus pantorrillas o el codo puntiagudo de Edwina clavado en las costillas. Esto era más parecido a estar envuelta en su manta favorita junto a un fuego acogedor un día de nieve en pleno invierno.

Si esto era un sueño, no tenía ganas de despertar. Bostezó y meneó la espalda, acurrucándose más en la fuente de este calor sugerente.

Oyó un gruñido afligido cerca de su oído. Algo duro presionaba con persistencia y obstinación su blando trasero, sacándola de su estupor perezoso.

Abrió de golpe los ojos. Su corazón latió a ritmo irregular. No era una almohada lo que protegía su cabeza del duro suelo, sino el brazo de un hombre: musculoso y ligeramente bronceado por el contacto del sol. Intentando no moverse ni respirar, bajó la mirada poco a poco. Otro brazo de las mismas característica le rodeaba la cintura con gesto posesivo.

Mientras el sueño se convertía en pesadilla, Emma intentó apartarse y tomó aliento para gritar. Una mano le tapó la boca, apagando el sonido antes de que saliera. El brazo que rodeaba su cintura la estrechó con más fuerza, obligándola a retroceder contra el cuerpo implacable de su atacante.

Debía de haber estado despierto todo el rato, esperando justo este momento.

La dominó un estremecimiento de impotencia cuando el susurro ronco de Jamie Sinclair inundó su oído como un cálido trago de whisky.

—Silencio, muchacha. No voy a hacerte daño.

Emma se quedó rígida como un tablón.

—Ni a violarte —añadió el escocés, una octava por debajo de su tono habitual, aunque pareciera imposible.

Emma cerró los ojos con fuerza, con sus mejillas ardiendo. Nunca había oído una palabra tan escandalosa en labios de un hombre. En su lugar de origen, las mujeres no eran violadas. Se comprometían en matrimonio. O arruinaban su reputación. O eran lo bastante necias como para permitir que un caballero se tomara demasiadas libertades, o lo bastante despreocupadas como para ir por el mal camino. Fuera cual fuera el destino terrible que les esperara, siempre se sobreentendía de algún modo que ellas se habían buscado su propia destrucción.

Al notarla paralizada en sus brazos, Jamie comprendió que su promesa sonaba poco creíble, con aquella erección dura como una roca presionando contra su trasero.

Su suspiro atribulado provocó un cosquilleo en los pelillos de detrás de la oreja de Emma.

—Sé que no sabes mucho de los hombres y sus maneras, pero a menudo se encuentran en este estado cuando se despiertan. No tiene nada que ver contigo.

Ni siquiera Jamie sonaba convencido del todo. Por raro que pareciera, fue la nota tensa en su voz lo que dio confianza a Emma para fiarse de él. Cuando se relajó poco a poco, al abrigo de su cuerpo, el escocés retiró la mano de su boca.

Tenía razón. Había crecido con su madre, tres hermanas y un padre ausente la mayor parte del tiempo en los últimos años. Sabía bien poco de los hombres y sus costumbres, y lo que sabía se volvía cada vez más desconcertante.

Después de un incómodo momento de silencio, su curiosidad venció el miedo. Preguntó en un susurró:

—¿Duele?

Jamie consideró su pregunta antes de responder en voz baja:

—En este momento, creo que prefiero una bala entre los ojos.

—Si me tiendes la pistola, podríamos arreglarlo.

Emma habría jurado casi oír una risita traviesa. Mientras se retorcía con cuidado para volverse a él, Jamie desplazó la mano desde la cintura para apoyarla suavemente en su cadera, como si fuera el lugar que le correspondía. Ella le miró bajo la luz aún velada del amanecer. La sombra de la barba del mentón se había oscurecido durante la noche, dotando a Jamie del rostro delgado y duro de un pirata.

En verdad era un hombre de belleza poco común. Para ser un vulgar rufián. Incapaz de detener el giro de sus pensamientos, se encontró preguntándose qué se sentiría al despertar en brazos de un hombre así cada mañana.

Y dormir en sus brazos cada noche.

Sus siguientes palabras la devolvieron a la realidad de aquel amanecer frío y húmedo:

—Anoche estabas medio congelada y a punto de desmayarte de agotamiento. No tuve otra opción que hacer un fuego e improvisar un campamento para pasar la noche.

—Qué considerado de su parte —respondió en un tono tenso que implicaba lo contrario—. Supongo que no tuvo otra opción que abrazarme también.

Los ojos del escocés se oscurecieron.

—Pensaba que ya había dejado claro anoche que no deberías tener miedo en ese aspecto mientras no intentes escapar de nuevo.

Si sus palabras fueran ciertas, ¿por qué el contacto con él le hacía sentir que podía temer cualquier cosa y perderlo todo?

—Prometió no hacerme daño mientras el conde le diera lo que pide. Pero ¿y si se niega? —preguntó, consciente de que era un error.

La única respuesta de Jamie fue un endurecimiento de su expresión y un destello en sus ojos de algo que podría ser arrepentimiento.

Para cuando llegaron al campamento, los hombres de Sinclair justo empezaban a salir de sus petates y a dar vueltas por el lugar. Algunos se rascaban las barrigas o las cabezas mientras otros iban medio dormidos hacia la protección de los árboles para darse alivio. Emma se demoró en el extremo del bosque y se quedó observando aquella representación despeinada e incompetente con una mezcla perpleja de diversión y horror. No sabía si reírse o taparse los ojos con la mano. Incluso en los momentos de mayor depravación, su papá se presentaba siempre a desayunar bien peinado. Aunque tuviera la cartera vacía y los ojos inyectados en sangre por los estragos de haber bebido demasiada ginebra la noche anterior, siempre llevaba el chaleco planchado y el corbatín bien anudado.

Dada la cantidad de whisky que había visto beber a estos hombres la noche previa, le maravillaba que consiguieran moverse antes del mediodía.

Un muchacho desgarbado, con una despeinada mata de pelo color azafrán, se detuvo en medio de un bostezo para dirigir una mirada curiosa en su dirección. Emma se agarró al codo de Jamie, sintiendo una oleada repentina de mortificación.

—¿Y mi reputación? Si sus hombres nos ven regresar juntos del bosque, ¿no se imaginaran lo peor?

—Podrían hacerlo —admitió Jamie, y una mirada pensativa apareciendo en sus ojos—. Pero sólo si les dejamos.

—No entiendo. ¿Cómo lo impediremos?

Se encogió de hombros.

—¿Qué mejor manera de proteger tu reputación que ofrecerte la oportunidad de defenderla?

—¿De qué?

—De esto —respondió mostrando su blanca dentadura mientras esbozaba una sonrisa perezosa que aceleró el pulso de Emma de forma descontrolada. Antes de que pudiera seguir su consejo, Jamie le rodeó la cintura con un brazo y la reclinó hacia atrás sobre el otro, tomando posesión de su boca con sus labios, con un hambre lasciva que la dejó sin aliento.

A pesar de la bruma de consternación y anhelo, Emma tuvo que reconocer que era exactamente el tipo de beso que un bandido podría dar a una dama a la que acababa de secuestrar. El tipo de beso que un pirata podría dar a una damisela en los labios antes de obligarla a pasear la tabla. El tipo de beso que el Señor de El Averno podría lanzar a Perséfone antes de llevársela a su guarida e introducirla a deleites más siniestros y más irresistibles.

Cuando le permitió recuperar el aliento, estaba casi a punto de olvidarse por completo de la presencia de sus hombres. Incluso de su propio nombre.

—Pégame —masculló él contra sus labios.

—¿Perdón? —dijo con un resuello.

—Pégame —repitió—. Y que parezca convincente.

Mientras él se apartaba un poco, con una sonrisa petulante curvando sus labios, Emma sólo quería cogerle por las orejas para pegar de nuevo su boca a la suya.

En vez de eso, echó hacia atrás el brazo y le pegó un puñetazo en la mandíbula lo bastante fuerte como para que se tambaleara.

Emma medio esperaba que él rompiera entonces la promesa de no hacerle daño y le soltara un tremendo puñetazo que la dejara insensible. Pero se limitó a torcer una ceja, con expresión de desconcierto, y a frotarse con cautela el mentón.

La voz de Emma se elevó con una nota estridente, calculada para alcanzar los oídos de toda la concurrencia.

—No sé que le hace pensar que quiero besar a una bestia como usted. ¡Caramba, apostaría a que los escoceses tratan el ganado con más respeto que a sus mujeres! —Se volvió un poco para que los hombros poderosos de Jamie bloquearan la visión a sus hombres y así poder sonreír y añadir *sotto voce*—. ¿Ha sido... lo bastante convincente?

El destello socarrón en los ojos del escocés se intensificó poco a poco, hasta convertirse en un brillo de admiración.

—Una bofetada femenina habría sido suficiente —respondió entre dientes. Se inclinó hacia ella de modo amenazador y dijo con voz retumbante—: Quiero hacerte saber que nuestras ovejas no requieren besos cuando las cortejamos. Una simple palmadita en el lomo es suficiente por regla general.

Se oyó la risotada atragantada de uno de sus hombres. Habían dejado de fingir que se rascaban o que orinaban y ahora miraban boquiabiertos y con ojos desorbitados, pegando el oído a la conversación.

Emma, brazos en jarra, empezaba a meterse en el papel. En épocas más felices, ella y sus hermanas habían montado pantomimas y hacían teatro para sus padres cada año por Navidad. Con once años, había hecho una Kate muy convincente en *La fierecilla domada*, con una ceceante Ernestine enfrente, haciendo de Petruchio.

—¡Tal vez sus rudos intentos de festejos resulten irresistibles para sus ovejas, señor, pero le agradeceré que aparte sus apestosas garras Sinclair de mí!

Él le dedicó una mirada lasciva.

—Te sorprenderá saber que no suelo recibir quejas de las damas cuando les pongo mis apestosas garras Sinclair encima.

—¿Damas? ¡Ja! No puede decirse que las camareras y cuidadoras de ocas lleguen a la categoría de damas, sobre todo cuando tiene que pagarles con monedas robadas para procurar su colaboración. ¡Una dama de verdad nunca recibiría con beneplácito las proposiciones de un bárbaro salvaje, ladrón de novias, como usted!

Jamie alargó la mano para alisarle un rizo caído sobre la mejilla y rozó con sus dedos la piel fingiendo una caricia.

—Puedes protestar cuanto quieras, mocita, pero sólo intentaba darte a saborear lo que quiere toda mujer, dama o no. Algo que ese viejo novio marchito tuyo nunca podrá hacer.

Gracias a la pizca de verdad en sus palabras, Emma tuvo que hacer un esfuerzo para mostrarse indignada en vez de angustiada cuando él se dio media vuelta para alejarse de ella, con aquel movimiento arrogante, natural en sus delgadas caderas. Mientras sus hombres apartaban la mirada y reanudaban a toda prisa sus actividades, ella se tocó los labios con dedos temblorosos, preguntándose si mientras defendía su reputación, no había arriesgado algo aún más vulnerable.

Capítulo 9

*P*ara gran alivio de Emma, Jamie permitió que el chico desgarbado del pelo color azafrán hiciera guardia mientras ella realizaba su aseo matinal en la orilla de un arroyo próximo. Tras la profunda conmoción que había provocado lo que sólo pretendía ser un beso falso, dudaba que fuera a encontrar el coraje suficiente para desnudarse si Jamie se encontraba en las cercanías.

Las últimas nubes se habían dispersado durante la noche, dejando el cielo de un deslumbrante tono añil. Aunque el aire seguía fresco, unos rayos de sol relucientes perforaban las ramas de los delgados abedules que crecían a lo largo de las orillas del arroyo, y sus rayos cálidos liberaban el olor de la tierra llena de brotes. Emma no pudo resistirse a dar una buena bocanada de aquel aire vigorizante. Casi podías creer que la primavera estaba próxima, que iba a llegar incluso a estos climas severos e invernales.

Tras ocuparse de sus necesidades más apremiantes, se arrodilló al lado del arroyo y se roció la cara con abundante agua helada. Ansiosa por despojarse de los jirones de lo que había sido en otro momento su traje de novia, se puso en pie y lanzó una mirada furtiva por encima del hombro. El chico, tras dejarle una pila de prendas en un tocón próximo, se había retirado y se mantenía en posición firme en el extremo de los pinos, de espaldas a ella.

—¿No vas a mirar, verdad que no? —le preguntó en voz alta.

—Oh, no, milady —la tranquilizó, tragando saliva con nerviosismo audible a pesar del borboteo del arroyo—. Jamie ha dicho que si me pilla mirando me arranca el pellejo, eso ha dicho.

Emma frunció el ceño.

—¿Te amenaza a menudo con arrancarte el pellejo?

—No, a menos que me lo merezca —contestó mientras ella buscaba a tientas la hilera interminable de botones de nácar de la espalda que aguantaban el corpiño. Habría sido mucho más práctico que Jamie hubiera secuestrado también a su doncella.

Tras una batalla breve y bastante inútil, metió los dedos entre los botones y estiró. La cara seda cedió por las costuras y los botones saltaron en todas direcciones. Sintió un cosquilleo traicionero de satisfacción, tras lo cual notó una profunda punzada de culpabilidad. Seguramente el conde había pagado una fortuna por el vestido. Había insistido en proporcionarle un ajuar completo diseñado por la modista francesa más elegante de Londres. Sus hermanas también se habían beneficiado de su generosidad. Un baúl a reventar de vestidos nuevos, pantuflas y sombreros había llegado a la casa solariega justo a tiempo para el viaje a las Highlands. La casa se llenó de chillidos de alegría mientras las chicas daban brincos delante del polvoriento espejo cheval del dormitorio de su madre y lanzaban los sombreros por el aire de un lado a otro mientras cada una decidía qué estilo era el que favorecía más a su tez y color de pelo.

Emma sabía que debería estar absolutamente avergonzada por lo poco que había pensado en su novio desde que la habían separado de sus brazos. Dudaba que su frágil corazón pudiera aguantar demasiados sobresaltos antes de detenerse por completo. Jamie Sinclair podría intentar ponerla en contra del conde con sus medias verdades y odio irracional, pero ella haría bien en recordar dónde estaban sus lealtades.

Se desprendió de la ballena incorporada al corpiño como si escapara de una jaula, masajeando los moratones que había dejado el material rígido de barba de ballena en su tierna piel.

—Pareces demasiado joven para andar por ahí con una banda de forajidos —comentó a su acompañante mientras se movía para investigar la pila de prendas colocadas sobre el tocón. Jamie le había dado una túnica de manga larga y un par de pantalones que sin duda servirían para crear unos bombachos que quedarían bajo la falda. Si hubiera alguna falda.

—Oh, ya soy mayor, milady. Cumpliré catorce cuando llegue el verano.

La misma edad que Edwina, que todavía dormía con su querida y maltrecha muñeca de trapo bajo la barbilla.

Con el ceño fruncido, Emma se puso la túnica. La gastada gamuza le llegaba hasta la mitad del muslo. El tejido era tan suave que parecía terciopelo contra la piel, aún así era lo bastante resistente como para protegerla del penetrante viento.

—¿Y cómo acabaste con gente tan variopinta? ¿Te secuestró Sinclair también?

—Sí, milady. Me liberó de la mazmorra del guardabosque de Hepburn justo antes de que el hombre bajara el hacha y me cortara la mano derecha.

Emma se dio media vuelta y sujetó los pantalones contra su pecho. Fiel a su palabra, el chico seguía en posición firme, mirando en dirección contraria, tan incondicional como cualquier soldado a las órdenes del oficial al mando.

Debió de oír su jadeo porque continuó hablando, con tono práctico, casi disculpándose.

—Me cogieron cazando unas liebres en tierras del conde, mire usted. Había sido un invierno largo y la escarlatina se había llevado a mi mamá y a mi papá. Tenía el estómago terriblemente vacío, pero de cualquier modo fue culpa mía. Todo el mundo sabe cuál es el castigo por robar, y yo ya tenía casi nueve años, lo bastante mayor para saber lo que estaba a punto de hacer.

Embargada por el horror, Emma se tapó la boca con una mano. ¿Qué clase de monstruo ordenaría a su criado cortar la mano a un niño por robar un conejo? Seguro que un noble civilizado no aprobaría una atrocidad así. Tal vez el conde estaba pasando el invierno en su casa de Londres y el guardabosque decidió imponer un castigo tan duro y terrible sin su conocimiento.

—¿Qué pasó con el guardabosque? —preguntó, lamentando haber hecho la pregunta en el momento en que salió de sus labios.

No le hizo falta ver la cara al chico. Pudo oír la sonrisa en su voz.

—El conde tuvo que contratar uno nuevo.

Emma se volvió despacio, clavando los dedos en el tejido flexible de los pantalones. Sólo quería sentir desprecio y disgusto por Jamie, pero lo único que veía en su mente era un hacha levantada, reluciente bajo la luz del sol, y la carita delgada y sucia del chico, blanca de terror.

Intentando sacudirse la impresión inquietante que se había apoderado de ella con la historia del joven, se metió los pantalones. Una vez se enrolló hacia arriba los dobladillos para no arrastrarlos por el suelo, le quedaban casi a la perfección. Jamie debía de haber confiscado la prenda a uno de sus hombres de menor tamaño. Su ropa le habría sobrado por todas partes.

Emma miró su propia espalda y se maravilló de la manera sensual en que la gamuza se ceñía a sus curvas. Una sonrisa curvó sus labios al imaginarse a su madre desmayándose al verla con este atuendo. Allí en Lancashire, una miradita a un tobillo femenino era suficiente para provocar un escándalo que podía perdurar durante generaciones. Vaya, Dolly Strothers y Meriweather Dillingham se habían visto obligados a casarse después de que ella tropezara al bajar de un carruaje y enseñara sin darse cuenta la liga de encima de la rodilla al sonrojado joven auxiliar del vicario.

Su madre había preferido hacer la vista gorda cada vez que Emma salía a hurtadillas de la casa más de una fría mañana de invierno vestida con la pelliza de cazar de su padre y un par de pantalones que le iban grandes. Cuando un urogallo o una liebre recién asados aparecían en la mesa de la cena, después de una semana sin carne, su madre simplemente bajaba la cabeza y daba las gracias al Señor por sus benevolentes atenciones, pasando por alto el hecho de que su hija mayor se había levantado antes del amanecer para ayudar al Señor con el trabajo.

Emma sintió un gran alivio al encontrar un par de resistentes botas de cuero que le permitirían reemplazar las destrozadas pantuflas de cabritilla. Le hubieran ido tres tallas grandes a no ser por el par de gruesos calcetines de lana que las acompañaban.

Estaba a punto de decir al chico que podía darse la vuelta sin arriesgar el pellejo cuando se percató de que uno de los donativos de Jamie seguía todavía doblado sobre el tocón.

Era una delgada tira de cuero curtido, con la longitud perfecta para recogerse el pelo hacia atrás e impedir que le volara con el viento. Desconcertada por aquel pequeño detalle, Emma intentó desenredarse el pelo con los dedos antes de usar la tira para hacerse una pesada coleta de rizos en la nuca. No era exactamente un cinta de satén, elegida en el escaparate de alguna mercería de Bond Street, pero por el momento ningún otro regalo podía ser más práctico o valioso.

Sin docenas de horquillas presionando su tierno cuero cabelludo, notó un claro entusiasmo. Un entusiasmo ridículo, pues se sentía casi tan joven y despreocupada como de niña, cuando ella y sus hermanas pasaban el día en el jardín de su casa de campo desde el amanecer al anochecer como un cuarteto de cachorritos.

Pero cuando se dio media vuelta, su joven guardián esperaba, como crudo recordatorio de que no estaba libre sino cautiva de un hombre peligroso, un hombre dispuesto a recurrir al hurto, al secuestro e incluso al asesinato para conseguir lo que quería.

Los Sinclair siempre habían sido conocidos por tres cosas: su vivo ingenio, su vivo genio... y sus vivos puños. En verdad, ese genio tan vivo tenía que ver con una larga mecha que iba creciendo de longitud durante días —o tal vez décadas— antes de explotar, como todo el mundo sabía, derribando todos los muros del castillo y arrasando bosques enteros. Tal vez no te gritaran cuando les enojabas, pero eran capaces de aguardar el momento oportuno, aguardar a que llegara la oportunidad de cortarte en pedazos y enterrarte en quince tumbas diferentes.

Mientras Jamie iba de un lado a otro junto a los caballos, esperando a que Graeme regresara con Emma, oía ya el sonido zumbante de la mecha en sus oídos: grave pero tan ineludible como el suspiro del viento entre los pinos. Y ése era el motivo exacto de que, después de que hubiera pasado casi media hora, sus hombres dejaran de dirigirle miradas nerviosas y pusieran su atención en sacar brillo a las perillas ya relucientes de sus sillas y en comprobar las cinchas que se habían ajustado media docena de veces o más.

Jamie sabía que seguían perplejos por la escena anterior protagonizada por él y Emma. No es que tuviera por costumbre imponer sus atenciones —o besos— a ninguna mujer, escocesa o inglesa. Cuando dejó de dirigir miradas fulminantes hacia el arroyo el suficiente rato como para fijarse en su primo Bon, éste le saludó meneando los dedos y le lanzó un beso burlón.

En vez de estrangular a Bon con sus manos, Jamie se fue a comprobar la brida de su caballo. Ya habían perdido demasiado tiempo en este lugar. Tenían que llegar a las zonas altas de la montaña por si no había calculado bien y Hepburn decidiera enviar a sus hombres tras ellos antes de que le entregaran su petición de rescate.

Empezaba a temer que Emma se hubiera librado de Graeme de una pedrada en la cabeza y que para entonces estuviera descendiendo dando saltos de alegría, por la ladera de la montaña, cuando reapareció en el extremo del claro con el muchacho siguiéndola varios pasos por detrás, con actitud respetuosa.

A Jamie se le escaparon las riendas, sus dedos de repente parecieron no responder. La primera vez que vio a la novia de Hepburn, de pie ante el altar de la abadía, estaba tan pálida y descorazonada como un cordero que va al matadero. Había supuesto que era el temor lo que había dejado sus mejillas pálidas, con aspecto de ir envuelta en una mortaja en vez de un traje de novia.

Pero en estos momentos ella regresaba al claro como la más audaz de las mujeres. La fresca brisa había sonrosado sus mejillas y encendido una chispa en sus oscuros ojos azules. Su piel clara, salpicada de una capa de pecas cobrizas, parecía brillar bajo la caricia del sol. Pese a las bastas botas de cuero lastrando sus pies delgados, había un brío decidido en su paso.

Por el rabillo del ojo, Jamie vio a Bon boquiabierto. Su primo no tenía idea de que Jamie le había cogido las prendas de la alforja mientras orinaba en el bosque. Hasta Bon tendría que admitir que aquellas ropas le quedaban a Emma muchísimo mejor que a él. Se adaptaban a su gracia ágil, como si fuera un duendecillo del bosque recién salido de un árbol hueco después de una siesta de cien años.

Mientras se acercaba, la mirada de Jamie se desvió a la ternura rosa de los pétalos de sus labios. Labios que se habían derretido ya en dos ocasiones bajo los suyos, con un entusiasmo que él no había previsto, proporcionándole un sabor tentador de inocencia y un anhelo que reverberaba en los ojos de Emma cada vez que lo miraba. El cuerpo de Jamie aún se resentía del recuerdo. Hacía mucho que no había besado a una mujer esperando —o recibiendo— algo más.

Mientras ella se acercaba, el escocés domino sus facciones hasta ponerse una máscara de indiferencia.

—Supongo que debería darle las gracias por la cinta, señor —dijo—. El viento había zarandeado mi cabello hasta enredarlo del todo.

—No era mi intención que pareciera un regalo para milady —dijo con un tono deliberado de burla—. Sólo esperaba que si alguien nos descubre en la carretera, la tome por un muchacho.

Alguien lo bastante loco. O ciego.

—¿Qué carretera? —preguntó con clara indirecta, mirando a la vegetación que les rodaba como si él se hubiera vuelto idiota.

Sin tomar en cuenta la pregunta, Jamie cogió las riendas del caballo, montó y le ofreció una mano.

Ella dio un paso atrás con cautela, era obvio que temiendo que de nuevo la echara boca abajo sobre su regazo como había hecho en la abadía.

—Si me das la mano, muchacha, —dijo Jamie— podrás subir y montar detrás de mí.

Con aspecto aún receloso, Emma se acercó un poco más. El caballo, percibiendo su nerviosismo, se agitó y dio unos pasitos de lado, lo cual provocó que Emma volviera a retroceder.

Jamie soltó un suspiro de resignación. Imaginó que no podía culparla por recelar un poco de los dos.

—Prometo que no dejaré que te pisotee el caballo. Ni que te coma —la tranquilizó Jamie, volviendo a ofrecer su mano. Sin dejar de observarle con desconfianza mal disimulada, ella alargó el brazo. Era la primera vez que el escocés prestaba atención a sus manos bajo la luz implacable del día.

No eran las manos suaves y blancas como azucenas propias de una dama, sino que estaban un poco agrietadas. No parecían unas manos dedicadas todo el tiempo a actividades refinadas, como practicar al piano o pintar acuarelas. Cuando dio la vuelta a esa mano y pasó la base del pulgar por esa palma ligeramente callosa, ella intentó retirarla, pero el escocés se negó a soltarla.

Emma le dedicó una mirada hostil.

—No hace falta que se compadezca de mí por haber tenido que cortar un poco de leña o fregar unas cuantas cazuelas y platos en mi vida. Estoy segura de que no es nada comparado con las penurias severas que las mujeres Sinclair habrán tenido que soportar durante siglos: talar árboles, lanzar troncos, ayudar a alumbrar rebaños enteros de ovejas con sus manos desnudas.

A Jamie se le escapó una risa sin querer.

—Por lo que me ha contado mi vieja niñera Mags, mi madre no distinguía una oveja de otra. Mi abuelo tenía devoción por ella, estaba un poco malcriada.

El ceño de Emma se suavizó.

—¿Murió joven?

—Sí —respondió, y su sonrisa también se evaporó— Demasiado joven.

Antes de que hiciera más preguntas, Jamie tiró de su mano, apremiándola a levantarse del suelo y subirse a la silla tras él.

Mientras espoleaba el caballo para ponerse en marcha, Emma se vio obligada a rodearle la cintura con los brazos y agarrarse bien. Sin un corsé de sujeción bajo la gamuza floja, sus pequeños pechos,se apretaban contra la espalda del jinete.

Jamie apretó los dientes y cambió de posición en la silla mientras su cuerpo respondía de un modo que iba a hacer que cualquier cabalgada de más de diez pasos resultara una prueba infernal.

Emma se relajó un poco y dejó de agarrarse con tanta fuerza cuando empezaron a seguir un sendero sinuoso por el bosque, acompañados del arpegio etéreo del canto de unos pájaros. El rugido perpetuo del viento se había calmado hasta quedar en un susurro tranquilo que transportaba en su aliento fragante la promesa juguetona de la primavera. La luz del sol se proyectaba oblicua a través de las ramas plateadas de los abedules, haciendo brillar las motas de polen que bailaban perezosas a través del aire como copos de oro en polvo.

Aunque verse arrastrada por una banda de forajidos hoscos por la escarpada tierra escocesa no le alegraba más que el día anterior, a Emma casi le resultaba imposible no reanimarse con el sol. La belleza del día hacía más fácil engañarse pensando que sólo se había embarcado en una gran aventura, tal vez la última antes de entregarse a la labor de esposa consciente de sus deberes y darle hijos al conde. Un escalofrío recorrió su columna, como si una nube perdida hubiera pasado por encima del sol.

Por escandaloso que pudiera resultar su atuendo, tenía que admitir que había algo estimulante en cabalgar como un hombre. Tenía poca experiencia a lomos de un caballo después de que la mala suerte de su padre en las mesas de juego hubiera vaciado sus establos. Durante su temporada en Londres había vivido en casa de su tía y se había visto obligada a cabalgar por Hyde Park cada tarde para que ella y su prima Clara se lucieran ante los posibles pretendientes. Era casi imposible disfrutar de aquellos paseos o de los fantásticos días de primavera mientras te agarrabas con desesperación a la perilla de la silla y rogabas para que el viento no te levantara las faldas y las volara sobre tu cara.

Montar a horcajadas permitía sentir cada movimiento fluido y ondulante del caballo entre los muslos. No tenías que preocuparte por caerte ante un grupo de debutantes risueños o por asustar por accidente al caballo con el llamativo penacho de plumas de avestruz pegado al ala enorme del sombrero que te habían prestado. Así acomodada sobre aquellos amplios lomos, como una reina conquistadora de otros tiempos, era casi posible fingir que el magnífico semental estaba bajo su control.

Por desgracia, el semental no sufría el mismo engaño. Sabía con exactitud quién era el amo. En el segundo en que llegaron a una extensión abierta de brezal y Jamie clavó los talones en los costados brillantes y lacios del corcel, el animal se lanzó como si tuviera alas. Emma se agarró mejor a la cintura de Jamie y enterró la cara en su amplia espalda, rezando en silencio para no salir volando y no acabar convertida en polvo bajo los cascos de los caballos de sus hombres.

Al menos Jamie llevaba hoy una camisa bajo el chaleco de cuero. Si no, se habría visto obligada a enlazar sus manos sobre los contornos lisos y cálidos de su abdomen desnudo. Aun así, sentía el movimiento tentador de los músculos bien formados bajo la batista gastada de la prenda.

Sólo cuando la montura aminoró el paso, se atrevió a levantar la cabeza y abrir los ojos. Soltó un resuello sibilante de pánico, casi deseando haberlos mantenido cerrados. El caballo avanzaba con cuidado por una estrecha repisa de roca más apropiada para las pezuñas diestras de una cabra. A su izquierda se elevaba un muro vertical de piedra que se extendía hasta donde alcanzaba la vista y a la derecha había... bueno... nada.

Antes de volver a cerrar los ojos, el miedo quedó eclipsado por la admiración. Aunque los peñascos nevados de Ben Nevis seguían elevándose sobre ellos con esplendor majestuoso, habían ascendido a una altura vertiginosa que les ofrecía una vista imponente de las estribaciones y los brezales que se ondulaban por debajo. Las torres más altas de la fortaleza del conde seguían visibles en la base de las estribaciones, como agujas de algún antiguo castillo de cuento de hadas. Un sólo cernícalo daba vueltas contra un cielo tan brillante y azul que hacía daño a la vista. Pero era imposible apartar la mirada.

—¡Qué vista tan magnífica! —dijo en voz baja, incapaz de contener su asombro—. ¡Caray, es como asomarse al mismísimo paraíso!

La única respuesta de Jamie fue un hosco gruñido.

—¿Y entonces a dónde nos dirigimos en este día de primavera tan deslumbrante?

—Arriba.

Ella le lanzó una mirada asesina:

—Pues yo siempre había oído que los escoceses eran gente obstinada, ansiosos por encontrar una excusa para montar gresca o iniciar una guerra.

Jamie volvió a gruñir, sin molestarse en sacarla de ese error.

—¿Y se puede saber qué fue lo que hicieron los Hepburn para provocar esta reyerta ridícula que os traéis entre manos? —preguntó—. ¿Robaros las ovejas?

—No —contestó cortante—. Nuestro castillo.

Capítulo 10

*E*mma estaba boquiabierta de asombro. Se dio media vuelta sobre el caballo para dirigir otra mirada de admiración a las elevadas alturas de la torre del homenaje del conde, pero descubrió que se había desvanecido bajo una solitaria nube perdida.

—¿Quiere decir que el castillo Hepburn era en otro tiempo...?

—Sí. El castillo Sinclair —concluyó Jamie por ella.

Mientras el estrecho camino se ensanchaba y dejaban atrás el borde del precipicio para salir a un prado con rocas esparcidas, sus palabras despertaron la imaginación de Emma de modo inesperado. Si los vientos del destino hubieran soplado desde otra dirección, podría haber sido Jamie quien llevara a su novia a casa, a los imponentes salones de piedra del castillo. Casi podía verle en pie, alto y orgulloso, ante el altar de la abadía, con una banda a cuadros cubriendo su amplio hombro y los ojos brillantes de orgullo mientras observaba a su novia avanzar por el pasillo hacia sus brazos expectantes.

Podía verle levantándola en un abrazo poderoso y atravesando a buen paso el umbral del dormitorio del torreón, donde generaciones de sus antepasados habían subido a poseer a sus novias. Podía verle tendido tranquilamente sobre las colchas de satén, bajando su boca hasta sus labios, para besarla con ternura pero con pasión, mientras desplazaba las manos sobre la suavidad sedosa de los rizos cobrizos que se derramaban sobre la...

—Longshanks —dijo Jamie entre dientes, sacando a Emma, gracias a Dios, de su alarmante sueño despierta—. El clan Hepburn estableció una alianza con Longshanks, o sea vuestro Eduardo I, a finales del siglo trece cuando intentó coronarse rey de toda Escocia. Los Hepburn le rindieron homenaje, pero el clan Sinclair se negó, por consiguiente los hijos de perra contaron con espadas inglesas para sacarnos de nuestro propio castillo. De no ser porque un puñado de mis antepasados consiguieron escapar por un túnel secreto desde las mazmorras y encaminarse a las alturas de la montaña, el nombre Sinclair habría quedado borrado de la historia de las Highlands y para ahora se habría olvidado.

«Luego durante el Cuarenta y Cinco —continuó, refiriéndose al conflicto que había devastado Escocia y su población de las Highlands menos de un siglo atrás—, los Hepburn se pusieron una vez más del lado de la Corona mientras el clan Sinclair luchaba junto a Bonnie Prince Charlie—. Y añadió refunfuñando—: Nosotros los Sinclair nunca hemos podido resistirnos a una causa de perdedores.

—¿Por lo tanto llevan más de cinco siglos alimentando ese rencor? ¿No cree que es un poco extremo?

La nota de sarcasmo desapareció de su voz.

—Podríamos habernos mostrado más predispuestos a perdonarles por echarnos de nuestro propio castillo si no hubieran intentado aniquilarnos a cada oportunidad desde entonces. Nos vimos obligados a hacer incursiones para llevar comida a la mesa... y a la bocas de nuestros pequeños.

A Emma no se le había ocurrido pensar que Jamie pudiera tener esposa y tal vez incluso niños esperando su regreso en alguna cabaña humilde de granjero en lo alto de esa montaña. La idea le provocó un vacío interior, una extraña sensación.

—¿Por eso hace incursiones? —preguntó escogiendo las palabras con cuidado—. ¿Para dar de comer a su familia?

—Mis hombres son mi familia. Sus clanes juraron lealtad al clan Sinclair, y a su jefe, mucho antes de que ellos nacieran. Tuvieron que pasar la mayor parte de sus vidas ocultos en estas colinas, cazando furtivamente en las tierras del conde mientras él y los de su calaña intentan liquidarlos como si fueran perros. No tienen esposas ni hijos que enciendan la chimenea en casa. Ya puestos, la mayoría de ellos ni siquiera tienen hogares ya que Hepburn se ha asegurado de que no permanezcan nunca el tiempo suficiente en el mismo lugar como para esablecerse. Tal vez carezcan de los modales y refinamiento de tu prometido y de los demás *caballeros* que conoces, pero cualquiera de estos hombres entregaría gustoso su vida por mí si surgiera la necesidad.

Su palabras dieron que pensar a Emma. Nunca había conocido tal grado de lealtad. Ni siquiera en su propia familia.

—¿Y qué hay del abuelo que el conde mencionó en la abadía? ¿Es él el jefe de su clan... el que le ordenó secuestrarme?

La risa de Jamie tenía un tono compungido.

—Si mi abuelo supiera lo que estaba haciendo en ese momento, seguro que intentaría despellejarme vivo. No le hizo mucha gracia que dejara Saint Andrews y regresara a la montaña para quedarme, hace ya cuatro años. Siempre quiso algo diferente para mí. Otra cosa. Sabía que aquí nunca habría nada más aparte de intentar eludir el lazo que Hepburn estaba decidido a echarme al cuello.

—Algo que sería más fácil si dejara de cometer delitos como... oh... no sé... secuestrar a su prometida.

Jamie negó con la cabeza.

—No cambiaría ni un ápice las cosas. Mi cabeza tiene precio desde el día en que nací. Mi vida nunca ha valido más de lo que los Hepburn han querido pagar por ella.

—¿Por qué le desprecia tanto?

Jamie vaciló un momento antes de responder.

—Soy el último descendiente directo de los jefes Sinclair. Si consigue librarse de mí, los Hepburn habrán ganado, y entonces podrá morir feliz.

Emma frunció el ceño, le costaba que la imagen que pintaba Jamie del conde cuadrara con la que ella tenía.

—¿Y qué estudiaba cuando estaba en la universidad? ¿Hurto de Ovejas? ¿Secuestro de Novias?

—Me gustaba más el Pateo a Mininos —respondió arrastrando las palabras—. Pero la clase más satisfactoria era con diferencia Violación de Doncellas que Hacen Demasiadas Preguntas.

Emma cerró la boca de golpe, pero la curiosidad no tardó en superar su cautela.

—Después de un atisbo de lo que el mundo ilustrado tiene que ofrecer, ¿no le resultó difícil volver a ... esto? —preguntó, indicando con un ademán la naturaleza salvaje que les rodeaba.

—No, muchacha, la parte difícil era estar lejos de aquí.

Emma estudió la vista escarpada. Una sola mirada permitía abarcar laderas rocosas, picos cubiertos de nieve, despejadas extensiones de brezales, y el distante destello de peltre de un lago profundo y antiguo. Era una tierra cruel e implacable donde un solo error descuidado podría matarte. Pero no podía negar el eco de anhelo que su belleza salvaje batida por el viento despertaba en su propio corazón.

Suspiró. Las palabras de Jamie sólo servían para aumentar su confusión.

—¿Y quién se supone que es el malo en esta representación? ¿El forajido declarado que me secuestró en mi propia boda a punta de pistola? ¿O el viejecito que sólo ha mostrado generosidad y amabilidad para con mi familia?

—Puedes creer lo que quieras, muchacha. No me importa lo más mínimo.

En cierto sentido, la indiferencia de Jamie la hirió más que cualquiera de sus mofas.

—Bien, si cree que el conde va a ofrecerle el castillo que su familia ha ocupado durante cinco siglos a cambio de mí, me temo que ha sobreestimado tanto mis encantos como su devoción por ellos.

Jamie permaneció tanto rato en silencio que Emma temió que él estuviera imaginando la manera más amable de mostrarse conforme con ella. Cuando habló por fin, su voz sonó todavía más brusca.

—El castillo fue sólo lo primero que los Hepburn nos arrebataron, pero no lo más valioso.

Con eso, espoleó al caballo para que adoptara un medio galope más brioso, que hizo imposible seguir con la conversación.

Ian Hepburn irrumpió en el estudio de su tío abuelo y a continuación se dio la vuelta para cerrar la puerta de golpe tras él. Giró la llave de latón con un movimiento violento y se apartó de la puerta, casi incapaz de resistir el impulso imperioso de poner un mueble para bloquearla: una silla Hepplewhite tal vez o el enorme *secretaire* que su tío había encargado en Madrid. Si hubiera tenido ladrillos, mortero y una paleta a su disposición, habría considerado la posibilidad de sellar la puerta como si fuera la entrada a una antigua tumba egipcia.

Aún le resonaban los oídos de la cacofonía de la que venía huyendo, el estudio se encontraba por suerte en silencio. Si lo que buscaba era un lugar de refugio, había escogido bien. Su tío no había reparado en gastos por su parte, ni en esfuerzos por parte de los demás, para crear un aposento que pudiera rivalizar con cualquier salón parisino o mansión de Mayfair en elegancia de detalles y gran refinamiento.

Aunque, con motivo de su boda, el conde buscara impresionar a la población local poniéndose las tradicionales falda y banda escocesas, en esta habitación se había suprimido cualquier rastro del patrimonio escocés tan pasado de moda. No colgaban de la pared espadas cruzadas con hojas faltas de lustre, ni forraban las sillas telas a cuadros carcomidas por la polilla, ni se exhibían con orgullo antiguos escudos decorados con el escudo de armas de los Hepburn.

Desde la lujosa alfombra Aubusson bajo los pies de Ian, a los paneles de madera pintados de crema o las elegantes ventanas en arco que habían reemplazado los parteluces, la habitación reflejaba los gustos de un hombre que valoraba la exhibición de la propia riqueza y poder por encima de cualquier vínculo sentimental con la historia o el patrimonio.

La araña de luces de tres niveles que colgaba del centro del techo abovedado había adornado hacía bien poco el grandioso salón de baile de un aristócrata francés que había seguido a toda su familia hasta la guillotina. Su tío había soltado una risita cuando llegó el enorme cajón que la contenía, mientras decía que alguien incapaz de ser más listo que los campesinos de París se merecía perder la cabeza así como la araña.

Su tío había utilizado siempre este aposento como un salón del trono más que como un estudio; un lugar donde reunir ante su elevada presencia a todos cuantos se encontraban por debajo de él, y eso abarcaba casi a todas sus relaciones, incluido Ian.

Dado que Ian no había sido convocado, no debería sorprenderle que su tío prefiriera hacer caso omiso de aquella entrada tan poco convencional. El conde se encontraba delante del enorme ventanal que enmarcaba los peñascos majestuosos de Ben Nevis, con las manos sujetas tras la espalda y los pies separados como si el estudio fuera la cubierta de algún poderoso buque, y él su capitán. En ocasiones hacía el papel del viejo chocho y bonachón si convenía a sus intereses —como cuando cortejaba a una nueva novia— pero aquí, en este santuario, seguía ejerciendo su autoridad con puño de hierro.

Ian le había visto en esa postura exacta en innumerables ocasiones: de pie ante la misma ventana y mirando la montaña como si intentara entender por qué no podía conquistarla si ya tenía bajo su dominio el resto del mundo. Hacía mucho que Ian sospechaba que su tío cambiaría toda su influencia y tesoros valiosos, acumulados a lo largo de los años, por una ocasión de dominar esas cumbres y los hombres salvajes que las llamaban su hogar con tanta arrogancia.

Un hombre en concreto.

Ian se aclaró la garganta. Su tío no se movió. Ian notaba el resentimiento ascendiendo como bilis por la parte posterior de su garganta, el sabor amargo y familiar. Pese a la avanzada edad del hombre, Ian sabía que su tío era capaz de oír si al mayordomo se le caía un tenedor en la alfombra dos habitaciones más allá.

Se acercó a la ventana, sin apenas conseguir contener la irritación de ser tratado como el sirviente más insignificante.

—¿Podría concederme un momento, milord, sólo unas palabritas, si no le importa?

—¿Y qué palabritas son esas? —Respondió el tío sin levantar la voz, con la mirada aún fija en la cumbre cubierta de nieve—. ¿Desastre? ¿Catástrofe? ¿Calamidad?

—¡Marlowe! —Ian escupió el nombre como si fuera veneno—. Yo en su lugar, insistiría en que Sinclair regresara aquí de inmediato y se llevara al instante al resto de la familia.

—¿No me estarás hablando de los encantadores familiares de mi novia?

—¿Encantadores? En este momento, no lo son tanto, me temo. Su madre y hermanas no han parado de llorar y gemir con todas sus fuerzas desde que raptaron a la señorita Marlowe. Por supuesto que la joven Ernestine consiguió detener los lloriqueos y gimoteos justo antes de arrinconarme en el salón y sugerir que tal vez usted no sea el único Hepburn que necesita una novia. —Ian se estremeció—. Entretanto, su padre se ha dedicado a ventilarse casi todas las licoreras de brandy y oporto del castillo. Parece que cree que de algún modo él es culpable de que su querida hija fuera secuestrada por un escocés salvaje. Si descubre los barriles de whisky de las mazmorras —advirtió Ian apesadumbrado—, me temo que se ahogará en el fondo de uno de ellos.

Su tío continuó contemplando la montaña como si diera vueltas a alguna trama para arrebatársela al propio Dios Todopoderoso de sus manos.

—Siempre has tenido el encanto y la astucia de un diplomático —dijo sin molestarse en disimular una nota de desprecio en su voz—. Estoy seguro de poder confiar en que amansarás a las fieras.

Ian se acercó lo suficiente para estudiar el perfil implacable de su tío, sintiéndose cada vez más frustrado.

—La verdad, no puedo reprocharles su preocupación. No es que les haya desaparecido su tetera favorita. Sinclair tiene a la señorita Marlowe en sus garras desde hace más de veinticuatro horas y no hace falta que le recuerde lo absolutamente cruel que ese hombre puede ser. Ruego que me perdone la impertinencia, milord, pero su familia no comprende por qué no ha llamado a la autoridad todavía. Y por si le interesa, yo tampoco.

—¡Porque yo soy la autoridad! —bramó su tío, volviéndose sobre Ian con la ferocidad de un hombre con la mitad de edad. Sus ojos ya no estaban empañados, en las bolsas de carne caída que los rodeaban, sino que relucían con furia—. Y todo el mundo desde aquí a Edimburgo lo sabe, incluido ese hijo de perra insolente de Sinclair. Los casacas rojas no tendrán interés en implicarse en una contienda hasta que asesinen a uno de los suyos. En lo que a ellos respecta, sólo somos una pandilla de niños desobedientes peleándose por su juguete favorito. Se quedan contentos con darnos en la cabeza y enviarnos por nuestra senda con la esperanza de que finalmente nos aniquilemos unos a otros, para que ellos puedan entrar y llevarse todos los juguetes.

—¿Entonces qué es lo que pretende hacer?

El conde volvió a contemplar la montaña como si nunca antes hubiera perdido los estribos.

—¿En este momento? Nada. Me niego a brindar a Sinclair la satisfacción de saber que puede vencerme con su mezquino plan. Si no hubiera pagado ya al padre esa cantidad desmesurada como acuerdo prematrimonial, la mitad de la cual sospecho que ha dilapidado en las mesas de juego, estaría tentado de dejar que Sinclair se quedara con su hija. No es que sienta ningún apego emocional por la chica. Con toda probabilidad encontraría una nueva novia antes de dos semanas. Sólo haría falta otro viaje a Londres, y otro padre desesperado, con problemas de efectivo.

El conde había sido el tutor de Ian desde que los padres de éste perecieron en un accidente en carro cuando tenía nueve años. Había dispuesto de tiempo suficiente para blindarse contra la insensibilidad de su tío abuelo y hacía tiempo que había dejado de anhelar alguna señal calurosa de afecto. Pero ni siquiera así podía ocultar del todo su encogimiento al oír las palabras crueles del anciano.

Consciente por instinto de que para convencer a su tío sería más eficaz aludir, no al bienestar de la chica, sino al orgullo del viejo, Ian se acercó un poco más y bajó la voz.

—Podría ser perjudicial para su reputación, milord, el hecho de que su novia fuera violada o asesinada por esos salvajes. No culparán a Sinclair y a su clan, sino a usted. Y cuando las noticias lleguen a Londres y, hablo en serio, al final llegarán, ni el padre más desesperado se dejará convencer de entregar a su hija a su tutela, por no poder prometer mantenerla con vida hasta la noche de bodas.

Tras exponer su punto de vista, Ian contuvo el aliento a la espera de que su tío arremetiera lleno de ira.

Pero por una vez el hombre, de hecho, pareció estar considerando sus palabras. Apretó sus labios delgados durante un breve instante antes de decir:

—Entonces esperemos al siguiente movimiento de Sinclair, tal y como yo había planeado. Ya que pareces haber cometido una terrible metedura de pata, tendré que encargarme yo mismo de los padres y decirles que estamos atados de pies y manos hasta que recibamos una petición de rescate de ese miserable. Sólo entonces podremos determinar cómo proceder.

Impulsado por un nuevo propósito, su tío sacó el bastón del cubo de latón del rincón y salió andando de la habitación. Ian fue a seguirle, pero antes de apartarse de la ventana, su propia mirada quedó atrapada e hipnotizada por la magnificencia de la vista. El crepúsculo empezaba a imponer su penumbra desde el cielo. Las sombras crecientes formaban un velo de gasa lavanda sobre el pico más alto de la montaña.

A diferencia de su tío, Ian intentaba evitar esa visión siempre que podía. Cuando vino a vivir al castillo Hepburn, era un muchacho pálido y delgado, un ratón de biblioteca de diez años que había soñado en secreto con deambular por los barrancos y hondonadas de la montaña, tan salvaje y libre como una de las águilas que se elevan sobre la cresta majestuosa. Pero su tío se hartó pronto de tener a un niño debajo de los pies y lo había mandado a un internado. La mayoría de vacaciones y veranos, Ian los pasaba en la casa de su tío en Londres al cuidado de algún mayordomo indiferente.

Cuando le hizo regresar a Escocia para estudiar en Saint Andrews, a los diecisiete años, sus hombros se habían ensanchado de forma considerable pero seguía igual de pálido y empollón, un hecho que le convertía en diana tentadora de sus compañeros de clase más musculosos y menos cerebrales.

Una fría tarde de otoño, un trío de ellos se dedicaba a empujarle por turnos en el patio de Saint Salvator, cuando una voz gritó, «¡Dejad al chico en paz!»

Dejaron de aporrear a Ian y se volvieron a una a lanzar miradas de incredulidad a un joven que se hallaba de pie bajo la sombra del arco de piedra situado justo debajo de la torre del reloj. Era alto, de amplios hombros, pero su atuendo estaba gastado, demasiado corto para sus largas piernas. Llevaba mal peinado su abundante pelo oscuro, medio caído sobre los ojos. Unos ojos verdes claros, entrecerrados como señal de advertencia.

El líder de los torturadores de Ian —una mole de chico llamado Bartimus, con unos troncos por pantorrillas y ningún cuello discernible— soltó un resoplido, era obvio que estaba encantado de haber encontrado un nuevo objetivo al que acosar.

—¿O qué vas a hacer, montañés? ¿Obligarnos a comer un poco de *haggis*? ¿Matarnos a gaitazos?

Mientras Bartimus y sus compinches iban contoneándose hacia él, una sonrisa perezosa curvó los labios del desconocido. Por extraño que pareciera, en vez de suavizar sus facciones, las hacía más feroces.

—No creo que haya necesidad de gaitas, muchachos. Por lo que he visto, sois los tres bastante capaces de soplárosla uno a otro sin ayuda.

Con incredulidad transformándose en ira, los chicos intercambiaron miradas y a continuación cargaron contra el recién llegado todos a una. Ian salió corriendo tras ellos, sin saber muy bien qué hacer, pero negándose a que un extraño se llevara una paliza por él. Sólo había dado unos pocos pasos cuando sonó el primer crujido de un puño sobre el hueso, seguido de un grito agudo.

Se detuvo con un tropiezo y la boca muy abierta.

No era el desconocido quien recibía la paliza sino sus atacantes. Y no seguía las reglas refinadas que Ian había presenciado en sus visitas al salón de boxeo Gentleman Jackson de Londres, sino que arremetía con una eficiencia cruel que combinaba fuerza bruta y una entrega jubilosa. Cuando acabó con ellos, los agresores ya no se contoneaban, sino que se tambaleaban.

Gimiendo y agarrándose los apéndices dislocados y sus narices ensangrentadas, se alejaron tropezando, sin duda en busca de algún rincón apartado donde curarse las heridas, lejos del gentío de observadores boquiabiertos que se había materializado tras el primer puñetazo. Aparte de las señales en los nudillos, su oponente no parecía acusar los efectos.

Ian, con el orgullo un poco tocado, dirigió a su salvador una mirada de resentimiento mientras se agachaba a recoger los libros que se le habían caído.

—No necesito un guardaespaldas, ¿sabes? Soy capaz de cuidar de mí mismo a la perfección.

El desconocido se apartó el pelo de los ojos.

—Sí, y estabas haciendo un gran trabajo, desde luego. Justo después de que esos tres te abrieran el labio y te dejaran un ojo morado, supongo que ibas a darles un repaso que nunca olvidarían.

Ian se enderezó, intentando contener la sonrisa que le había arrancado a su pesar.

—Ian Hepburn —dijo ofreciendo al desconocido su mano.

El joven vaciló. El fantasmas de un ceño cruzó su rostro antes de aceptar la mano de Ian y darle un apretón con cierta brusquedad.

—La mayoría de mis amigos me llama Sin. —Dirigió una mirada compungida a los antiguos muros de piedra que rodeaban amenazadores el patio, mientras continuaba entre dientes—: O al menos lo harían, si tuviera algún amigo en esta prisión dejada de la mano de Dios.

Conmovido por haber encontrado un alma gemela que detestara Saint Andrews tanto como él, Ian dejó de esforzarse por contener la sonrisa.

—Me temo que no vas a hacer muchos amigos si intentas solucionar los problemas con esos puños brutales. —Ian sacudió la cabeza, obligado a maravillarse de la potencia de esos puños—. ¿Se puede saber donde aprendiste a hacer eso?

—¿Qué? ¿Pelear? —Sin encogió sus amplios hombros como si despacharse a tres oponentes sin siquiera empezar a sudar fuera algo que sucedía cada día—. En mi lugar de origen, si un hombre no sabe pelear no puede sobrevivir.

Ian se quedó pensativo. Siempre había tenido que depender de su ingenio para sobrevivir. Tal vez fuera hora de empezar a considerar otras opciones.

—¿Me puedes enseñar?

—¿A pelear?

Ian asintió.

—Sí, supongo. —Sin le estudió con mirada crítica—. Estás un poco esquelético para tu altura, pero nada que no arreglen unas cuantas raciones colmadas de nabos y patatas. —Una sonrisa traviesa torció los labios de Sin—. Hasta que echemos un poco de carne a tus huesos, puedo enseñarte unos cuantos trucos sucios para que esos zoquetes sin cerebro se lo piensen dos veces antes de levantarte la mano.

Fijándose en el dobladillo deshilachado de la túnica de Sin, Ian dijo:

—Puedo pagarte.

Sin se enderezó y su sonrisa desapareció.

—Puedes guardarte tus preciosas monedas, Ian Hepburn. ¡No soy un maldito mendigo y no me hace falta tu caridad! —Con eso, se dio media vuelta sobre los talones y se largó a buen paso.

Ian notó que también él se ponía de mal humor.

—Si eres demasiado orgulloso para aceptar una moneda, montañés —le dijo a viva voz— tal vez pueda yo enseñarte algo útil a cambio... por ejemplo a hablar.

Sin se detuvo y poco a poco se dio media vuelta, con los puños cerrados nuevamente. Aunque Ian temió estar a punto de saborear esos puños formidables, continuó impasible.

Una sonrisa se formó poco a poco en el rostro de Sin.

—Ay, chaval, ¿y tan listillo eres que crees que quiero aprender a cotorrear como un señorito repipi que parece que lleve metido un bastón en el bul?

Ian le guiñó un ojo.

—¿Y qué idioma es ése? Tal vez debería haberme ofrecido a ser tu traductor en vez de enseñarte dicción. Es evidente que puedes decir algunos galimatías con gran fluidez.

Ian notó una sonrisa formándose en sus labios mientras Sin respondía con un gesto que no requería traducción.

Esa sonrisa se desvaneció junto con el recuerdo de aquel día fatídico, dejando a Ian de pie una vez más ante el ventanal del estudio de su tío. Mientras había estado perdido en el pasado, los últimos rayos del día habían cedido el paso a las sombras púrpuras del anochecer, obligándole a ver su propio reflejo pensativo en el espejo.

Ya no era pálido ni esquelético sino un hombre a quien había que reconocer por su propia valía. Gracias al chico a quien llamaba Sin, sabía usar los puños y el ingenio para sobrevivir. Aún así siempre estaba a disposición de su tío, seguía siendo un pelele tan sumiso a los caprichos del tirano como el chico solitario de nueve años que había llegado a este lugar con esperanza de encontrar un hogar y una familia.

Mientras se encontraba ahí de pie mirando esa montaña, recordando al muchacho que había nacido para ser su enemigo, pero que había sido su amigo durante una época demasiado breve, supo de corazón que no habría lugar en el mundo donde ninguno de los dos pudiera huir para escapar de su sombra imponente.

Capítulo 11

*M*ientras la luna se elevaba aún más en el cielo nocturno, Jamie aflojó las riendas de la montura, formando con los brazos una cuna natural para el bulto flexible que acunaba contra su pecho. Emma había tolerado sin quejas las paradas escasas y el paso extenuante que había marcado él durante la mayor parte de la jornada, pero cuando Jamie notó que cedía el asimiento en su cintura y que su cuerpo empezaba a oscilar de forma peligrosa a cada paso del caballo, se había visto obligado a invertir sus posiciones para que pudiera montar delante de él.

Ella había protestado por el cambio con poco más que un gemido de disgusto y un pestañeo contrariado antes de acurrucarse contra su pecho como un gatito adormilado. Por muy rígido que Jamie intentara mantenerse sobre la silla, los rizos rebeldes que se escapaban de la cinta de cuero acababan haciéndole cosquillas en la nariz. Era un misterio entender cómo podía mantener aquel olor tan femenino y dulce —como lilas bañadas por una suave lluvia de primavera— después de un día tan atroz.

Cuando Emma se agitó y volvió a gemir, aminoró la marcha hasta un trote de paseo, pasando por alto las miradas impacientes de sus hombres. De repente ya no estaba tan ansioso como ellos por acampar para pasar la noche. Emma podía haber sobrevivido a la terrible jornada en la silla, pero él no estaba seguro de sobrevivir a otra noche con ella durmiendo cerca de él, fuera donde fuera.

Confiaba en que su mirada adusta detuviera cualquier comentario, pero no impidió que Bon trajera su alazán a su altura y dirigiera una mirada cautelosa hacia la chica durmiente que llevaba en brazos.

—Supongo que es mejor que la muchacha esté descansando un poco ahora, ¿o no?

—¿Y eso por qué?

Bon se encogió de hombros.

—Bueno, después de presenciar ese beso que has intentado darle esta mañana, sospecho que le van a hacer falta todas sus fuerzas para la próxima noche.

Como no estaba de ánimo para las bromas de su primo —ni las imágenes de deliciosa depravación que le traían a la mente— Jamie continuó con la mirada al frente.

Sin dejarse intimidar por su perfil pétreo, Bon continuó alegre:

—Igual se resiste un poco al principio, pero una vez consigas domarla, cabalgarás largo y duro con ella. Por si notaras debilidad en las piernas y necesitaras ayuda, sólo quiero que sepas que soy tu hombre. Da un silbidito y estaré encantado de...

Jamie lanzó una mano para rodear a Bon por el cuello, estrangulando sus palabras a media frase. Sin dejar de aguantar en equilibrio el peso de Emma en el codo del otro brazo, se inclinó hacia su primo, le miró fijamente a los ojos y dijo:

—Agradezco el ofrecimiento, pero no creo que hagan falta tus servicios. Ni esta ni ninguna otra noche.

Soltando a Bon y lanzándole una mirada que habría avergonzado al propio diablo, Jamie volvió a agarrar las riendas y mantuvo la atención fija en el camino.

Sin dejar de mirarle como si acabara de patear a un gatito mutilado, Bon se friccionó las señales de los dedos en la garganta.

—No hace falta ponerse así, digo yo. Pensaba que tener a la novia de Hepburn a merced de uno animaría a cualquier hombre y le mostraría más generoso.

—Sí, cualquiera pensaría eso, ¿verdad? —Con esa respuesta tan críptica, Jamie sacudió las riendas sobre el lomo del caballo, decidido a escapar del destello sagaz de la mirada de su primo.

Podría haber sido más difícil para Emma continuar fingiendo que estaba dormida si el amplio pecho de Jamie Sinclair no formara una almohada tan apetecible. Mientras mantuviera los ojos cerrados y las extremidades relajadas, cada paso lento y pesado del caballo continuaría meciéndola con suavidad en la cuna de los brazos del escocés.

Había despertado de su agotamiento justo a tiempo de oírle rechazar de manera inequívoca el grosero ofrecimiento de su primo. La primera demostración de fuerza bruta masculina había provocado un pequeño escalofrío traicionero en su columna. Por desgracia, vino seguido de una rápida oleada de autodesprecio.

Por mucha ternura con que la sostuviera o por muy incondicionalmente que la defendiera, no podía permitirse olvidar que Jamie Sinclair era su enemigo. Tal vez sólo pretendiera confundirla con atenciones fútiles. En vez de protegerla en sus brazos, otro hombre la podría haber ligado por las muñecas y atado a la grupa del caballo, obligándola a caminar dando tumbos tras él hasta caer rendida de agotamiento. Al menos habría sido más fácil detestar a aquel hombre, pensó con desesperación creciente, despreciarle por ser el villano duro de corazón que en el fondo era.

Sería una tonta incorregible si confundiera la avaricia con caballerosidad. Jamie ya había admitido que viva valía mucho más para él que muerta. Si intentaba protegerla de las intenciones lascivas de sus hombres, era sólo para proteger su inocencia y su inversión, hasta sacar un rescate a Hepburn. Para él, no era nada más que una especie de yegua de cría que vender al mejor postor.

Es amargo recordatorio endureció su determinación. No iba a ser de ayuda pasar otra noche en compañía de Jamie Sinclair o en sus brazos. Si confiaba en escapar a sus garras con el orgullo y el corazón intactos, no podía permitirse esperar de brazos cruzados a que su novio pagara un rescate o la salvara. No tenía otra opción que ocuparse ella misma de su destino, una vez más, en el momento en que surgiera la oportunidad.

Y esta vez no podía permitirse fallar.

Si intentas fugarte otra vez, tal vez decida que tu virginidad tiene más valor para mí que para el conde.

Emma notó un escalofrío cuando la advertencia de Jamie reverberó en su mente. No era una amenaza cualquiera: estaba en sus manos arruinar su reputación. No sólo su prometido la rechazaría, sino cualquier otro hombre decente. Si cumplía su promesa, tampoco ninguna mujer decente recibiría a Emma en su casa. Pasaría el resto de su vida como un fantasma a la deriva entre las sombras de los márgenes de la sociedad, desdeñada e invisible.

Se puso en tensión cuando cesó el balanceo del caballo. Tras el cascabeleo alegre de las bridas y arneses llegaron los suspiros de alivio y bromas joviales de los hombres de Jamie mientras desmontaban. Al final habían decidido acampar para pasar la noche.

Ella bostezó y se agitó, fingiendo que acababa de despertar de un sueño apacible. Se habían detenido en una extensión árida de brezal rodeada de altos árboles a un lado. Una capa delgada de bruma flotaba justo por encima del suelo, relumbrando bajo el brillo amable de la luna.

Medio esperaba que Jamie la dejara caer al suelo, igual que el día anterior en el claro, pero en vez de eso la aguantó con cuidado sobre el caballo mientras él desmontaba y luego la inclinó hacia sus brazos para cogerla.

Mientras la hacía descender para dejarla de pie, el cuerpo de Emma se vino abajo contra él, centímetro a centímetro de contacto provocador. Abrió los ojos llena de consternación. El cuerpo endurecido por la batalla de Jamie estaba en el mismo estado en que lo había encontrado al despertar aquella mañana: ese estado que según él era más doloroso que una bala entre los ojos. Ladeó la cabeza hacia atrás y encontró sus ojos entrecerrados, incapaz ya de fingir sueño o inocencia.

Muy consciente de los hombres de Jamie arremolinándose tan sólo a unos metros, bajó la voz hasta proferir un tenso susurro:

—Pensaba que había dicho que sólo sucedía por la mañana. Y que no tenía que ver conmigo.

Jamie la observó. Su expresiva boca permaneció inalterada, sin rastro de sonrisa.

—Mentí. En ambas afirmaciones.

Sus manos grandes y calientes seguían extendidas sobre la caja torácica de Emma, los pulgares se demoraban a tan sólo unos centímetros de la blanda prominencia de sus pechos. Ella miró la profundidad de esos ojos, preguntándose cómo podía arder la escarcha con tal intensidad, hasta el punto de amenazar con eliminar todos sus temores y recelos con un chisporroteo. En ese momento estaba más ansiosa por escapar de Jamie que él de soltarle.

Y eso fue precisamente lo que le dio valor para agarrar con manos temblorosas la empuñadura de su pistola, sacar el arma de la cinturilla de sus pantalones con un suave movimiento y apretar el cañón contra su abdomen.

Capítulo 12

La inmovilidad poco natural de Jamie y Emma no tardó mucho en atraer la atención de los hombres. Las bromas afables cesaron de forma abrupta, las bridas se escurrieron entre los dedos paralizados, las sonrisas empezaron a borrarse y se endurecieron los mentones.

Mientras Emma se apartaba poco a poco de Jamie, con el cañón del arma apuntado cuidadosamente a su corazón, una docena de pistolas aparecieron por arte de magia en las manos de sus hombres, cada una encañonada a ella con igual precisión. Jamie le había advertido que estaban dispuestos a morir por él. Debería haber sabido que también estarían dispuestos a matar por él.

Emma podía verlos por el rabillo del ojo, pero se negaba a apartar la vista de Jamie. El escocés, con el caballo aún tras su espalda, no podía huir a ningún lado.

—Bajad las armas —ordenó Jamie, sin dejar de mantener la mirada fija en ella.

—Pero, Jamie —dijo en voz baja una mole brutal con una cicatriz irregular tallada en la mejilla—, ¿qué esperas que hagamos? ¿Quedarnos ahí y silbar por el culo mientras la muchacha te acribilla a tiros?

—¡Bajad las armas! —ladró Jamie—. No era una sugerencia.

Tras un intercambio de miradas duditativas, sus hombres obedecieron la orden a regañadientes. Bajaron las pistolas, pero las mantuvieron listas, pegadas a sus costados.

Emma no dejó de retroceder de Jamie hasta que hubo diez buenos pasos entre ellos. Había confiado en pensar con más claridad si se mantenía fuera de su alcance. Pero la cadena invisible de su mirada seguía uniéndoles y hacía imposible que ella oyera sus propios pensamientos con aquel tempo frenético de su corazón.

Necesitaba un caballo. Había demostrado ya que las posibilidades de descender por la montaña a pie eran escasas. Pero con un caballo y un poco de ventaja...

Antes de llegar a formular del todo su plan, Jamie abrió los brazos como si quisiera ser una diana todavía más tentadora.

—¿Entonces qué pretendes hacer ahora, muchacha? —La nota persuasiva en su voz sólo contribuía a intensificar su sugerente ronquera—. ¿Llevarme detenido y entregarme a las autoridades? ¿Dispararme?

Emma agarró la pistola con más firmeza. Para su desesperación,, en vez de calmar el temblor de sus manos, el esfuerzo sólo sirvió para empeorarlo.

—Tal vez sólo quiera que sepa qué se siente con una pistola apuntada a tu corazón.

—Los Hepburn han tenido una pistola apuntada a mi corazón durante veintisiete años. Sé con exactitud lo que se siente.

La joven vio por el rabillo del ojo a uno de los hombres de Jamie dando un paso hacia ellos con astucia. Dirigió el cañón de la pistola hacia el grupo de hombres, haciendo que se detuvieran otra vez.

—Les recomiendo que no me pongan a prueba. Tal vez les sorprenda enterarse de que sé usar la pistola. Si puedo dar a un faisán a veinte pasos, está claro que no voy a fallar. —Mientras observaba las miradas nerviosas en sus ojos, se le ocurrió una nueva idea—. ¿Quién de ustedes es Bon?

Los hombres se quedaron paralizados durante varios segundos, luego levantaron su mano libre al unísono e indicaron a un hombre nervudo con aspecto de elfo que se hallaba en medio. Él se apresuró a levantar el brazo y señalar al tipo que tenía de pie a su lado.

Emma entrecerró los ojos y le estudió. Parecía el más pequeño de una camada de crías. Llevaba su corto pelo negro de punta, en todas direcciones, como si hubiera dejado que un gato gigante le lamiera el cabello en vez de usar un peine. Una perilla oscura cubría su barbilla puntiaguda. Mientras los otros hombros empezaban a apartarse de él, dejándole solo por completo para hacer frente a la mirada sanguinaria de la joven, él le dirigió una rápida mueca avergonzada, que reveló una dentadura torcida.

—E-e-encantado de conocerla —tartamudeó, dedicándole una inclinación que parecía más bien una reverencia.

—Pues yo no estoy para nada encantada de conocerlo —le informó ella—. Ha dicho algunas cosas horribles de mí al señor Sinclair. Me trae sin cuidado lo que le suceda ahora. Creo que voy a dispararle a usted primero.

El rostro cetrino de Bon pasó del amarillo al blanco.

—Pero, muchacha, no decía en serio nada de eso. Sólo hacía bromas con mi compadre. En todos los años que he cabalgado junto a Jamie, nunca le he visto levantar la mano a...

—¡Bon! —intervino Jamie—. Ya vale.

Bon le lanzó una mirada de impotencia, era obvio que intentaba decidir qué sería más peligroso, si ofenderle a él o a la chica de mirada dura que sostenía el arma. Volvió la atención a Emma y alzó las manos con gesto de súplica.

—Vaya, si yo sólo siento respeto por una muchacha linda como usted. Puede preguntar a cualquiera de los muchachos y se lo dirán enseguida. Si alguien por estos lares sabe tratar a una dama, ése soy yo. ¿No es así? ¿Malcolm? ¿Angus? —suplicó con aire lastimero a los dos hombres más próximos, a pesar de que había intentado que uno de ellos pasara por él momentos antes y se llevara un disparo.

Emma se dio cuenta por fin. Malcolm y Angus no era sólo hermanos, eran gemelos: ambos con cabello largo y revuelto, labios carnosos y persuasivos, y rasgos ligeramente torcidos que demostraban que la línea entre ser guapo o feo era muy fina.

Malcolm —o tal vez fuera Angus— asintió con seriedad.

—Es la pura verdad, milady. Carajo, no hace ni una semana que presumía de cómo trataba a la camarera de Invergarry.

—En eso tiene razón, señorita —afirmó Angus, o tal vez fuera Malcolm, con sinceridad igual de convincente—. Bon juró que la había tratado bien, así fue. Y a juzgar por los chillidos y gemidos que llegaban del pajar en los establos hasta la madrugada, no era una fanfarronada.

Los otros hombres se rieron por lo bajo y se dieron codazos. Bon se quejó y miró la pistola que aún le colgaba inútilmente de la mano, como si considerarse pegarse un tiro antes de darle ocasión a ella.

Cruzando los brazos, Jamie se aclaró la garganta.

—En realidad no podré culparte si pegas un tiro a Bon, muchacha. Diantres, yo le habría disparado hace mucho tiempo si no fuera mi primo.

—¡Eh! —protestó Bon, dirigiéndole una mirada ofendida.

Jamie siguió como si no hubiera habido ninguna interrupción.

—No obstante, creo que es mi deber cristiano advertirte de que mi pistola sólo dispone de un disparo. No puedes matarnos a todos nosotros. Me temo que vas a tener que escoger, cielo.

Más enfurecida por aquella nota tierna en su voz que por cualquier pulla grosera de sus hombres, Emma desplazó de nuevo la pistola para apuntarla a su corazón.

—No soy su muchacha. Y no soy su cielo. —Mientras se encaraba a él, echó hacia atrás los hombros y alzó la barbilla, sorprendida al percatarse de que ya no le temblaba la mano. Por primera vez en mucho tiempo, sentía que controlaba por completo su destino—. No le pertenezco a ningún hombre. Al menos, todavía no.

Había creído ingenuamente que tenía a Jamie desarmado, pero no había sabido reconocer el arma más letal del arsenal del escocés. Ladeando la cabeza a un lado para estudiar a Emma, le dedicó una sonrisa perezosa que hizo que ella se encogiera dentro de sus ropas prestadas.

—Si quieres continuar así, me temo que vas a tener que dispararme.

Extendiendo sus brazos morenos, empezó a andar hacia ella. Aunque las expresiones de sus hombres iban de la incredulidad a la preocupación, Jamie sólo tenía ojos para ella.

El pánico creció en Emma mientras se reducía la distancia entre aquel pecho imponente y el cañón de la pistola. Reconociendo al instante que el escocés era tan aficionado al juego como su propio padre, dio dos pasos tambaleantes hacia delante, echando hacia atrás el percutor con el pulgar.

No obstante, él continuó con la misma decisión, sin temor, como un gato montés acosando a un ratoncillo. El campo de visión de Emma se estrechó hasta poder contar las pestañas oscuras que rodeaban esos vibrantes ojos verdes suyos. Ojos que tal vez se cerraran para siempre, muertos, si ella le seguía el juego.

Emma cerró los suyos con fuerza para bloquear la visión de su cara. Pero seguía viéndole echado en un charco de sangre, en el suelo frío y duro. Seguía viendo cómo se desvanecía de su rostro el relumbre del bronceado, dejándolo tan pálido y céreo como la esfinge de una tumba.

Tensó el dedo sobre el gatillo, pero en el momento exacto en que lo apretó, notó que su brazo se desplazaba con una sacudida a un lado, como si tuviera voluntad propia.

Abrió los ojos y encontró a Jamie todavía en pie, con una nube acre impregnando el aire entre ellos. Aunque le zumbaban los oídos por el estallido, le oyó soltar un silbido de admiración mientras contemplaba el trozo de corteza irregular que la bala de la pistola había levantado del tronco de un abedul próximo.

—No está mal para una tiradora aficionada. O para una mujer. Al menos no le has dado a mi caballo.

Emma tenía el brazo caído, inerte contra su costado, y los hombros hundidos, con gesto de derrota. Ni siquiera protestó cuando Jamie bajó la mano para quitarle con suavidad la pistola humeante. Se la arrojó a uno de sus hombres, lo cual la dejaba libre para ocuparse de ella.

La joven se preparó para el golpe que iba a recibir, pues sabía que tras aquel desafío flagrante no le quedaba a él otra opción que imponerle un castigo ante sus hombres. Su furia, así como su orgullo, lo exigía de este modo. No iba a llorar, juró en silencio, aunque sentía un escozor traicionero en la parte posterior de los ojos. Tampoco iba a darle la satisfacción de suplicar su piedad. Hiciera lo que hiciera, se lo merecía, ni más ni menos, por ser tan impetuosa y por desbaratar su mejor oportunidad de huir.

Pese a todas estas intenciones valerosas, Emma se encogió cuando él levantó la mano. Jamie se quedó parado, y ella alcanzó a ver un destello de rabia genuina en sus ojos. Pero en vez de darle con el revés de la mano como ella había previsto, se limitó a cogerla por la muñeca y tirar de ella para que le siguiera.

Mientras la obligaba a andar a empujones entre sus hombres, éstos parecían ansiosos por dar un grito de júbilo, pero sin atreverse. Sólo Bon se mostraba apocado, la chispa maliciosa de aquellos ojos como botones negros se había apagado hasta sólo quedar una brasa.

Teniendo en cuenta los pasos largos que daba Jamie, les llevó menos de un minuto llegar al extremo del bosque que bordeaba la extensión de brezal iluminada por la luna. Emma tropezó, pero Jamie siguió caminando, sin darle otra oportunidad que continuar dando traspiés junto a él o ir a rastras. Mientras las sombras intimidantes les tragaban, se percató de que le había juzgado muy mal.

No habría nadie para presenciar el castigo que Jamie Sinclair tenía planeado darle.

Capítulo 13

*E*mma iba dando tropiezos detrás de Jamie, obligada a seguir su paso imparable. La espesa bóveda de ramas que se balanceaba sobre sus cabezas difuminaba la luz de la luna, moteando el camino con una tela siniestra de sombras que convertían cada roca y rama caída en una trampa en la que se enganchaban sus torpes pies.

Aunque ella corría peligro de tropezar a cada paso y caerse de rodillas, Jamie se abría camino con dura indiferencia por el terreno traicionero, y mantenía su ritmo seguro como el de su caballo al bordear el precipicio que llevaba al valle.

Emma quiso dejar de moverse, para posponer el momento inevitable de ver a Jamie mostrar finalmente el monstruo que el conde decía que era. Hasta ahora su amabilidad había creado una tenue red de grietas trémulas en su corazón. Temía que su crueldad lo destrozara en mil pedazos.

Su aliento escaseaba, empezaban a arderle los pulmones. Las botas no eran de su talla y le irritaban en la punta del pie y el talón, a través de los gruesos calcetines. Cada paso era un nuevo sufrimiento.

—Disculpe, pero... —consiguió decir al final entre jadeos, pues el malestar empezaba a superar el miedo.

El paso de Jamie ni se alteró.

—Disculpe, señor —repitió más alto y con más fuerza esta vez.

Jamie siguió andando sin inmutarse, como si sus palabras no le importaran más que la llamada distante de un chotacabras o el latoso chirrido de un grillo.

Envalentonada por una oleada de rabia, Emma se detuvo con violencia y soltó la muñeca de su asimiento. Jamie se paró y se volvió despacio.

Al ver la expresión en su rostro, la joven tuvo la tentación de salir corriendo en dirección contraria, pero se obligó a mantenerse firme.

—Ya hemos recorrido suficiente distancia, ¿no le parece? Sus hombres no oirán mis gritos desde el campamento.

Jamie bajó la mirada con semblante inescrutable.

—Me preocupa más que puedan oír mis gritos. Aunque, después de la idiota maniobra de antes, estoy convencido de que ningún llamamiento al sentido común, por ensordecedor que sea, penetrará en ese pequeño cráneo tuyo. —Se inclinó lo bastante como para contar cada peca de su nariz—. Si alguna vez me vuelves a apuntar con una pistola, muchacha, mejor que estés dispuesta a apretar el gatillo.

—Ya apreté el gatillo —le recordó ella con calma gélida.

—Sólo después de asegurarte de que el disparo sería errado.

Ella siguió de fulminándole con la mirada.

—Tal vez el arma diera un culatazo, así de sencillo.

Él torció una ceja con gesto escéptico.

—¿Antes de disparar?

Emma se tragó sus palabras de protesta. Podría seguir ahí negándolo, pero no podía negárselo a sí misma. Aunque ni siguiera conseguía entenderlo.

—Es muy probable que mis hombres no se hubieran tomado nada bien el verme abatido a sangre fría. ¿Y si uno de ellos se hubiera apresurado a dispararte para salvarme?

—Entonces supongo que te quedarías sin tu preciado rescate y el conde se vería obligado a hacerse con otra novia.

Jamie se volvió y se alejó unos pasos, pasándose una mano por la espesa melena de cabello azabache. Su gran cuerpo estaba en tensión, como si librara una batalla invisible ahí dentro.

Emma no sabría decir qué la dominó, qué la impulsó hacia delante para tocarle el brazo desde detrás a través de la batista gastada de la camisa con dedos temblorosos.

—¿De verdad me culpa por intentar escapar? Si lo hubieran capturado los casacas rojas o estuviera encerrado en una de las mazmorras del conde, ¿no haría lo mismo?

Sinclair se volvió para mirarla con expresión tan severa que necesitó todo su coraje para no retroceder tropezando llena de alarma.

—Sí, lo haría. Pero lo habría hecho a conciencia, puñetas. No habría sido tan necio como para acabar a merced de un hombre como yo.

—¿Y se puede saber qué tipo de hombre es, Jamie Sinclair? A juzgar por lo que soltó su primo Bon antes ahí, no tiene por costumbre aterrorizar a mujeres indefensas.

—Eso era antes de conocerte. Y digamos que no se te puede llamar indefensa.

—Si no hubiera aprendido con qué lado de la pistola se apunta a un faisán o una liebre, mi madre y hermanas se habrían quedado sin comer carne muchos días de invierno, o más bien semanas.

—No hablaba de la manera en que manejas la pistola. Tienes otras armas mucho más peligrosas con que debilitar la decisión de un hombre. —Su respiración se aceleró cuando levantó la mano para seguir la curva de su mejilla con los nudillos.

Emma no hubiera pensado nunca que él empleara la ternura en vez de la brutalidad para acallar su rebelión. O que fueran tan devastadores los efectos.

—Tu ingenio. Tu ánimo. Tu voluntad de sacrificar cualquier cosa, incluida cualquier esperanza de felicidad, por el bienestar de tu familia. Incluso la lealtad a tu prometido, por insensata que pueda ser. —Su voz se volvió tan profunda como un rumor humeante, ella sintió un estremecimiento que descendió hasta la punta de sus pies—. Tus preciosos ojos. Tu naricilla llena de pecas. La ternura de tus labios...

Antes de que esos labios pudieran separarse con un suspiro de anhelo, Jamie estaba sobre ellos. Tomó su rostro entre las manos y reclamó su boca como si siempre le hubiera pertenecido, como si Emma siempre fuera a pertenecerle.

Dominado por el ansia, separó sus tiernos labios con una destreza tan innegable como irresistible. Hundió la lengua en su dulzura húmeda hasta que el aroma a whisky y humo de leña fue lo único que Emma pudo saborear, lo único que deseaba. Aunque retuviera su rostro entre sus manos, Jamie sabía a libertad, a pasión, a un peligro tan seductor e irresistible como aterrador.

No era el beso de un amante sino el beso de un conquistador, un maleante, un hombre que había pasado toda su vida aprendiendo que tenía que apropiarse a la fuerza de lo que quería si alguna vez quería tener algo. No había defensa contra tal ataque provocador a los sentidos, ninguna palabra con que negar su poder oscuro y primario.

Emma desplegó los dedos como pétalos de una flor abriéndose y los deslizó bajo el dobladillo de la camisa, iniciando una incursión sobre los planos lisos y musculosos de la parte inferior de la espalda. No podía hacer otra cosa que seguir aguantando ahí e intentar que no la arrastrara la fuerza indomable de la voluntad de Jamie. Sobre todo teniendo en cuenta que lo que anhelaba hacer en secreto era dejarse llevar y seguir aquel impulso a donde la llevara.

Jamie deslizó una mano sobre su garganta para retirar el cordón de cuero de su nuca y dejar caer los rizos desmelenados sobre sus hombros. Mientras pasaba los dedos por su pelo, sintió un hormigueo tan hedonista en el cuero cabelludo que tuvo ganas de moverse contra la mano y ronronear como una especie de gato voluminoso.

Él cogió un puñado de rizos y tiró con delicadeza para inclinar hacia atrás su cabeza y permitirse lamer aún más hondo en su boca. Emma ni siquiera se percató de que le devolvía los besos, enredando ingenuamente su lengua en la de él, hasta que oyó un gemido gutural, como el de un hombre que acababa de saborear algo sin lo cual no podría vivir. Algo por lo que estaría dispuesto a morir —o a matar— con tal de poseerlo.

Ese sonido ridiculizaba todos sus sacrificios, la tentaba a abandonar cualquier cosa por la que sintiera aprecio sólo para ofrecerle lo que quería. Y lo que ella misma quería. Pero la habían comprado y pagado con los obsequios del conde. Ella ya no podía entregarse a nadie más.

Dominada por el pánico, le empujó el pecho. Él dejó el beso de forma brusca y la apartó con manos igual de temblorosas.

Aunque era ella la que le había empujado, sólo pudo quedarse ahí quieta, temblando y desconcertada, como una niña a quien han abandonado en un bosque oscuro y temible, sin esperanza de encontrar alguna vez el camino de vuelta a casa.

Las pupilas impenetrables de Jamie casi se habían tragado el verde de sus ojos entrecerrados, dejándolos oscuros e inescrutables. Mientras la miraba, ella pudo verse reflejada en sus ojos: la despeinada cabellera rizada, la expresión aturdida, el rubor revelador en la piel delicada de la barbilla que él había enrojecido con la barba incipiente. Se pasó la punta de la lengua por los labios, aún tiernos y maduros por la fuerza voraz de su beso.

Desesperada por poner distancia entre ellos, Emma se entretuvo recogiendo el cordón del suelo. Se sujetó los rizos en la nuca y empezó a retorcerlos para formar un moño.

—Lo ha conseguido, Sinclair —dijo, luchando por mantener la voz más firme que sus manos—. Prometo ser una prisionera obediente hasta que me entregue sana y salva a mi prometido dentro de unos días. No volveré a intentar escapar, de modo que se ahorrará la pesada tarea de castigarme con sus besos. —Se alisó la parte delantera de su arrugada túnica prestada, como si fuera el vestido de fiesta más caro del mundo—. En lo que a sus hombres respecta, me esforzaré por comportarme como si me hubiera dado un severo rapapolvo, obligándome a reconocer el error de mi comportamiento.

Una vez dicho esto, se volvió y se alejó andando cuan rápido se lo permitieron sus piernas, con hombros erguidos y cabeza alta.

—¿Señorita Marlowe?

—¿Sí? —Al volverse le encontró en el mismo punto exacto, con expresión insondable.

Por un momento elusivo, parecía que quisiera decir alguna cosa más, pero entonces indicó hacia el lado contrario.

—Nuestro campamento está en esa dirección.

Cuando Emma despertó aquella noche, no había brazos cálidos y masculinos protegiéndola del suelo frío y duro. Se le habían dormido los dedos de los pies y tenía piel de gallina en los brazos. Se incorporó y pestañeó para disipar su bruma de confusión al despertarse en un lugar desconocido rodeada de desconocidos.

Al otro lado del fuego casi extinto, los hombres de Jamie formaban montículos envueltos en sus mantas. De no ser por los resoplidos embriagados o los profundos ronquidos, podría haberlos tomado por rocas.

Cuando Jamie la había llevado de regreso al campamento, las miradas curiosas de los hombres habían quedado fulminadas por el ceño feroz de Jamie. Tras compartir con ellos una comida de venado en salazón y pan integral rancio, empujada por una cerveza oscura y amarga, Emma se retiró a su petate. No se percató de cuánto echaba de menos la presencia de Jamie hasta que se despertó toda sola, desorientada y tiritando de frío. Un aullido distante llegó de algún punto en los riscos más elevados, erizándole el vello de la nuca. Se puso de pie y escudriñó las sombras con nerviosismo, envolviéndose con la manta. El cielo nocturno formaba una bóveda sobre su cabeza, como una extensión de hielo profundo y negro, con las estrellas relucientes como fragmentos de escarcha. Se sintió la única persona despierta en todo el universo. La única persona viva.

Hasta que le vio.

Jamie se había quedado dormido a tan sólo un par de metros de ella con la espalda apoyada en una roca, sin tan siquiera una capa para cubrirse. Emma miró la longitud de cuerda atada a su muñeca, desconcertada al verla ahí, hasta que la siguió poco a poco y dio con el otro extremo sujeto a su propio tobillo. Era evidente que le había anudado la cuerda mientras dormía, sin apretar demasiado, pero lo bastante para que cualquier movimiento por su parte le despertara del sueño.

Sacudió la cabeza sonriendo a su pesar. Debería haber sabido que él no era un tipo confiado. Si se hubiera alejado un paso más, el tirón de la cuerda le habría despertado.

Por lo visto no la creía cuando juraba que no volvería a escaparse. Emma ya no podía arriesgarse a que la castigara por desobediencia con aquellos besos y caricias. Desde el principio Jamie le había advertido que a ella podría gustarle que le pusiera las manos encima. Si entonces hubiera sabido cuánto iba a disfrutar, tal vez habría hecho caso de su advertencia.

Ahora que era consciente de la trampa, eludirla sería un asunto bastante simple para ella. Pero en vez de alejarse de él, se encontró aproximándose sin proponérselo.

¿Cuántas noches habría pasado Jamie durmiendo sobre el suelo frío y duro, sin un techo para protegerse de la lluvia, la nieve o el frío incesante? Aunque sólo tuviera veintisiete años, la exposición constante al sol y el viento ya habían curtido su piel dotándola de un oro bruñido, habían tallado marcas profundas en torno a la boca y cincelado cautivadoras arrugas en los extremos exteriores de los ojos.

Incluso dormido, no había un solo indicio de blandura en este hombre que no revelaba un atisbo del muchacho que habría sido en otro tiempo. Ni siquiera dormía con la boca abierta sino apretada formando una firme línea; la única concesión a la vulnerabilidad eran las manchas de agotamiento bajo sus ojos. Casi como si percibiera su ávido escrutinio, se agitó y volvió el rostro hacia las sombras, protegiéndolo de su mirada.

Emma suspiró. Aunque el escocés le había dado su manta, seguía congelada hasta los huesos. No pudo evitar recordar la sensación acogedora de la noche anterior, acurrucada contra él, y cómo su corpachón duro y delgado la había envuelto, irradiando calor como una cocina de carbón en una noche de nevadas invernales.

Volvió a oír ese aullido penetrante. Se estremeció y se aproximó aún más a Jamie. Desconocía qué tipo de bestias sanguinarias poblaban estas tierras inhóspitas. ¿Gatos monteses? ¿Lobos? ¿Osos? Por lo que ella sabía, podía tratarse de un dragón recorriendo con fuertes pisadas los riscos situados justo sobre ellos, buscando alguna virgen sabrosa que devorar.

Dirigió una última mirada de anhelo a Jamie antes de inclinarse para sacarse del tobillo la cuerda.

Jamie abrió los ojos. Pasó del sueño profundo al estado de alerta con esa facilidad peculiar que era resultado de años de vigilancia.

Se sintió asaltado por dos impresiones inmediatas.

Le envolvía una manta que no estaba ahí cuando se había ido a dormir.

Y había una mujer debajo de esa manta que no estaba ahí cuando se había ido a dormir.

Pestañeó con cautela. Emma estaba acurrucada de costado, de cara a él. Sus cuerpos estaban separados apenas un palmo, casi como si ella hubiera buscado estar cerca de él, sin atreverse no obstante a tocarle. Lo cual le conmovió más de lo que quiso admitir.

Se estaba acostumbrando al dolor sordo que dominaba su entrepierna desde que había sido lo bastante estúpido como para secuestrarla. Pero ahora el dolor era más insistente, y se situaba peligrosamente cerca de su corazón.

Sus pestañas rojizas se ondulaban contra las mejillas cubiertas de pecas, devolviéndole el aspecto de muchacha vulnerable de diecisiete años que había buscado el amor en Londres y había vuelto con el corazón roto, no la mujer en la que se había convertido aquella chica. Pese a rodearse con los brazos para darse más calor, parecía tener frío. Parecía desgraciada. Parecía sola.

Al demorarse en exigir un rescate hasta llegar a las zonas más elevadas de la montaña, Jamie había confiado en atormentar a Hepburn con visiones infernales de un Sinclair arrebatándole lo que le pertenecía.

Pero ahora era Jamie quien se consumía, atormentado por visiones bien diferentes, visiones de la ternura pálida, con pecas, de Emma, bajo él, sus labios carnosos abriéndose ansiosos para recibir su beso mientras le rodeaba el cuello y separaba sus muslos curvilíneos para instarle a hacerla suya.

Una línea severa se formó en su boca. Por mucho que ella acogiera con beneplácito sus besos, seguía siendo la mujer de Hepburn. No le pertenecía y nunca iba a pertenecerle. No tenía otra opción que apartarse y dejar que se reconfortara con sus propios brazos fríos.

Emma tiritó. Un ceño arrugó su frente delicada y un gemido adormilado se escapó de sus labios separados.

Conteniendo un juramente de derrota, Jamie estiró los brazos y la atrajo para que su mejilla descansara contra su pecho. Ella se acurrucó en el calor de sus brazos con un gemido gutural de satisfacción, confiando neciamente en él y en que no abusaría de su poder. Jamie sabía que, hasta que se despertara del todo, tendría tiempo suficiente de soltarse las lazadas de sus pantalones, bajarle a ella los bombachos prestados de Bon, y enterrarse él en sus profundidades para que la muchacha ya no pudiera decir nunca más que aquel cuerpo era suyo.

Pero si sucumbía a esa oscura tentación, no sería mejor que Hepburn. Se habría convertido en lo mismo que él despreciaba: un hombre que explotaba a los más débiles, dispuesto a destruir lo que más deseaba en el mundo sólo por impedir que otra persona lo poseyera.

Tendría que mantenerse alerta si quería separarse de su abrazo cuando sus hombres empezaran a despertar. Apoyó la barbilla sobre su cabeza y perdió la mirada en la oscuridad, a sabiendas de que faltaba mucho hasta el amanecer.

Capítulo 14

*E*mma se despertó a la mañana siguiente sorprendida por lo bien que había descansado. Era casi como si hubiera pasado la mayor parte de la noche alojada en una cama de plumas calientes en vez de despatarrada sobre el frío suelo de piedras. Aunque la manta de lana la tapaba hasta la barbilla con cuidado meticuloso, no veía a Jamie por ningún lado.

Se puso de pie, bostezando y estirando sus músculos entumecidos. Una templada brisa de abril se había llevado la mayoría de nubes, dejando al descubierto una extensión deslumbrante de cielo azul celeste. Los hombres de Jamie pululaban al otro lado del fuego del campamento, interrumpiendo el ayuno y preparando los caballos para la cabalgata del día. Decidió que a partir de ese momento trataría a sus captores con familiaridad. O mantendría las distancias, según le dictara el corazón.

Al principio había pensado que Jamie había decidido tomarle la palabra después de todo, y que no le había puesto vigilancia. Pero luego vio al joven Graeme apoyado en una roca próxima, fingiendo tallar un bloque de madera que perdía la forma con cada movimiento de su hoja. Cuando ella se puso en marcha, él le siguió a pocos pasos, intentando parecer despreocupado. Sintió la tentación de salir corriendo hacia los árboles sólo para ver si de hecho el chico tenía el coraje de detenerla.

Mientras se abría camino por el campamento, buscando por instinto con la mirada la figura alta e imponente de Jamie, sin encontrarla, sus hombres la eludían de forma obvia. Varios de ellos incluso apartaron la vista a su paso, entregados a meterse una harinosa papilla de avena en la boca o aplicando cera a sus bridas con vigor renovado.

Sólo fue capaz de acercarse a Angus y Malcolm porque estaban tan ocupados discutiendo por un trozo chamuscado de una hogaza de pan como para notar su llegada.

—Maldita sea, hombre, te dije que no quedaba suficiente para los dos —decía uno de ellos mientras el otro le arrebataba el pan de la mano.

—¡Quedaría, si uno de nosotros no fueras tú! —insistía el hermano, intentando sin éxito hacerse con el pan.

Cuando repararon en ella, se hizo un silencio hosco.

Emma contempló los enredados mechones marrones y los labios carnosos de los gemelos con fascinación mal disimulada. Sus narices torcidas parecían rotas justo en el mismo punto.

—¿Y cómo os distinguen los otros hombres?

Señalándose uno al otro, dijeron al unísono:

—Él es el feo.

—Oh, ya veo. —Aún perpleja, asintió con amabilidad y retrocedió para dejarles que volvieran a su riña por el pan.

—Mira donde pisas, muchacha —advirtió alguien cuando casi se mete en el fuego del campamento.

Se volvió y descubrió a Bon sentado en una roca, agachado sobre una loncha de tocino que humeaba en una sartén. Aunque la carne ya se había chamuscado y no era más que un pedazo ennegrecido tostado, no parecía tener la menor prisa por retirarla de la sartén.

Tras seguir la dirección de la mirada de Emma, Bon alzó la vista con aire irritado.

—Ahora que me has robado los pantalones y botas, supongo que querrás mi tocino también.

Emma le fulminó a su vez con toda la dignidad ofendida de la que fue capaz.

—Yo no he robado nada. Tu primo te robó los pantalones y las botas y me los dio. Y ni se me ocurriría privarte de tu tocino, para que te enteres.

Con un resoplido, Bon clavó la punta del cuchillo en la tira ennegrecida de carne y la echó a un plato de latón abollado. Le tendió el plato, con su rostro pícaro fruncido en un fiero ceño.

—Tal vez sea mejor que lo cojas, adelante, mozuela. No me gustaría que me pegaras un tiro.

Emma vaciló, desconfiando de tanta amabilidad en él.

—Adelante. No me ha dado tiempo a envenenarlo. —Agitó las cejas mientras la miraba—. Todavía.

Emma aceptó el plato y dio un mordisquito al cerdo ennegrecido. No pudo disimular una sonrisa. Era como lamer un bote de ceniza.

—¿Tienes más? —preguntó, pues su estómago rugía ya con una protesta hueca. Desde que su papá había aceptado la propuesta del conde, casi nada había logrado abrirle el apetito, pero de pronto estaba muerta de hambre. Tendría que ver con tantas cabalgadas y con tanto aire fresco.

—¿Así que eres una chiquilla insaciable? No esperaría menos de la mujer de Hepburn. —Aún refunfuñando en voz baja, clavó el cuchillo en otra tira de tocino.

Antes de que pudiera echar la carne en la sartén, ella le cogió la mano.

—Por favor, permíteme.

Bon la estudió con desconfianza, luego, poco convencido, le puso en la mano el cuchillo y el tocino, diciendo entre dientes:

—Encima acabaré con la hoja clavada en el gaznate por tomarme la molestia.

Emma se sentó junto a él en la roca y echó la tira de tocino fresco a la sartén. Cuando empezó a chisporrotear, miró por encima del hombro y descubrió que los demás hombres aún la rehuían.

—¿Por qué se comportan de forma tan peculiar? Es casi como si me tuvieran miedo.

Bon se acarició la perilla negra.

—No te tienen miedo a ti sino a Jamie. Ha dejado bien claro que no tienen que molestarte o tendrán que responder ante él.

—¿Y se puede saber qué haría si desobedecen?

Bon encogió un hombro delgaducho.

—Con toda probabilidad les dispararía.

A Emma se le escapó una risa de incredulidad.

—Jamie me dijo que consideraba a sus hombres como hermanos. ¿Crees en serio que mataría a alguno de ellos por mi causa?

—No he dicho que les mataría. He dicho que les dispararía. —El perpetuo centelleo en los ojos de Bon hacía imposible distinguir si estaba de broma—. Pero no te preocupes, los muchachos no piensan menos en ti por eso. También ha dejado claro que no eres su mujer.

La mujer de Jamie.

Apenas un día antes, esas palabras la habrían indignado y aterrorizado. Ahora provocaban un peligroso estremecimiento en su corazón.

Centró toda su atención en dar la vuelta al tocino con la punta del cuchillo, pero una necesidad perversa la llevó a preguntar:

—¿Ha tenido muchas mujeres vuestro Jamie?

—Cualquier muchacho nacido con una cara como ésa puede tener tantas mujeres quiera.

Tardó un momento en percatarse de que Bon en realidad no había contestado a su pregunta. Cuando le perforó con una mirada perspicaz, él la miró pestañeante, con aire tan inocente como su carita de zorro podía poner.

—¿Tienes patatas? —preguntó ella.

—Yo tengo una, señorita. —Emma se llevó un sobresalto cuando una mole con una cicatriz tallada en la mejilla izquierda sacó un brazo por encima del hombro de Bon con una patata en la mano.

No se había percatado de que los hombres de Jamie se habían acercado poco a poco, atraídos por el aroma suculento del tocino que estaba tostando con paciencia, en su punto. La mayoría de ellos guardaban todavía una distancia respetuosa, como si necesitaran cobrar valor para aproximarse.

Bon le puso mala cara al hombre.

—Sabes que no está bien acerarse así a una muchacha como ésta,

Lemmy. Con esa cara tuya, lo más fácil es que le des un susto del que no se recupere.

El altísimo hombre agachó la cabeza con timidez. Su bigote caído, con extremos enrollados, daba un aire aún más melancólico a su cara.

—Le pido me perdone, señorita. No era mi intención asustarla.

Emma reprendió a Bon con la mirada y cogió la patata de la mano de Lemmy.

—Caramba, gracias, señor... señor... Lemmy. Es justo lo que necesitaba.

El tubérculo estaba bastante arrugado y germinado, con más ojos que una gorgona, pero Emma puso gran entusiasmo en cortarla en cubos perfectos y los echó a la sartén junto con el tocino, donde empezaron a ablandarse con la grasa caliente.

—Tengo más donde guardaba esa, señorita —anunció Lemmy con entusiasmo antes de dirigirse de regreso a sus alforjas.

—Si Jamie estuviera aquí —musitó Emma, meneando las patatas con la punta del cuchillo— supongo que intentaría convencerme de que fue el conde quien dejó personalmente esa cicatriz en la mejilla de Lemmy, con su abrecartas grabado, y sólo por robar una patata.

—No fue una patata, sino un montón de nabos. Y no fue el conde —contó Bon con total naturalidad—. Al viejo halcón no le gusta ensuciarse las manos de sangre, así que ordenó a unos de sus hombres que sujetaran a Lemmy mientras lo hacía el guardabosque.

Emma alzó la cabeza de golpe, observando a Bon llena de horror.

—¿El mismo guardabosque que iba a cortarle la mano a Graeme?

Bon negó con la cabeza.

—El que había antes. ¿O tal vez el que estaba antes de ése? —Pasó lista con los dedos a varios guardabosques antes de renunciar a recordarlo y encogerse de hombros—. El conde siempre ha tenido un gusto mortífero para los guardabosques. Cuanto más sanguinarios, mejor para él.

Emma tragó saliva, de pronto le estaba desapareciendo el apetito. Todavía le costaba creer que el alma amable que había rescatado a su familia de la ruina podría ser el monstruo que estos hombres describían. Tal vez se le daba fatal lo de contratar guardabosques.

—Tu primo me explicó la larga enemistad entre los Hepburn y los Sinclair —dijo—. Pero este odio entre él y el conde parece más virulento en cierta forma... más personal. ¿Tienes alguna idea de la razón de que Jamie desprecie tanto a ese hombre?

—Lo único que tienes que sabes es que Jamie Sinclair nunca hace algo sin una buena razón.

—¿Incluso secuestrar a la novia de otro?

Cuando Bon apartó la vista, incapaz ya de mirarla a los ojos, ella supo que había tocado una fibra sensible.

—Caramba, o sea que no sabes qué razón puede ser, ¿verdad que no? —dijo empezando a entender algo—. Por eso decías cosas tan horribles sobre mí, ¿cierto? Para intentar sonsacarle algo.

A Bon le tembló un músculo en el mentón, pero continuó con la vista fija en las llamas danzantes del fuego.

—Siempre ha tenido mal genio y una vena alocada, igual que su abuelo y todos los Sinclair anteriores a él, pero nunca le he tenido por temerario. Yo no sé qué quiere del conde, sólo sé que le tiene obsesionado. Esta dispuesto a arriesgarlo todo, incluidos nuestros pellejos, para conseguirlo.

Antes de que Emma pudiera insistir más, un joven de ojos verde musgo y una espesa barba anaranjada apareció junto a su codo para ofrecerle un paquete de papel sucio sujeto con una cuerda.

—Aquí tiene un poco más de tocino, señorita.

—Y yo tengo algo de pan —dijo otro hombre que le tendía con timidez media barra de pan integral, tan duro que a Emma le pareció una roca cuando lo tuvo en la mano.

—Y nosotros tenemos un poco de queso —canturrearon al unísono Malcolm y Angus. Se enredaron en unos breves empujones para decidir cuál de ellos ganaba el privilegio de sacudir la corteza verde y esponjosa de moho verde del queso antes de entregárselo con un ademán elegante.

Mientras el resto de hombres de Jamie se reunían en torno a ella, estudió sus rostros expectantes. En ese momento, no parecían tanto una banda de feroces forajidos como un grupo de muchachos mugrientos desesperados por conseguir una galleta azucarada recién salida del horno toda calentita.

Sacudiendo la cabeza con aire arrepentido, Emma dijo:

—Apartaos, chicos. Una dama necesita espacio para trabajar.

Cuando Jamie volvió a aparecer a buen paso en el campamento, la último que esperaba ver era a sus hombres agachados sobre sus platos de hojalata, metiéndose bocados con las hojas de los cuchillos como si no hubieran comido en un mes y tal vez no volvieran a tener ocasión de hacerlo jamás.

Su conducta podría haberle dejado más perplejo si el aroma irresistible a tocino en la sartén no hubiera alcanzado su propia nariz, atrayéndole hacia el fuego. Aunque había comido un trozo de pan duro junto con una delgada tira de venado seco mientras salía a hurtadillas del campamento antes de que el sol del amanecer empezara a encender el cielo, la suculenta fragancia hizo que su estómago se retorciera de ganas.

Ese anhelo se intensificó y convirtió en algo infinitamente más peligroso cuando vio a la mujer que presidía el festín. Emma estaba inclinada sobre el hombro de Graeme, sirviendo una nueva ración de patatas fritas —muy tiernas por dentro y crujientes por fuera, como a Jamie le gustaban— en el plato del chico. Graeme le dedicó una mirada de adoración antes de meterse una porción colmada en la boca ya llena.

Jamie lanzó una rápida mirada a los platos de los demás hombres y descubrió más patatas, varias tiras de tocino y gruesos trozos de pan tostado en la grasa de tocino, con queso fundido por encima.

Sacudió la cabeza con incredulidad.

—Qué bien que esta noche contaremos con comida y techo, muchachos, ya que parece que estáis devorando las provisiones de dos semanas de una sentada.

A los hombres aún les quedaba bastante sentido común como para mostrarse avergonzados, pero sin dejar de comer.

—¿Puedo ofrecerle algo de desayunar, señor Sinclair? —preguntó Emma, y la formalidad escueta de su tono sirvió sólo para recordarle los sonidos indefensos que habían surgido de la garganta de Emma mientras él la besaba la noche pasada. Cogió una loncha de tocino de su propio plato y se la ofreció.

Jamie aceptó con cierto reparo el tocino de los dedos de Emma, consciente con exactitud de cómo debía de haberse sentido Adán cuando Eva le tendió la manzana.

Observándola aún con cautela, cató un trozo del crujiente cerdo. Si el olor era celestial, el sabor era puro éxtasis. Sin darse cuenta, toda la tira desapareció por su garganta, y se estaba lamiendo la grasa de las puntas de los dedos sin el menor atisbo de modales o vergüenza.

—La moza cocina como un ángel —masculló Bon y a punto estuvo de atragantarse con un bocado de patatas—. Si no estuviera ya prometida con el conde, me casaba yo con ella.

—Caramba, gracias, Bon —contestó Emma radiante de placer—. Aunque mi madre dijera que era un pasatiempo vulgar, poco adecuado para una dama, siempre me ha encantado cocinar. Cuando era niña, Cookie tenía que sacarme de la cocina con una escoba. Por suerte, mi pasión resultó muy útil a mi familia cuando Cookie... se retiró.

Bajó la vista para evitar la intensa mirada de Jamie. Lo más probable es que tuviera que encargarse de la cocina después de que su padre despilfarrara el sueldo de Cookie en la mesa de juego y en ginebra barata. Jamie no pudo evitar preguntarse si alguna de sus hermanas alguna vez había movido un dedo para ayudarla.

Recordando el encargo que le había hecho abandonar el campamento antes de que alguno de ellos se levantara de los petates, sacó el par de liebres limpias y preparadas que colgaban de su hombro y las arrojó a sus pies.

Mientras los sorprendidos ojos azules de Emma encontraban los de Jamie, éste dijo:

—Mientras cabalgue conmigo, nunca le faltara carne fresca en la mesa.

Con eso, se dio media vuelta y se dirigió hacia su caballo.

—Dejad de atiborraros y recoged vuestras cosas. Si queremos llegar a casa de Muira antes de medianoche, no hay tiempo que perder.

—¿Quién es la tal Muira? —preguntó Emma tras él.

—Una amiga —respondió escuetamente—. Y no le cojáis demasiado apego a la muchacha —dijo por encima del hombro a su grupo—. No es un animalito. No os la podéis quedar.

Mientras los gemidos alicaídos reverberaban en sus oídos, Jamie decidió que tal vez le conviniera también a él hacer caso de su recomendación.

Jamie marcó un ritmo incesante durante todo el interminable día, volviendo con frecuencia la vista atrás por encima del hombro como si huyera de algún diablo que sólo él podía ver.

Al principio, Emma intentó mantenerse rígida sobre la silla detrás de él, el orgullo le impedía agarrarse a Jamie. Pero cuando por tercera vez se vio obligada a buscar de súbito la parte posterior de su chaleco para agarrarse y no caerse del caballo, y luego por el borde del precipicio, Jamie contuvo un juramento de exasperación, desmontó y volvió a montar para sentarse tras ella. Deslizó un brazo en torno a su cintura y la atrajo hacia la cuna de sus muslos con una energía que dejaba claro que no estaba de humor para desafíos.

A medida que las colinas se volvían más empinadas, los árboles más escasos y el terreno cada vez más escarpado, Emma casi se sintió agradecida de su insistencia. Sin aquel pecho imponente y sus brazos musculosos para sostenerla, lo más probable era que se hubiera precipitado por un precipicio y se hubiera roto el cuello.

Todos podían dar las gracias por haber iniciado el viaje con la tripa llena ya que Jamie sólo les permitió hacer unas pocas pausas para las necesidades más básicas de alimento, agua y decanso. A juzgar por la brusca impaciencia con que les instaba a apresurarse y volver a montar, las pausas eran a favor de los caballos más que de ellos mismos.

A cada legua que recorrían, el aire se enrarecía más, y el viento parecía un latigazo que azotaba la tierna piel de Emma. Algunos montones de nieve sucia empezaron a aparecer bajo los escasos grupos de abedules y cedros a medida que dejaban atrás los atisbos de primavera más elusivos.

El mundo de Emma pronto se quedó limitado a la cuna del cuerpo musculoso de Jamie y al balanceo constante del caballo entre sus piernas. Sus recuerdos de Inglaterra —del sol danzando sobre la fresca hierba primaveral y las alondras cantando sobre hileras de setos con brotes— parecían poco más que los ecos distantes de un sueño. Justo cuando pensaba que ya no podía sentirse más abatida, empezó a caer una gélida llovizna del cielo plomizo.

Jamie sacó un hule de su fardo y lo utilizó para dar forma a una tienda improvisada sobre las cabezas de ambos. Sus esfuerzos fueron inútiles cuando el caprichoso viento cambió y empezó a lanzar agujas heladas de lluvia contra sus rostros. No tardó en gotear por las pestañas de Emma y correr por sus mejillas como lágrimas. Olvidando su maltratado orgullo, se acurrucó tiritando contra Jamie, empapada hasta los huesos.

No tardaron mucho en verse obligados a ralentizar la marcha para que los caballos pisaran sobre seguro entre aquellas rocas resbaladizas. Emma empezó a dar cabezadas. No sabría decir si se había quedado dormida de sueño o estupor, pero cuando abrió los ojos, se encontró en un mundo dolorosamente familiar y totalmente ajeno al mismo tiempo.

Debía de estar soñando, pensó boquiabierta, y su agotamiento se tornó en una bruma de estupefacción. ¿Cómo si no iba a explicar el retablo encantado que tenía ante los ojos? Pestañeó, pero la visión continuaba ahí, acogedora y lo bastante sólida como para provocar un nudo de anhelo en su garganta.

La lluvia se había transformado en nieve mientras ella echaba un sueño: esponjosos copos blancos danzaban un vals en brazos del viento a través del claro que tenían ante ellos. En medio de éste se hallaba una casita. No se trataba de la cabaña en ruinas de un labrador sino de una estructura sólida construida con piedra gris curtida por la intemperie y coronada por un techo de paja. El alegre destello de la luz de una lámpara relumbraba desde sus ventanas profundas, como un faro dando la bienvenida al cansado viajero.

Por lo que Emma veía, la casita podría haberse fabricado con pan de jengibre y mazapán en vez de piedra y argamasa. Medio esperaba encontrar una vieja bruja, huesuda y de cabellos blancos, llamando desde el umbral, ansiosa por ofrecer sus ciruelas y dulces antes de meterlos en el horno.

Era un destino que de hecho podría acoger con beneplácito en este momento, pensó, dominada por otra tanda de tiritones.

Dado que el caballo por fin había dejado de balancearse, sólo quedaba un elemento constante en su vida: los brazos de Jamie. El escocés desmontó y la bajó con él del animal, todo ello con un movimiento fluido. En vez de dejarla en el suelo, la mantuvo en brazos contra su pecho y avanzó a buen paso hacia la casita, llevándola como si fuera una niña.

Emma le echó un vistazo con disimulo. Nuevos copos de nieve espolvoreaban su abundante pelo azabache, y sus pestañas como si fueran diamantes.

Sabía que tenía que haber protestado por el trato prepotente que recibía. Debería haber insistido en que la pusiera en el suelo en aquel mismo instante, pero no estaba demasiado segura de que sus piernas temblorosas fueran a sostenerla. De modo que le rodeó el cuello con un brazo, diciéndose que aquello era menos humillante que ir arrastrándose por el terreno a los pies de él. Mientras apoyaba la cabeza en su hombro, pensó en cuán injusto era que alguien de tan poco fiar pareciera tan fuerte, cálido y sólido.

Cuando se acercaban a la casita por el camino de piedras, la puerta de madera se abrió de par en par como por arte de magia.

Jamie se agachó bajo el marco de poca altura. De inmediato se encontraron rodeados de una nube de aire caliente, con un débil aroma delicioso a galletas de canela.

Emma precisó un momento de aturdimiento para percatarse de que no les había hecho pasar ninguna bruja socarrona, sino una mujer de mejillas sonrosadas que casi era tan ancha como alta. No era un rasgo demasiado difícil de lograr ya que su cabeza apenas le llegaba a Jamie al codo.

A juzgar por el camisón arrugado, amplio como una carpa de circo, y las largas trenzas blancas que caían sobre sus hombros, su llegada había sacado de la cama a la anfitriona. Pero eso no parecía disminuir su deleite.

Una sonrisa decoraba sus mejillas sonrosadas mientras aplaudía:

—¡Jamie, mi querido muchacho! ¡Caramba, qué regalo para un par de ojos viejos e irritados como los míos!

Pese a cargar con el peso de Emma, Jamie consiguió inclinarse para dar un beso sobre la nívea cabeza de la anciana.

—No hace falta tanta falsa modestia, Muria. Sabes que sigues siendo la moza más linda al norte de Edimburgo. Estoy medio loco por ti desde que sólo era un mocoso.

—¿Sólo medio? —inquirió zalamera, riéndose como una colegiala—. Todavía estoy esperando a que entres en razón y me pidas ser tu esposa.

—Y sabes que lo haría si pensara que no iba a importarle a tu marido. —Jamie se enderezó y echó una mirada por la estancia acogedora y espaciosa, que parecía servir tanto de sala como de comedor de la casita—. ¿Dónde está?

—Ha salido a cazar otra vez con los muchachos. —Los ojos de la anciana centellearon con malicia—. Se merece regresar y encontrarme con un fogoso joven amante en mi cama.

—Contén esa lengua, mujer. Sabes que dispararía a cualquier hombre lo bastante necio como para jugar con su preciosa mujercita. Casi le pega un tiro a mi abuelo en una ocasión, y eso que sólo te guiñó un ojo.

Dio un manotazo a Jamie en el hombro.

—Después de treinta y cinco años casada con Drummond MacAlister, harían falta más que unos pocos halagos de un jovencito adulador como tú para que a esta novia se le suban los colores. ¿Y cómo está ese abuelo tuyo? Confiaba en que ese viejo bribón testarudo bajara de la montaña y nos hiciera una visita antes de las nieves del invierno, pero no le hemos visto el pelo en todos estos largos meses.

Desde el ángulo de Emma, era imposible pasar por alto la repentina tensión en el mentón de Jamie o la débil aceleración del pulso en su garganta.

—No se aleja mucho de casa estos días. Yo tampoco le he visto desde hace dos meses.

Muira soltó un resoplido.

—No puedes esperar que me crea que el viejo diablo se ha retirado a su mecedora. Si fuera por él, aún seguiría al frente de los muchachos, y tú tendrías que seguir en Saint Andrews o en Edimburgo haciendo de caballero.

Jamie fingió un escalofrío.

—Nunca sobreviviría allí. El whisky era flojo y las mozas no eran tan lindas como tú.

La preocupación empañó el brillo de los ojos de Muira cuando escudriñó las sombras que se movían por el patio.

—¿Debo coger las pistolas y cerrar la puerta con cerrojo? ¿Te están siguiendo?

—En este momento, no. A excepción de un grupo de hombres mojados, hambrientos y agotados que cambiarían gustosos sus almas mortales por un cuenco de nabos y patatas calientes y una invitación a acostarse en tu establo para pasar la noche.

Muira se frotó sus rollizas manos, como si ser despertada en medio de la noche para dar de comer a una docena de hombres hambrientos fuera su idea del paraíso.

—Voy a encender ahora mismo el hogar de la cocina. Y diré al joven Nab que encierre las ovejas —añadió con un guiño picaresco.

Volvió entonces la atención a Emma, con sus ojos color tofe tan brillantes e inquisitivos como los de un jilguero—. ¿Y qué es lo que tienes aquí? ¿Te has encontrado una almizclera medio ahogada abajo en los brezales?

En cualquier otra situación, Emma podría haber encontrado reparos a ser comparada con un roedor. Pero en aquel momento era incapaz incluso de conseguir que un chillido de protesta superara el castañeo de sus dientes.

Notó que Jamie estrechaba su abrazo.

—Confiaba en que cuidaras de ella mientras yo me ocupo de los hombres y los caballos.

—Claro que sí, muchacho. —Cloqueando como una gallina ofendida, Muira le dedicó una mirada de amonestación—. Y por el aspecto de la pobre criatura, haré un trabajo menos desastroso que el tuyo, carajo.

Retirando una relumbrante lámpara de aceite de un gancho, la anfitriona les guió por la estancia. Después de haber dormido sobre el suelo frío durante dos noches, la acogedora casita de techos bajos revocados y suelo de losas de piedra bien barridas le pareció a Emma el palacio de un rey. Una estrecha escalera de madera se introducía por un hueco en un rincón. Por lo visto, la casita contaba con un segundo piso completo en vez de tan sólo un altillo para dormir.

Había ramilletes fragantes de romero y tomillo seco colgados de ganchos de hierro, colocados en las vigas visibles de roble, junto con una serie impresionante de pucheros de hierro y teteras de cobre. Jamie tuvo que agacharse para evitar darse con la cabeza en los recipiente más grandes.

Emma se olvidó del resto de encantos de la habitación al ver el fuego que crepitaba alegre sobre un hogar de piedra. Un perro viejo con un hocico entrecano dormitaba sobre una alfombra ante el fuego. Lo habría echado de ahí para formar ella un ovillo en su sitio.

Jamie la dejó sobre el banco más próximo al hogar, luego se enderezó lo justo para susurrar algo al oído de Muira.

—Sí, me ocuparé de hacer eso también, muchacho. —Cuando la mujer inclinó la cabeza, el centelleo de astucia volvió a sus ojos—. Estará lista cuando vuelvas.

Como si estuviera ansiosa por cumplir su misteriosa promesa, se fue para la parte posterior de la vivienda dando unas enérgicas palmadas. Emma estiró el cuello, esperando que hiciera aparición un trío de elfos o tal vez un unicornio para seguir sus deseos.

Pero sólo vio que surgían dos doncellas de lo que debería ser la cocina, frotándose los ojos adormilados. La que tenía una complexión más rubicunda y nariz chata casi era tan baja y rolliza como su señora, pero la otra era una criatura alta y linda, con tirabuzones agitanados, oscuros y lustrosos, y pechos generosos a punto de desbordar el corpiño de amplio escote.

Su mirada se iluminó al ver a Jamie, tanto que, en comparación, la bienvenida de Muira había sido claramente fría.

—Caramba, Jamie Sinclair, si no lo veo no lo creo —susurró, apoyando la mano en una cadera curvilínea—. Hacía demasiado tiempo que no me... mejor dicho, no nos hacías una visita.

Capítulo 15

*E*vitando tenazmente la mirada de Emma, Jamie hizo una breve inclinación con la cabeza.

—Tienes buen aspecto, Brigid. Como siempre.

Emma no pudo hacer otra cosa que seguir mirando, fascinada con el atisbo de rubor que iluminaba los altos pómulos de Sinclair. Nunca le hubiera tomado por un hombre capaz de sonrojarse.

—No tanto como tú, desde luego —contestó Brigid mirándole de arriba abajo como si lo que más le apeteciera fuera llevárselo al pajar más cercano y darse un buen revolcón con él. Que no sería el primero, si había que fiarse de la manera en que se lamía los labios carnosos.

Emma fulminó con la mirada a aquella impertinente a través de las greñas empapadas de su pelo, luego bajó la vista a toda prisa al percatarse de lo que estaba haciendo. Por fortuna, Jamie ya se había dado la vuelta y regresaba a buen paso hacia la puerta, sin duda aliviado de librarse de la carga en la que ella se había convertido.

Muira mandó a ambas criadas de regreso a la cocina.

—¡Ahora a trabajar! ¡No es momento para mariposeos, no os quedéis mirando las musarañas! Tenemos mucho que hacer y poco tiempo.

Brigid dedicó a Emma una rápida mirada de desdén antes de regresar indignada a la cocina con Muira y la otra doncella pisándole los talones.

Emma se sacó las botas y se acurrucó delante del fuego, encantada de disfrutar del calor y quedarse en compañía del viejo perro entrecano. El momento quedó salpicado por el tintineo apagado de pucheros, la ocasional maldición en gaélico, y el sonido de pisadas arriba y debajo de las escaleras que había tras ella. Sus prendas dejaron de estar empapadas, sólo conservaban una incómoda húmeda cuando Muira reapareció para tenderle un cuenco de madera. Emma devoró con la cuchara su contenido, interesada sólo en que estaba caliente y tenía un vago parecido a verduras que reconocía. Agradeció de igual modo la taza de té caliente que la mujer le puso en las manos todavía temblorosas.

Experimentó un momento de dicha respirando el vapor que se elevaba desde la taza, antes de llevársela a los labios.

El líquido descendió por su garganta irritada, quemándolo todo a su paso. Tosió y dirigió a Muira una mirada indefensa.

—Bébelo, mocita —la instó la anciana, aposentando su mole considerable sobre el extremo del hogar—. El whisky te calentará mucho más rápido que el té.

Pestañeando para contener las lágrimas que escocían en sus ojos, Emma se aventuró a dar un segundo sorbo a la taza de té alegrada con un chorrito de whisky. Muira había dicho la verdad. El ardor remitió pronto, dejando una sensación agradable que le calentó la tripa y consiguió reanimar poco a poco los dedos de pies y manos con un cosquilleo.

Emma no sabría decir si fue el whisky o el brillo de compasión en los ojos de la mujer lo que despertó su lengua congelada, pero de pronto se encontró soltando:

—¿Cuánto hace que conoce a Jamie?

—Desde que no era más que un mocoso a quien su abuelo llevaba sobre los hombros. —Unos hoyuelos aparecieron en los mofletes rollizos de la mujer cuando sonrió—. Ramsey no podía dar un paso esos días sin Jamie pegado a sus talones. Oh, solía soltar bravatas y molestarse, pero estaba claro que se desvivía por el pequeño. Casi le rompe el corazón tener que mandarle a una escuela de categoría al cumplir los diecisiete años.

—Qué pena que no fueran capaces de enseñarle modales allí —replicó Emma entre dientes, todavía con una extraña sensación tras haber visto el saludo demasiado familiar de Brigid.

Muira le dirigió una mirada de reproche.

—Vigila esa lengua, chiquita. Un hombre no necesita modales si tiene un corazón bueno. Son muchos los inviernos rigurosos en los que yo y los míos no habríamos sobrevivido de no ser que Jamie, o su abuelo antes de él, que nos traía leche y carne en forma de una o dos novillas robadas. Si no hubiera sido por los Sinclair, nos habrían sacado a todos de esta montaña hace mucho tiempo, para acabar en las tierras bajas en manos de Hepburn y sus perros falderos. Los Sinclair son quienes ponen carne en nuestras mesas y monedas en nuestros bolsillos en las malas épocas. Vaya, hasta tres de mis muchachos han acompañado a Jamie en sus correrías alguna temporada, antes de asentarse con sus esposas y criar a sus propios hijos.

—¿Le defendería de forma tan incondicional si le digo que me ha secuestrado?

Considerando la bienvenida aduladora que Muira había brindado a Jamie, Emma no esperaba que su anfitriona soltara un resuello de horror y se fuera corriendo en busca de las autoridades. Pero sí le desconcertó un poco que la mujer se inclinara hacia delante y le dedicara una palmadita maternal en la rodilla.

—Eso sospechaba, cielo. También mi propio Drummond me secuestró un día, delante mismo de las narices de mi querido padre.

Emma estudió a la mujer con incredulidad.

—¿Quiere decir que su marido también la raptó?

—Y tanto que sí, eso es lo que hizo —suspiró Muira, y sus ojos se empañaron un poco con el recuerdo—. Me echó sobre la grupa del caballo y salió cabalgando ante medio pueblo. Tenía seis hermanas pequeñas y todas estaban verdes de envidia.

Tal vez la mujer estuviera loca, pensó Emma pestañeando al ver el semblante radiante de Muira. Tal vez todos los escoceses estuviera locos.

—Pero no estamos en la Edad Media. —Dio otro trago al brevaje de té y whisky, notando que su indignación se elevaba igual que la temperatura corporal—. En mi lugar de origen, un hombre hace la corte a la mujer por quien se siente atraído. Galantea y le escribe poemas alabando la belleza de su rostro, la gracia de su andar, la amabilidad de su personalidad. No se la echa por encima del hombro y se la lleva a su cueva. O a su granero —añadió mirando disimuladamente el entorno acogedor. La casita con sus gastadas alfombras y muebles marcados, pero sólidos, parecía un lugar donde se vivía y se celebraba la vida—. Allí los hombres se comportan de manera civilizada. Como caballeros —concluyó con cierta tensión— no como salvajes y bárbaros.

—Ay, pero no hay nada amable o civilizado en lo que ocurre entre un hombre y una mujer en el dormitorio. —Muria le dedicó un amplio guiño—. Al menos no si la mocita es afortunada, quiero decir.

—Y Muira siempre se ha encontrado entre las mocitas más afortunadas.

Emma dio un respingo al oír la voz de Jamie justo a su espalda, advirtiéndole de que habría oído, con toda probabilidad, cada palabra de su discurso ridículamente apasionado—. Tiene siete hijos robustos y veintisiete nietos para demostrarlo.

Muira se levantó del hogar para darle un cachete en el brazo. Su risa sonó estridente y subida de tono:

—¡Ay, muchacho, ponte al día! Ya son veintiocho nietos ahora. La esposa de Callum ha tenido su séptimo crío mientras tú estabas por ahí intentando pillar al diablo de Hepburn.

Emma, recordando otra vez que su prometido no tenía muchos admiradores en esta montaña, acabó lo que le quedaba de té de un solo trago amargo y esperó a que Jamie informara a Muira de que no la había robado para convertirla en su mujer, sino para volver a venderla a su enemigo y sacar beneficio. Pero Jamie se limitó a retirar de su mano la taza vacía y tendérsela a Muira antes de volver a levantar a Emma en brazos.

La joven se puso rígida, pues ya no quería que siguieran tratándola como una niña corta de entendederas.

—Si no le importa, póngame en el suelo ahora, señor. Sepa que me encuentro perfectamente capaz...

—...de contener la lengua durante otros cinco minutos —concluyó él con tranquilidad, avanzando hacia las escaleras.

Emma cerró de golpe la boca, reacia a montar una escena delante de Muira o sus criadas. Las chicas habían reaparecido y observaron a Jamie mientras se la llevaba en brazos. La chica regordeta estaba boquiabierta de fascinación, mientras Brigid miraba con ojos felinos entrecerrados.

Las hermanas pequeñas de Muira se mostrarían igual de envidiosas cuando Drummond MacAlister salió a caballo del pueblo con su futura esposa chillando a lomos de su caballo. Emma sabía que debería inquietarle cómo iba a perjudicar a su reputación que Jamie la tratara así, pero apenas pudo contener un impulso infantil de sacar la lengua a Brigid cuando pasaron ante ellas.

Jamie giró a la izquierda al llegar a lo alto de las escaleras y la llevó a una alcoba situada en el extremo más alejado del estrecho pasillo. Era poco más que una buhardilla metida entre los aleros. El único mobiliario de la habitación era una silla con respaldo de listas de madera, una mesita con una lámpara y una barreño redondo de madera, ribeteado de hierro.

Un barreño redondo con arabescos de vaho elevándose desde el agua caliente que llenaba su interior.

—Me temo que era lo único que podía hacer, ya que no he tenido tiempo de componer una oda a la belleza de tu rostro y la gracia de tu andar. O la amabilidad de tu personalidad —añadió Jamie con ironía.

Emma bajó al suelo y se fue hacia delante, olvidando todo su enfado con él. En ese momento, le habría perdonado todo, incluso el asesinato. Aunque había oído a las sirvientas, trajinando escaleras arriba y abajo mientras ella languidecía delante del fuego, su mente estaba demasiado ofuscada como para percatarse de que acarreaban cubos de agua caliente. Ahora sabía con exactitud lo que Jamie le había susurrado a Muira antes de volver a salir a la nieve para ocuparse de los caballos y los hombres.

—Oh, Jamie —dijo con voz entrecortada, pasando los dedos por la superficie del agua caliente y sedosa—. ¡Qué maravilla!

Levantó la cabeza y le encontró estudiándola con una luz extraña en los ojos. La sonrisa de Emma se esfumó.

—¿Qué pasa? ¿Por qué me miras así?

—Es la primera vez que oigo mi nombre de pila en tus labios. —Estudió esos labios con su mirada, y la cálida caricia de sus ojos calentó lugares que ni siquiera el whisky había llegado a reanimar—. Me gusta bastante cómo suena.

Antes de que ella pudiera absorber el impacto de sus palabras, él había desparecido, dejándola a solas, pasando un dedo tembloroso sobre sus labios separados.

Oh, Jamie...

Jamie salió a buen paso de la vivienda, intentando no pensar en cuánto anhelaba oír otra vez esas palabras en labios de Emma, pero seguidas de un suspiro entrecortado de placer o tal vez incluso de un gemido gutural de rendición, mientras él se arrodillaba entre sus muslos preciosos, llenos de pecas y...

Contuvo también un gemido. Sus pasos incesantes le llevaron al extremo mismo de la ladera rocosa situada tras la vivienda de Muira. La nieve seguía cayendo, pero las frágiles salpicaduras de hielo poco podían hacer por enfriar aquella calentura. Pese a la mordida gélida del viento, lo único que veía era a Emma desprendiéndose de sus prendas húmedas e hundiéndose en el agua caliente, tal y como él anhelaba hundirse en ella.

Ya era demasiado tarde para considerar una noción tan alocada. Ya había esperado toda una vida para obtener lo que quería de Hepburn y ahora se le agotaba el tiempo.

Si Hepburn le daba lo que pedía, no tendría otra opción que hacer honor a su palabra y enviar a Emma de vuelta a la entrada de la abadía, donde aceptaría al conde como esposo, amo y señor, y padre de sus criaturas.

Cerró los puños. Había conseguido convencerse tiempo atrás de que Hepburn sólo poseía una cosa sin la cual él no podía vivir. Siempre había despreciado la codicia del conde, su arrogancia, su deseo insaciable de poder.

Al fin y al cabo, ¿por qué él —Jamie Sinclair— iba a envidiar a un antiguo montón de piedras, si poseía algo mucho más valioso: su libertad? No estaba enjaulado entre cuatro paredes, sino que dormía bajo la extensión salpicada de estrellas del cielo, la montaña entera era su reino. ¿Por qué iba a requerir todo un grupo de criados esperando una señal suya, cuando tenía hombres leales dispuestos a cabalgar a su lado por poco más que la promesa de compañía y aventura?

No obstante, ahí estaba ahora, codiciando la esposa orgullosa e irritable de Hepburn. ¿Por qué no podía haber sido una criatura malcriada y avariciosa, dispuesta a vender su suculento cuerpo joven al conde por un par de pendientes de diamante o un manto ribeteado de armiño? Si hubiera sido así, tal vez no deseara tanto quedársela para sí. No estaría ahí fuera, con aquel frío, con el cuerpo tan ardiente que casi fundía la nieve bajo sus botas. Tal vez estuviera a tiempo todavía de contentase con un tipo de mujer que le acogiera con beneplácito en su cama sin exigir poco más que un beso, mucho menos un promesa eterna de devoción.

Un par de cálidos brazos femeninos se materializaron —casi como si sus pensamientos los hubieran invocado en la nieve circundante— y le rodearon la cintura.

Jamie cerró los ojos, permitiéndose imaginar que eran los brazos de Emma durante una milésima de segundo, pesada y sorda, que notó hasta en su mismísima entrepierna. Imaginó que era Emma quien había atravesado la nieve en busca de su compañía, recién salida del baño, con la piel aún húmeda y colorada, y con la blandura irresistible de sus pechos apretados contra su espalda.

Pero no era el aroma embriagador a lilas mojadas por la lluvia lo que alcanzaba su nariz. Era un dejo a leña del fuego de la cocina, con el subyacente almizcle inconfundible del deseo femenino.

Se dio media vuelta y su suspiro quedó visible en el aire gélido.

—Deberías regresar a la vivienda, Brigid, antes de que te mueras de frío, no seas tonta.

La pechugona criada rodeó con los brazos el cuello de Jamie, riéndose de él.

—Ah, pero no hay peligro mientras tú estés cerca, ¿verdad que no? Por lo que recuerdo, tienes tu propio sistema de dar calor a una moza.

Jamie gimió cuando una de sus ansiosas manitas se aventuró entre su cuerpo para frotar su larga y rígida verga a través de la suave napa de los pantalones.

—Oh, cielos —exclamó ella con voz entrecortada, lanzándole una mirada cohibida—. Le dije a Gilda que estabas loco por verme esta noche. Pero no había calculado bien cuánto.

Jamie no tuvo agallas de decirle que estaba así desde que había echado a cierta señorita inglesa joven y esbelta sobre la parte delantera de la silla de su caballo, hacía ya dos días.

Por lo visto, ella tampoco estaba de ánimo para conversar. Se mantenía demasiado ocupada pegando sus labios húmedos y calientes al cuello de Sinclair y frotando a continuación sus voluminosos senos contra su pecho.

Jamie sabía que sería un maldito necio si no le levantaba allí mismo las faldas y aceptaba su ofrecimiento. Tal vez la sangre volviera a circular por su cerebro si conseguía aliviar el dolor implacable en su entrepierna. Tal vez así podría aplacar su creciente obsesión por la mujer de otro hombre.

Conteniendo un juramento salvaje, rodeó a Brigid con los brazos y se entregó por completo a la carnosidad de su boca abierta y la turgencia de su beso.

Emma apoyó la parte posterior de la cabeza en el borde del barreño y cerró los ojos, dejando que el agua fundiera el último frío de sus huesos. Una deliciosa modorra la invadió mientras el ardor persistente del whisky en su tripa se mezclaba con el calor seductor del agua que lamía sus senos.

Las chicas de servicio habían dejado una alfombra limpia, una pastilla de jabón en forma de bola y una toalla de lino apoyada en el borde del barreño. Aunque el jabón parecía basto, sin duda elaborado por Muira con sus mismas manos, Emma no lo hubiera encontrado más divino si viniera de Paris y oliera a lavanda. Hizo una espuma generosa con él y se tomó su tiempo en restregar la mugre del viaje de su piel y pelo.

Se hundió aún más en el agua y escuchó el silbido del viento en torno a los aleros, mientras contenía un gemido de puro placer. Sabía que tendría que salir finalmente del baño. Si se demoraba demasiado, Jamie podría volver a entrar con su paso brioso, y temía que decidiera unirse a ella en el agua.

En contra de su voluntad, su imaginación caprichosa evocó la imagen del joven escocés hundiéndose en el agua, tan desnudo como el día que nació, estirándose para estrecharla en sus brazos con una sonrisa maliciosa e insinuante y su cuerpo musculoso, tan húmedo y reluciente como el de una foca. La inundó un calor de otro tipo, que comprimió las puntas de sus pechos y disparó el fuego en su vientre, reptando hacia abajo, hasta transformarse en un dolor sordo entre sus muslos.

Se incorporó en el barreño y abrió los ojos de golpe. Pese al aire fresco que acariciaba sus mejillas, de pronto se sentía febril y alterada. Se puso la mano en la frente. Tal vez la exposición a los elementos había sido demasiado para ella. Tal vez había cogido las fiebres palúdicas. Aunque había pasado horas incontables soñando con Lysander en la privacidad de su baño —el único lugar en donde conseguía escapar de las miradas inquisitivas de sus hermanas—, nunca antes la habían asustado visiones tan perturbadoras. Hasta en sus fantasías más atrevidas, Lysander siempre iba ataviado con sus vestiduras de caballero, sus botas con borlas tan a la moda, lustradas con esmero, el fular anudado a la perfección. Nunca se había atrevido a imaginarle haciendo algo más audaz que robar un beso inocente de los labios cerrados de Emma.

Frunció el ceño. Ahora que pensaba en ello, apenas recordaba su cara. Los rasgos, en otro momento tan adorables, no eran más que una mancha borrosa y vaga. Su pelo rizado ya no relucía como oro en su recuerdo, sino que parecía sin vida, tan pálido como cáscara de maíz. Esa voz, que Lysander modulaba a la perfección, con precisa dicción y consonantes escuetas parecía tan tibia como una taza de té del día anterior. En su voz nunca había indicios de humo, ni ecos de pasión bullente, que hicieran a una mujer soñar con algo más que besos cuando se encontraba a solas en el baño.

Mientras esa fiebre preocupante se apoderaba una vez más de ella, se apresuró a salir del baño y se secó con una toalla de basto lino. Ya empezaba a temer la perspectiva de intentar ponerse sus prendas pegajosas cuando se fijó en el camisón colgado de un gancho próximo.

Se metió por la cabeza los pliegues de tela fresca y recién lavada. Una ráfaga aislada de viento alcanzó la ventana de la buhardilla y la abrió de golpe. El aire frío que inundó la estancia le puso la piel de gallina.

Se apresuró a la ventana para cerrarla con los dedos congelados sobre el pestillo, cuando distinguió dos figuras pegadas en un abrazo tórrido justo en el extremo de la ladera inferior.

Capítulo 16

*L*a nieve parecía proyectar un resplandor sobrenatural sobre el terreno pedregoso situado tras la casita, por lo cual fue mucho más fácil distinguir a Jamie en brazos de otra mujer.

La visión provocó en Emma un extraño calor, luego frío; como si los copos helados ya no giraran en el exterior de la ventana sino dentro de su corazón.

Mientras miraba, ansiando apartar la vista, pero incapaz de hacerlo, Brigid rodeó todavía con más fuerza el cuello de Jamie e inclinó la cabeza hacia atrás para reírse mirándole. Su dentadura era un destello blanco en contraste con la piel morena. Emma no podía oír qué decía, pero cuando la joven deslizó hacia abajo la mano, que desapareció entre ellos dos, le tocó entonces a Jamie echar la cabeza hacia atrás y apretar los dientes, con una expresión demasiado fácil de interpretar.

Era la expresión de un hombre en el umbral de un dolor terrible, aun así exquisito. Un hombre dispuesto a hacer todo lo que hiciera falta para transformar ese dolor en placer.

Aprovechándose de su ventaja, Brigid frotó su rostro contra la garganta de Jamie, y luego los senos contra el amplio pecho donde Emma había apoyado la cabeza hacía bien poco. Luego la muchacha dejó caer hacia atrás la cabeza, como invitación no expresa, dejando expuesta la línea graciosa de su garganta. Entrecerrando los ojos, Emma miró a través de la nieve que caía, y casi se atrevería a jurar haber visto vacilar por un momento a Jamie. Pero debió de ser tan sólo un truco de los copos y la luz espectral porque lo siguiente que supo fue que Jamie había rodeado a la chica con sus brazos poderosos y devoraba su boca exuberante con un ansia imposible de negar.

Resistiéndose al impulso de dar un golpetazo a la ventana, con fuerza suficiente como para romper el vidrio, Emma la cerró con delicadeza y sin el menor ruido.

Brigid gemía contra los labios de Jamie mientras su voz se transformaba en un profundo ronroneo gutural.

—Oh, Jamie...

Él abrió los ojos de golpe. Pese a tener en sus brazos las curvas voluptuosas de Brigid, oía la voz de Emma susurrando su nombre, veía los ojos de Emma mirándole brillantes, sentía los labios de Emma moviéndose bajo los suyos, separados, húmedos y ansiosos por un beso. Y por todos los placeres que ella nunca conocería en brazos del conde.

Rodeando con firmeza los brazos de Brigid, la apartó de él con amabilidad pero con decisión.

—Mejor que regreses a la cocina antes de que tu señora te eche a faltar. Ha sido un viaje muy largo y estoy más cansado de lo que pensaba.

Brigid se puso en jarras y entrecerró los ojos despacio.

—No tan cansado como para subir a esa canija esquelética por las escaleras. Ya que la lluvia no fue suficiente, esperaba que tú fueras a acabar la faena ahogándola en el barreño.

Si Brigid agonizando de placer sensual era una visión impresionante, Brigid agonizando de celos era aún más magnífica. Jamie medio esperó que la belleza de pelo negro, tan bien dotada, empezara a sisear y escupirle como un gato furioso.

—¿Por qué no me dejas acompañarte de regreso a la casa? —se ofreció, confiando en disuadirla de sacarle los ojos con sus garras.

—No se moleste demasiado por mi, señor —ladró con fingida dulzura—. Estoy segura de que Angus o Malcolm no estarán tan cansados como para no querer calentar a una linda moza en una noche tan fría. —Dio una sacudida desafiante a sus rizos—. O Angus y Malcom.

Observando el meneo descarado de su trasero darse media vuelta para salir marchando ofendida en dirección a los establos, Jamie sacudió la cabeza y masculló:

—Dios ayude a los muchachos.

Por desgracia, tal vez él necesitara aún más asistencia del Todopoderoso. Su breve encuentro con Brigid sólo había logrado incrementar su ansia, intensificando el dolor sordo en la entrepierna, convertido ya en una palpitación incesante demasiado intensa como para ignorarla.

Sin dejar de sacudir la cabeza, inició el regreso a la vivienda, maldiciéndose por ser un necio sin remedio.

Cuando Jamie llamó sin lograr respuesta, empujó con cautela la puerta del baño para abrirla. Encontró a Emma sentada en la silla de madera, con las manos dobladas con gesto remilgado sobre el regazo.

El voluminoso camisón de Muira envolvía sus curvas delgadas. Su rostro pecoso aún estaba sonrosado por el baño, y un halo de rizos naranjas humedecidos enmarcaba su rostro.

—Bien, con certeza eso no ha llevado mucho tiempo —dijo lanzándole una mirada de vago desprecio desde debajo de las pestañas.

Jamie, estudiando la inclinación malhumorada de su boca, frunció el ceño. Cuando la había dejado, parecía a punto de arrojarle los brazos al cuello y cubrir su cara de besos de agradecimiento. Ahora parecía más dispuesta a meterle la cabeza bajo el agua ya tibia del barreño, hasta que dejaran de subir burbujas.

Por lo visto, esta noche tenía el don de enfurecer mujeres. Al menos sabía qué había hecho para que Brigid se largara con tal berrinche. El repentino mal genio de Emma era un misterio para él.

—Confiaba en dejarte tiempo suficiente para acabar el baño —dio con cautela.

—Qué generoso de tu parte considerar mis necesidades antes que las tuyas —respondió con un gesto de desdén—. A mi entender, a la mayoría de hombres sólo les preocupa su propia satisfacción. Sean cuales sean los medios necesarios... sobre todo los más prácticos—su delicado labio superior se encogió con un gesto despectivo— o los más vulgares.

Casi respondiendo a su estado de ánimo, el viento que gemía en los aleros soltó un aullido. La ventana del rincón traqueteo a modo de advertencia y luego se abrió ruidosamente con una ráfaga endiablada de viento helado y nieve que formó un remolino en la habitación.

Jamie se acercó para cerrarla bien, pero detuvo la mano en el pestillo en mal estado cuando su mirada reparó en el trozo de terreno que había debajo. El delgado manto de nieve reflejaba cada fragmento de luz, incluido el suave relumbre de la lámpara a través de las ventanas de la cocina, y la noche parecía tan brillante como el amanecer.

Dirigió una rápida mirada a Emma por encima del hombro. Seguía con la mirada al frente y un gesto firme en su delicado mentón. Tenía los hombros rígidos y la columna tan tiesa que ni siquiera tocaba el respaldo de la silla. Una sonrisa entendida empezó a formarse en el rostro del escocés.

Cerró con cuidado la ventana y luego regresó andando despacio hasta entrar de nuevo en el campo de visión de Emma, ocultando su sonrisa en ciernes con un bostezo exagerado.

—Estoy tan exhausto que casi no aguanto mis ojos abiertos. Apuesto a que esta noche voy a dormir como una criatura.

—Me atrevería a pensar que sí. —Le fulminó con una mirada que hizo que se alegrara de haber dejado la pistola en su fardo en la planta inferior—. El ejercicio frecuente y violento tiene a menudo ese efecto.

Él extendió los brazos con un movimiento poderoso y le dedicó una deliberada mirada lánguida desde debajo de sus párpados caídos.

—Creo que no recuerdo cuándo fue la última vez que me sentí tan terriblemente... agotado.

La temperatura de la habitación volvió a caer otros diez grados, lo que le obligó a dirigir otra mirada furtiva a la ventana para asegurarse de que no había fallado de nuevo el pestillo.

—Me sorprende que todavía tengas fuerzas para hablar, incluso para aguantarte en pie.

Como para expresar su total conformidad con ella, apoyó las manos hacia atrás en el barreño, sosteniendo todo su peso en el borde, y soltó un suspiro saludable de satisfacción.

—Sí, noto mis piernas tan débiles como las de un corderillo recién nacido. Lo que más me gustaría ahora mismo sería tumbarme.

—¡Bien, faltaría más, por mí no dejes de hacerlo! —Levantándose de un brinco, Emma le dio un empujón sorprendentemente vigoroso en el pecho, que hizo tambalearse a Jamie hacia atrás y aterrizar con un impresionante salpicón en el barreño, con la cabeza sumergida bajo el agua.

Cuando salió a la superficie, todavía farfullando sorprendido, Emma se iba ofendida hacia la puerta como si tuviera intención de descender la montaña de nuevo, descalza y en camisón.

Jamie se puso en pie como pudo, con la ropa pegada al cuerpo, y se apartó el pelo goteante de los ojos.

—¿Y a dónde crees que vas, muchacha?

—A dormir con el perro sobre la alfombra junto al hogar. Estoy segura de que encontrarás sin problemas alguien con quien compartir tu petate. No obstante, con toda probabilidad mi compañía tendrá mejores modales que la tuya. Y menos pulgas.

Apoyando una mano en el borde del barreño, Jamie saltó por encima del baño y la alcanzó con dos largas zancadas. Si detener la marcha, la cogió en sus brazos y la echó boca abajo sobre su hombro empapado.

—Bájame al instante, bruto gigante —soltó, dándole con los puños en la espalda—. ¡Estoy harta de que me lleven como si fuera un saco de patatas por este país dejado de la mano de Dios!

Pasando por alto sus puntapiés furiosos, Jamie la sacó por la puerta, con sus botas chorreantes produciendo un chapoteo terrible a cada paso.

—Ojalá esté presente cuando el conde descubra que se ha casado con un pequeño gato montés, en vez de una gatita inglesa maullante. Por si aún nadie te lo ha dicho, te pones muy guapa cuando estás celosa.

Emma soltó un jadeo escandalizado.

—¡Celosa! No seas ridículo. ¿Por qué iba a estar celosa? ¿Por verte sobando a una desdichada en el patio de la cocina? ¡No estoy para nada celosa, qué caray! ¡Es todo un alivio! Ahora que tienes ya una mujerzuela para satisfacer tus necesidades más viles, dejarás de encontrar excusas ridículas para besarme y ponerme las manos encima. ¡Y basta de mirarme de ese modo tan impertinente e intolerable!

Jamie se dirigió al trasero curvilíneo echado sobre su hombro:

—¿Y qué modo es ése?

—Como si yo fuera un postre de fresas frescas con nata, y tú estuvieras condenado a pan y agua el resto de tu vida.

Sinclair se detuvo en seco, tan inmóvil que Emma dejó de dar patadas y golpes y se limitó a quedarse inerte sobre su hombro, como si fuera medio lechal.

Cuando él empezó a andar otra vez, sus pasos eran todavía más decididos. La doncella de Muira, Gilda, acababa de salir del dormitorio del extremo del pasillo, con sus rollizos brazos cargados hasta arriba de ropa blanca arrugada. Mientras Jamie caminaba hacia ella, la chica soltó un chillido de sorpresa y se pegó a la pared.

Sacudió la cabeza, con la papada temblando, para indicar la puerta.

—La señora ha encendido el fuego del hogar. Dice que la pobre mocita puede pasar la noche en su cama.

—Dile a tu señora que la pobre mocita y yo le estamos muy agradecidos —contestó Jamie, pasando junto a ella a toda marcha y usando el talón para cerrar la puerta con un golpetazo ante su rostro asombrado.

Se fue hasta la cama y arrojó a Emma sin demasiada delicadeza, de espaldas en medio del colchón relleno de plumas. La humedad de la camisa de Jamie se había transferido ya al camisón de Emma, dejando el lino transparente. El tejido se pegaba a los blandos globos de sus senos, resaltando la dureza tentadora de sus pezones puntiagudos con una diligencia que hizo que el escocés quisiera bajar la cabeza y saborearlos con la punta de la lengua.

Ella le miró pestañeante como una tortuga tumbada boca arriba, y él se sostuvo a cuatro patas, hasta que se encontraron con las narices pegadas y los labios a tan sólo un aliento de distancia.

—Puedo asegurarte, mocita, que Brigid estaba más que deseosa por satisfacer mis «necesidades más viles». Pero no acepté su ofrecimiento. Si lo hubiera hecho, estaría ahí abajo ahora mismo haciéndole todas las cosas que tan desesperadamente deseo hacerte a ti.

Capítulo 17

*E*l gemido inflamado de Jamie hizo que Emma se estremeciera en lo más profundo de su ser, en algún lugar oscuro que ningún hombre había tocado nunca.

Se esforzó por recuperar el aliento, aprisionada por la blandura seductora del colchón debajo de ella y el calor musculoso del hombre situado encima.

La deseaba. Ahora que ella había provocado esa confesión, no había ningún lugar donde pudieran ocultarse de la verdad. Ni tras negaciones inútiles ni peleas mezquinas. Ni tras el desprecio de Jamie por el conde ni la lealtad de ella a su prometido. Y con certeza no dentro de los confines de la cama de Murial.

Compartir el suelo frío y duro con Jamie Sinclair era una cosa. Compartir una cama con él era otro asunto bien diferente. Con su peso sostenido de manera tan precaria encima de ella, no costaba demasiado entender cómo se habían concebido siete hijos fornidos en esa cama, o cómo una mujer podría pasar las noches de frío glacial de las Highlands en las que las horas entre la puesta de sol y el amanecer eran tan oscuras e interminables como el invierno.

Emma se lamió los labios que de pronto se le habían quedado secos.

—Me estás mojando.

Jamie esperó a que otra gota de agua del baño salpicara su mejilla como una lágrima, luego se levantó para sentarse sobre sus talones. De rodillas, pero todavía a horcajadas sobre ella, se desprendió de la camisa empapada por encima de la cabeza y la echó a un lado, revelando una extensión alarmante de piel desnuda. Los músculos esculpidos de su pecho relucían como satén de bronce a la luz del fuego. Empleó ambas manos para retirarse el húmedo pelo de la cara. Su mentón sin afeitar sólo servía para realzar la simetría asombrosa de sus rasgos.

Era un hombre bello. Y peligroso.

Los pantalones empapados se pegaban a sus caderas delgadas y muslos poderosos como una segunda piel. Emma tenía cada vez menos motivos para poner en duda sus palabras. Miró boquiabierta de nuevo su rostro, medio asustada de que se sacara también los pantalones.

—Vuelvo a hacerlo, ¿verdad, mocita? Mirarte como si fueras un postre de fresas frescas... —Su mirada hambrienta acarició el puchero vulnerable que formaban los labios temblorosos de Emma, luego descendió poco a poco, fijándose en el pulso que latía descontrolado a un lado de su garganta, las subidas y bajadas irregulares de sus senos, la manera provocativa en que el tejido del camisón se pegaba a la elevación situada entre sus piernas. Su acento sonó aún más marcado con una nota ronca—: Y nata. —Desplazó de nuevo la mirada a sus labios—. Supongo que enseguida intentaré encontrar otra excusa ridícula para besarte.

—¿Como por ejemplo? —susurró ella a sabiendas de que su desafío insensato no iba a quedar sin respuesta.

Él se inclinó y rozó su oreja con la boca. Su susurro fue tan sólo una vibración grave que hizo que se estremeciera de deseo:

—Porque estoy más que harto de pan y agua.

Antes de que el pecho de Emma pudiera aproximarse con otra respiración, Jamie pegó la boca a sus labios, devorándolos con tal ternura deleitable que fue imposible resistirse y no invitarle a saborear más a fondo. Le rodeó el cuello con los brazos mientras él separaba con la lengua la carnosidad de la boca, instándola a unirse al festín. Emma hizo danzar la lengua sobre su terciopelo humeante con un anhelo lascivo que la sorprendió incluso a ella. Esto no era sólo un bocado del placer tentador, era todo un banquete para sus sentidos famélicos.

El beso de Jamie hizo que ansiara deleites que no sabría nombrar. Deseaba algo más dulce que la miel, algo que la llenara infinitamente más que la ambrosía. Mientras pasaba los dedos por su cabello húmedo, extendiéndolo y creando un velo de seda en torno a los rostros de ambos, él gimió desde lo más hondo de su garganta.

Si tener su boca sobre sus labios había sido pura dicha, no había palabras para describir el calor húmedo que provocó al deslizar esa boca sobre el satén sensible de su garganta, al mordisquear luego la fracción de piel tras su oreja, con un brusco pellizco en el lóbulo. Convirtió su chillido de sorpresa en un jadeo de puro placer cuando lamió con delicadeza el lugar que había mordido.

La boca de Jamie atrapó ese jadeo con otro beso voraz, advirtiéndole de que sus apetitos nunca quedarían satisfechos sólo con pegar los labios a la muñeca de una dama o arrebatarle un besito casto en algún rincón de un salón de baile.

Jamie Sinclair no era un caballero. Era un hombre.

Pese a la ferocidad del beso, era tan delicado con la mano que Emma no pudo resistirse a que le rodeara un seno a través del tejido húmedo del camisón. Ajustó a su amplia mano aquella blandura como si Dios la hubiera diseñado justo para él. Cualquier temor de que pudiera encontrarla insuficiente en comparación con la bien dotada Brigid se aplacó con el suspiro de devoción que Jamie soltó en su boca.

Nunca hubiera imaginado que unas manos tan fuertes pudieran ser tan delicadas o tan diestras. Con suma ternura, rozó una y otra vez su pezón rígido con la base encallecida del pulgar, creando una fricción tan exquisita que casi era dolorosa. Gimió y juntó los muslos para frenar la deliciosa palpitación mientras la caricia experta de Jamie le hacía sentir que tocaba todos los rincones al mismo tiempo.

Tomando aquel gemido por una invitación, Jamie descendió todo su peso sobre ella y la cubrió por completo. Aunque la nieve seguía cayendo como una cascada al otro lado del vidrio oscurecido de la ventana, era imposible creer que hubiera sentido frío alguna vez o que volviera a tenerlo. No con los brazos de Jamie para calentarla, su lengua para encender una chispa ardiente de deseo en las profundidades de su boca y sus manos diestras para alimentar esa chispa hasta crear una llama. Esa llama ascendió a alturas peligrosas cuando empleó una rodilla para separarle los muslos e instalar sus caderas entre ambos.

Jamie gimió contra la boca de Emma, advirtiéndola de que, de no ser por los pliegues arrugados del camisón y la napa húmeda de los pantalones, no estaría justo encima de ella, estaría dentro de ella.

Entrelazando sus dedos, aprisionó con dulzura sus manos a ambos lados de su cabeza. Sosteniendo el peso del tronco superior sobre las manos enlazadas, se balanceó entre sus piernas con un ritmo nuevo para ella, pero antiguo como las montañas que les rodeaban. Sucesivas oleadas de placer empezaron a abrirse paso desde la tierna hendidura donde el cuerpo de Jamie intentaba unirse al suyo. Emma arqueó las caderas, estirándose hacia él en vez de retirarse.

Mientras ella temblaba sobre el extremo del precipicio de algo aterrador y maravilloso al mismo tiempo, se percató de que lo estaba haciendo de nuevo: colocarse a sí misma y a su familia al borde de la destrucción, tan sólo por satisfacer sus deseos egoístas. Tal vez era una de esas mujeres de las que su madre hablaba con tal desprecio: una mujer dispuesta a sacrificar todo lo noble y decente y coquetear con la perdición por nada más que unos pocos momentos escamoteados de placer bajo la mano de un hombre... bajo el cuerpo de un hombre. No obstante, en este preciso momento, no conseguía sentirse avergonzada. El anhelo la hacía jadear demasiado como para notar otra cosa que júbilo. Por extraño que pareciera, fue esa falta de vergüenza, la sensación abrumadora de que estar en brazos de Jamie era lo correcto, la que la llevó a apartar el rostro del beso.

Él se detuvo de inmediato y levantó la cabeza para mirarla.

Aunque lo único que ella quería hacer era llorar de frustración, se obligó a encontrar su mirada cautelosa.

—Por favor. Esto no es lo que yo quiero.

Pese a susurrar las palabras, sabía que él podría demostrar que mentía con tan sólo un empujoncito de sus delgadas caderas.

El gesto grave de su mentón no podía ocultar el ruego no expreso que delataba su mirada.

—Podría hacerte algunas cosas, muchacha. Hay cosas que podría hacerte, placeres que podría darte, sin comprometer tu virginidad. Él no lo sabría jamás. Nadie lo sabría nunca.

A pesar de su inocencia, Emma comprendía lo que le ofrecía. Pero también entendía cuánto les costaría a ambos.

—Tal vez él no se enterara —dijo bajito, incapaz de evitar que la nota de desesperación apareciera en su voz—. Pero yo sí.

Jamie continuó contemplándola como si sopesara sus palabras. Con los dedos entrelazados y los muslos de Emma separados descocadamente, era su prisionera en todos los sentidos de la palabra. Ella todavía podía sentir cada centímetro de su masculinidad —caliente, dura y pesada— contra su carne palpitante. Él podía tener piedad... o negársela.

Jamie se dio la vuelta y se levantó con un movimiento abrupto, como si demorarse pudiera imposibilitar aquella proeza.

Emma se había equivocado. Sí que podía volver a sentir frío. Era casi como si la nieve superara la ventana y cayera dentro de la habitación, trayendo un frío que ningún fuego podía disipar.

Sin mirarla, Jamie recogió su camisa mojada y se la puso sobre los amplios hombros. El corte estrecho de los pantalones hacía imposible ocultar la erección, la cual no había disminuido.

Mientras se dirigía hacia la puerta y la abría de golpe, Emma se incorporó sobre sus rodillas en medio de la cama.

—¿Vas con ella?

Sinclair se quedó clavado en el umbral, pero no se dio la vuelta.

—No, señorita Marlowe —dijo al final—. Voy a acabar de bañarme.

Aunque Emma percibió que nada le hubiera gustado más a él que cerrar la puerta con fuerza suficiente como para hacer temblar todas las vigas, la cerró con cuidado minucioso.

Mientras se desvanecían sus pisadas amortiguadas, ella se puso boca arriba entre las sábanas arrugadas y miró al techo, consciente de que no tenía derecho a haber hecho esa pregunta.

Y aún menos a sentir alivio con su respuesta.

A la mañana siguiente, Emma surgió de la vivienda y descubrió que el hechizo que tanto la había encantado a su llegada se había roto. En algún momento durante la noche, había vuelto la lluvia, llevándose cualquier resto de nieve o magia que perdurara. Ya no llovía, pero unas nubes bajas seguían tapando el cielo sobre la cañada, proyectando una sombra perturbadora sobre el claro.

Había esperado pasar media noche agitándose y dando vueltas después de expulsar a Jamie, pero el sueño la había vencido por agotamiento, por los efectos persistentes del whisky y el calor irresistible de los cubrecamas de retazos que se amontonaban sobre la cama. Cuando se despertó encontró doblados al pie da la cama un vestido sencillo pero práctico de lana de merino y un par de medias a cuadros. Confiando con cierto despecho en que no pertenecieran a Brigid, se puso las prendas y se metió las botas de Bon antes de bajar a la planta inferior. Cuando descubrió que nadie le daba la bienvenida aparte del viejo perro entrecano, cortó una rebanada de pan caliente de la hogaza recién horneada, dispuesta sobre la mesa, le untó cremosa mantequilla por encima y salió al exterior, mordisqueando aquel premio que se había concedido.

Aunque varios de los hombres de Jamie guiaban a sus monturas hasta el patio lleno de barro, preparándose para la marcha, su líder no estaba a la vista. No pudo evitar preguntarse si se habría arrepentido al final de su impetuosa promesa. Si incluso no estaría ahora dormitando en un acogedor pajar con una Brigid desnuda y enroscada a sus brazos.

O no dormitando, pensó, perdiendo el apetito de golpe.

En ese instante, Angus —o tal vez fuera Malcolm— entró tropezando en el patio con Malcolm —a menos que fuera Angus— casi pisándole los talones. Daba la impresión de que ninguno de los gemelos había pegado ojo. Angus bostezaba y Malcolm tenía los párpados medio cerrados. Emma dio un respingo cuando Malcolm se tropezó contra el lomo del caballo de otro hombre y se ganó una sonora maldición de éste, evitando por los pelos una patada nerviosa del animal.

El misterio de su agotamiento persistente se aclaró cuando Brigid entró pavoneándose en el patio segundos después, con una sonrisa felina dibujada en sus labios y trozos de paja saliendo de su masa enredada de rizos. Sus amplios pechos corrían aún más peligro de desbordar el corpiño medio atado que la noche anterior. Emma engulló el resto del pan, pues había recuperado el apetito de forma milagrosa.

Los otros hombres observaban con diversión no disimulada mientras ella agitaba sus dedos para despedirse de los gemelos.

—Adiós, encantos —canturreó—. Espero que volváis pronto.

Uno de los hombres soltó un abucheo subido de tono mientras los otros estallaban en carcajadas. Acicalándose ante la audiencia apreciativa, Brigid recorrió el patio con mirada voraz. Al no lograr encontrar lo que buscaba —o a quién buscaba—, su sonrisa se transformó en un puchero.

Se fue andando hasta Bon, quien pasaba la brida sobre la cabeza de su alazán.

—Y ya puedes dar un mensaje a tu primo de mi parte —dijo en voz lo bastante alta como para que se oyera desde la montaña—. Dile que Angus y Malcolm son el doble de hombres de lo que él será nunca.

Tras dar una sacudida descarada a sus rizos, continuó hasta la vivienda, consciente por completo de que las miradas de todos los hombres en ese patio estaban pegadas a la ondulación exagerada de sus caderas curvilíneas.

—Podría argumentarse que han hecho falta dos hombres para reemplazar a Jamie en los... *afectos* de la moza —comentó Bon cuando se fue, provocando una risotada de sus compañeros.

Emma avanzó sobre el barro, mirando dónde pisaba, para llegar al lado de Bon. Dando una tímida caricia a la garganta del brillante corcel rojizo, preguntó:

—¿Has visto al señor Sinclair esta mañana?

Volviendo la atención a su tarea, Bon indicó con la cabeza el inicio de un estrecho sendero que se alejaba sinuoso desde el claro para adentrarse en el bosque. Emma frunció el ceño. Bon no era como el resto de hombres. No era propio de él evitar su mirada.

Se volvió para seguir el sendero cuando Bon dijo entre dientes:

—Cuidado donde pisas, mocita, el terreno puede ser traicionero por ahí.

Inquieta con esta advertencia, siguió el sinuoso sendero por el bosque. La lluvia había borrado la nieve y ahora el viento se llevaba todo resto de lluvia. No había visto nunca un lugar con un clima tan caprichoso, pero supuso que se adaptaba bien al carácter duro de estos hombres que llamaban a la montaña su señora.

Después de recorrer una corta distancia, apartó la rama llena de nudos de un serbal y salió de entre los árboles, encontrándose de pie ante un acantilado. La cañada inferior, batida por el viento, podría parecer yerma y fea a no ser por la malla brumosa de púrpura que empezaba a ascender por la ladera salpicada de rocas. Aquella visión impactante produjo una intensa punzada en su corazón, obligándola casi a lamentar no poder encontrarse aquí para ver desde esta posición ventajosa el brezo en plena floración.

Jamie estaba aposentado en el extremo de una gran roca que tenía un parecido caprichoso con un león dormido. El viento sacudía su pelo azabache. Estaba recién afeitado, lo que le daba un aspecto más joven y en cierto sentido menos accesible.

Alzó la vista cuando ella se aproximó, con una pluma en la mano sostenida sobre el pliego que descansaba en una roca más pequeña, la cual parecía emplear como escritorio improvisado.

Emma vaciló antes de seguir. Después de ver regresar a Brigid de su cita tórrida en el pajar, era demasiado consciente de que, si no hubiera echado a Jamie de su cama la noche anterior, podrían ser sus propios rizos los que estarían tan enredados, sus labios tan enrojecidos e hinchados por los besos, sus ojos empañados y llenos de recuerdos de los deleites prohibidos que habrían compartido.

Dada la manera en que se habían separado, no esperaba calidez en la bienvenida, pero la expresión de Jamie era aún más reservada que la de Bon.

—¿Quién te dijo dónde podrías encontrarme?

—Tu primo.

—Debería haberlo sabido —masculló, hundiendo la punta de la pluma en el tintero que descansaba al lado de su rodilla—. No ha parado de meterse en mis asuntos desde que empezó a gatear. Solía echarme chinches en la cuna sólo para oírme gritar.

—¿Has decidido que todavía no es demasiado tarde para escribir una oda a la amabilidad de mi personalidad? —se aventuró a preguntar, indicando el papel con un movimiento de cabeza.

Él garabateó otra línea sobre el papel barato.

—Sin duda estarás sorprendida de que un escocés sepa escribir. O leer.

—Deduzco que no te habrían aceptado en Saint Andrews sin pasar algún examen de aptitud.

—Mi abuelo me enseñó a leer y escribir en inglés y gaélico. —Le dedicó una mirada burlona—. Yo mismo me enseñé latín y francés. —Mojó la pluma otra vez en el tintero, empleándolo para aplicar un trazo enérgico sobre el pliego.

—¿Y de dónde sacabas los libros?

—Oh, no nos limitábamos a robar sólo oro, plata y vacas. Cada vez que mi abuelo tenía noticias de que Hepburn esperaba un nuevo envío de libros para su biblioteca... —Su voz se apagó y su sonrisa diabólica facilitó que la imaginación de Emma hiciera el resto.

—Bien, al menos das buen uso a las habilidades que te inculcó tu abuelo.

La sonrisa de Jamie se esfumó.

—No estaría muy contento si supiera que en este momento las empleo para exigir un recate.

Emma sintió de pronto que le clavaban el afilado plumín en el corazón.

Pero no tenía derecho a sentirse traicionada. Sabía que llegaría este momento. En todo caso, debería sentir alivio. Él sólo estaba cumpliendo con su palabra, ¿cierto? Una vez el conde pagara el rescate, Jamie la liberaría. Sería libre para regresar al regazo amantísimo de su familia, libre para retomar su papel como hija consciente de sus deberes y esposa de un hombre que ni amaba ni deseaba.

Difícilmente podía reprochar a Jamie que sí la viera cuando hablaba, en vez de sólo fijarse en ella, como hacía su familia. No podía reprenderle por dejar claro que le gustaría ahogar a su antiguo novio y a Lysander, en vez de culparla de sus puntos flacos. No podía censurarle que la hiciera sentirse a salvo en sus brazos pese a ser la mayor amenaza para su corazón que jamás hubiera conocido.

Y sin duda no podía odiarle por hacerle creer, aunque sólo fuera por un instante glorioso y vertiginoso —mientras compartían cama y besos— que ella podía valer más para un hombre que el oro y la plata.

—¿Y entonces cuánto valgo para ti?

La pluma se detuvo sobre el pliego. Una sola gota de tinta surgió del plumín y cayó como una gota de sangre fresca salpicando la cara del papel.

Emma se esforzó por inyectar una nota de falsa alegría en su voz.

—¿Quinientas libras? ¿Mil? Mi propio padre me vendió por cinco mil libras, por lo tanto te instaría a no aceptar nada por debajo. Estoy segura de que el conde estará dispuesto a pagar una cantidad elevada, desde luego, por una matriz destinada a engendrar sus hijos futuros.

Jamie agarró la pluma con tal fuerza que a ella le sorprendió que no la partiera en dos. De no ser por el músculo solitario que temblaba a ritmo constante en su mejilla, su perfil podría estar tallado en los peñascos de la montaña que se elevaba sobre ellos.

Cuando al final se volvió a mirarla, sus ojos penetrantes alcanzaron su corazón en lo vivo.

—Te pones un precio muy bajo, Emmaline Marlowe.

Emma no se percató de que había dejado de respirar hasta que él volvió la mirada al papel y ella soltó un suspiro estremecido. Jamie había apartado la mirada justo una milésima demasiado tarde como para ocultar el parpadeo de honda emoción. ¿Era culpabilidad? ¿Pesar? ¿Anhelo? Fuera lo que fuera, no le impidió garabatear su firma en la parte inferior del pliego con una rúbrica decidida, sellando los destinos de ambos.

Sopló un breve instante la página para secar la tinta, luego enrolló el papel para formar un tubo y sujetó su longitud con una banda de cuero, con movimientos enérgicos e impersonales.

Graeme salió de los árboles, pero el paso del chico se ralentizó al ver a Emma. Agachó la cabeza y su mirada se desplazó con timidez de uno a otro.

—Bon me ha dicho que me buscaba, señor.

Jamie alzó la cabeza y sostuvo el pergamino.

—Ocúpate de que esto llegue a manos del conde lo antes posible. Espera a que te dé respuesta y tráemela sin demora. Estaremos esperando en las ruinas de la abadía de la ladera norte de la montaña.

Graeme aceptó la misiva de la mano de Jamie. Inclinando su rubia cabeza de pelo puntiagudo, ofreció a Jamie una reverencia vergonzosa.

—Sí, señor. Haré lo que dice. Soy su hombre, sí.

Se inclinó dos veces más antes de regresar hacia el claro de la vivienda casi a la carrera, ansioso por demostrar que merecía la confianza de Jamie.

—¿Y entonces que hacemos ahora? —preguntó Emma con sequedad cuando se fue el chico.

—No tardará mucho en bajar la montaña si va solo. De modo que nos pondremos en marcha con los caballos —contestó Jamie mientras la cogía por la parte superior del brazo y la empujaba hacia el claro para recordar a ambos que nunca sería nada más que su prisionera.

Cuando regresaron al claro, Muira estaba esperando a Emma para echarle un manto resistente sobre los hombros.

La mujer abrochó el ojal de cuero situado bajo la barbilla de Emma con sus dedos rollizos sorprendentemente eficientes.

—Cuánto me alegra que la prenda te vaya bien, mozuela. A mi nuera ya no le entra después de tener la cuarta criatura. Chillaba como una puerca durante el parto, y desde que ha tenido la criatura no ha parado de comer como tal.

Emma intentó no estremecerse, agradecida de que su madre no hubiera entrado en los rudimentos de los partos cuando le inculcaba sus deberes de esposa.

Tras ofrecer a Jamie una despedida lacrimógena, Miura rodeó con los brazos a Emma, estrechándola como si fuera una hija a la que no volvería a ver en mucho tiempo. Un poco desconcertada por esta muestra de afecto, la joven respondió con una suave palmadita en la espalda de la mujer.

Sólo entonces Muira susurró:

—No lo olvides nunca, mocita. Un hombre no siempre necesita poesía para cortejar a una mujer.

Emma miró a su alrededor para ver si Jamie la había oído, pero él ya se había montado al caballo y le tendía una mano como invitación. La subió a la silla tras él sin pérdida de tiempo. Mientras instaba a la bestia a ponerse en movimiento, Emma se dio la vuelta en la silla, sorprendida al notar un nudo en la garganta mientras contemplaba a Muira y su acogedora casita fundiéndose con el bosque.

Jaime les llevó montaña arriba a un ritmo despiadado, hasta que ya no pudieron superar las sombras crecientes del anochecer. Cuando apareció ante ellos un bosque oscuro, esas sombras amenazaron con envolverlos por completo.

El resto de los caballos rehusaron adentrarse por el extremo del bosque, dejando a Jamie sin otra opción que frenar a su montura, que se detuvo con una cabriola.

Los caballos se arremolinaron sacudiendo las cabezas y relinchando agitados. Los hombres tiraban de las riendas y se esforzaban por controlarlos para que no salieran corriendo, con demasiado pavor también en sus caras como para tranquilizar a Emma. Los elevados pinos se balanceaban y crujían con el viento, guardando la entrada invisible a los bosques como centinelas encantados, plantados ahí por algún rey antiguo, que el tiempo y la historia habían olvidado.

—¿Dónde estamos? —preguntó bajito Emma, agarrándose a la cintura de Jamie como si hubiera abandonado toda pretensión de orgullo. Era casi como si estuvieran a punto de cruzar una frontera invisible a un territorio desde el que tal vez no regresaran.

—Ningún sitio en especial. —Su tono era terso, pero por un breve instante apoyó su gran mano sobre las de ella, como si pretendiera calmar sus temores.

Bon aproximó su alazán, esforzándose por controlar a la bestia. Las sombras irregulares habían dejado sin color su rostro, ahora pálido y demacrado.

—Los muchachos no quieren continuar, Jamie. Quieren saber si podemos dar la vuelta.

—No, a menos que deseemos añadir otros dos días a la marcha. Cuando Graeme regrese con la respuesta del conde, tiene que poder encontrarnos, en un lugar donde los hombres de Hepburn no puedan hacerlo.

Con disimulo, Bon miró por encima del hombro a sus compañeros. Su nuez de Adam se meneó en la garganta delgaducha.

—No puedes culparles por estar tan asustados. No olvidarán nunca lo que les pasó a Laren y a Feandan.

Emma no hubiera considerado a Angus y Malcolm tipos beatos, pero con la simple mención de esos nombres, ambos hermanos se apresuraron a santiguarse.

—Nadie encontró jamás el cuerpo de Feandan, sólo su caballo

—comentó Jamie con un suspiro—. Por lo que sabemos, podría estar en Edimburgo ahora mismo con la cara hundida en los pechos de alguna camarera. Y Laren era un joven tan loco e imaginativo que se asustaba con su propia sombra las noches de bruma, y se fue directo precipicio abajo.

Los hombres intercambiaron miradas inquietas, no más tranquilos que sus caballos con las palabras de su jefe.

El timbre autoritario de la voz de Jamie se intensificó.

—Que me aspen si voy a dejar que una tonta leyenda se interponga entre nosotros y lo que hay al otro lado del bosque. Si no sois lo bastante hombres como para atravesarlo a caballo conmigo, entonces tenéis libertad para quedaros atrás como una pandilla de viejas supersticiosas, y esperar a que los hombres de Hepburn vengan a eliminaros uno a uno.

Instó a su caballo a avanzar entres los hombres, obligándoles a abrir paso o dejarse atropellar. Tras un tenso momento de vacilación, éstos empezaron a forcejear para hacer obedecer a sus monturas y, de mala gana, se situaron tras el líder.

Entraron en el bosque formando una única fila, dejando atrás la luz de la luna que se elevaba en el cielo, y se introdujeron en una red moteada de sombras. Emma notó un escalofrío al sentir una ráfaga de viento danzando a su lado, que hizo sonar las hojas plateadas de los abedules como huesos secos. Se le ocurrió pensar que si a estos hombres duros les asustaba lo que habitaba en estos bosques, tal vez fuera prudente tener miedo ella también.

—¿De qué clase de leyenda hablabais antes? —preguntó, deseando ver la cara de Jamie—. ¿Qué es lo que tiene a tus hombres tan espantados?

—Los muy necios creen que hay fantasmas rondando por este bosque.

Emma dirigió una mirada disimulada a los espectrales troncos blancos de los árboles a su alrededor, y un nuevo temblor descendió por su columna.

—¿Y qué fantasmas son esos?

—Los de mis padres —contestó él con gravedad.

Sin más palabras, dio una brusca sacudida a las riendas, llevando a su montura al medio galope para conducirles a todos ellos por las profundidades del bosque.

Capítulo 18

*S*iempre se ha negado a hablar de ello, pero he oído que encontraron a ambos con las cabezas cortadas de cuajo.

—Pues yo he oído que les atravesaba el corazón la hoja de una sola espada tradicional escocesa.

—¡Qué montón de sandeces y desbarros! Si fuera verdad, ¿por qué iban a seguir rondando por este boque con la puñetera cabeza metida bajo el brazo?

Mientras terminaba un trozo ácido de queso que Muira les había preparado para el viaje, Emma se aproximó un poco más al corro de hombres sentados en torno al fuego, pasmada y al mismo tiempo petrificada por su morboso cuchicheo. Una bruma baja circulaba entre los troncos pálidos de los abedules que rodeaban el claro. La misma bruma había obligado a Jamie a hacer un alto en el bosque, detener su angustioso paso apresurado y ordenar a sus hombres que instalaran el campamento para pasar la noche. Pese a la inquietud visible, habían cumplido sus órdenes con un mínimo de quejas y gruñidos. Aunque temieran lo que rondara por este bosque, fuera lo que fuera, sabían también que seguir avanzando ciegamente a través del mismo significaba la destrucción certera de las patas de sus caballos así como de sus cuellos.

Hablaban más bajo, sin ninguna de sus bromas joviales o pullas procaces que marcaban por regla general la conversación. En vez de competir por ver quién de ellos sería el primero en beber demasiado whisky y quedarse grogui, daban tragos furtivos al jarro de loza que pasaba de mano en mano, como si no quisieran aturdirse en una noche como ésta.

O en un lugar como éste.

Cuando Malcolm —sí, estaba casi convencida de que era Malcolm— echó una mirada disimulada por encima del hombro, Emma casi pudo notar los dedos húmedos y espectrales de la niebla rozando su propia nuca. Se acercó unos pasitos más hacia el relumbre reconfortante del fuego del campamento, atrayendo sin querer la atención de Bon.

Con una sonrisa que mostró sus dientes torcidos, el joven dio una palmadita en un trozo de tronco caído situado a su lado.

—Ven aquí, mocita, siéntate con nosotros antes de que venga el coco y te espante.

—Me temo que ya es demasiado tarde, señor, tengo todos los pelos de punta —replicó, provocando una risita en los otros hombres.

Como el tipo sentado al lado de Bon no se apresuró lo bastante en hacerle sitio, se ganó un doloroso codazo del primo de Jamie. Emma se instaló con cautela sobre el tronco entre los dos hombres, un esfuerzo que habría resultado imposible si llevara puesto un corsé y enaguas pesadas.

Bon arrebató el jarro de whisky de la mano de Malcoln y se lo tendió a la joven.

—Da un trago, mocita, hace una noche para meterse un poco de coraje líquido.

Recordando la experiencia con el té con whisky que le preparó Muira, Emma dio un traguito tentativo a aquello. Marcó a fuego una vía que discurrió por su gaznate. Tomó aliento con desesperación, pero no pudo evitar que las lágrimas le saltaran a los ojos.

Bon le dio una palmadita campechana en la espalda, desatascando la tos encallada en su garganta.

—No hay por qué avergonzarse, mocita. El whisky escocés es tan bueno que hace llorar de alegría hasta a un hombre bien crecido.

Emma no tuvo otra opción que mostrarse conforme, puesto que seguía sin poder hablar.

—Nuestra madre nos contó que el padre de Jamie era un tipo celoso —explicó Angus, retomando la conversación justo donde la habían dejado—. Que se le metió en la cabeza que la madre de Jamie estaba coqueteando con otro hombre y que la estranguló con sus propias manos, y luego se pegó un tiro con la pistola.

Emma dio un respingo. Cuando Jamie se había ido por el bosque sin dar explicaciones al poco de montar el campamento, ella había sentido una llamarada ridícula de preocupación. Ahora casi se sentía aliviada de que no estuviera aquí escuchando conjeturas tan terribles sobre sus propios padres.

Angus se acercó todavía más al fuego y recorrió con la mirada el círculo de hombres con ojos desorbitados.

—Dicen que algunas noches, cuando la bruma del valle se abre camino por este bosque, todavía la puedes oír pidiendo clemencia.

—Patrañas.

La voz llegó desde detrás de Emma, con cadencia cortante como un látigo. Dio un brinco del susto, conteniendo a duras penas un grito. Lemmy no tuvo tanta suerte, lo cual le ganó un chaparrón de burlas de sus compañeros. Agachó su gran cabeza para ocultar una mueca avergonzada bajo su mata de pelo revuelto.

Jamie dirigió a Emma una mirada burlona mientras continuaba andando hasta el fuego. La joven tuvo que preguntarse si llevaba escuchando más rato que ella misma. Las sombras del fuego danzaron sobre sus rasgos, era imposible distinguir si estaba molesto o divertido al descubrir que, una vez más, los hombres la habían invitado a unirse a su grupo.

—Seguro que nuestra invitada aprecia una buena historia tanto como cualquier jovenzuela —les dijo—, pero deberíais recordar que la señorita Marlowe tiene unas nociones del entretenimiento mucho más sofisticadas que las nuestras. No la han criado con leyendas truculentas de duendes, apariciones, cocos que roban niños... ni fantasmas. Deberíais tener más cuidado y no ofender su delicada sensibilidad.

Mientras él iba a ocupar una roca baja y plana en el lado opuesto del fuego, Emma replicó otra vez con tono distante:

—Le aseguro que no me ofendo con tal facilidad como quiere hacer creer a sus hombres, señor Sinclair. Incluso Lancashire tiene sus propios jinetes sin cabeza y damas de blanco.

Jamie, estirando las largas y delgadas piernas ante él, ladeó la cabeza para estudiarla y le replicó en el mismo tono:

—¿De modo que cree en fantasmas?

—Desde luego que no. Vivimos en la Edad de la Razón al fin y al cabo. La ciencia ha determinado que la mayoría de apariciones son sólo el resultado inevitable de la superstición y la ignorancia.

Por supuesto, no creía que existían hombres como Jamie Sinclair hasta que le vio entrar a caballo en aquella abadía. Era casi como si se hubiera materializado procedente de otra época, una era en la que se valoraba el poderío por encima de los modales, y la pasión por encima de la corrección.

—¿Nos está llamando esta mozuela ignorantes? —quiso saber uno de los hombres, con aspecto herido más que indignado.

Bon soltó un resoplido.

—Si no fueras tan ignorante, carajo, lo entenderías ¿o no?

—Tal vez una palabra más apta sería «personas sin educación» —dijo Emma con amabilidad, tendiendo el jarro de whisky a aquel hombre, como ofrecimiento de paz. Antes de que él pudiera cogerlo, un grito sobrecogedor atravesó la noche.

Ni todo el buen whisky escocés del mundo podría haber templado el escalofrío que recorrió la columna de Emma en aquel momento. Durante una tensa eternidad, sólo se oyó el crepitar irregular del fuego y el eco de ese grito sobrenatural. Todos contuvieron la respiración, inspeccionando las sombras a su alrededor. Emma tuvo que contener la necesidad traicionera de saltar por encima del fuego y echarse a los brazos de Jamie.

—No hay necesidad de mearse en los pantalones, chicos —dijo él arrastrando las sílabas y apoyándose hacia atrás en el codo—. Sólo era un pájaro, o tal vez un gato montés. Qué carajo, pasad esa jarra antes de que nuestra señorita Marlowe no deje ni gota.

Los hombres se apresuraron a obedecer, más de una mano delataba un temblor persistente mientras la jarra recorría el círculo. Cuando llegó a la mano de Jamie, la inclinó hacia atrás y le dio un buen lingotazo. Encontró la mirada de Emma por encima de las llamas danzantes del fuego, como si quisiera recordarle que tenía la boca justo donde ella la acababa de poner. Y para recordarle lo tierna y persuasiva que esa boca podía ser.

Bajó la jarra.

—Y podéis seguir con vuestras leyendas. Ya habéis oído a la señorita Marlowe, no es una mojigata miedosa que se asuste con su sombra. Estoy seguro de que se muere de ganas, como yo, de seguir oyendo vuestros chismorreos espeluznantes.

Los hombres de Jamie mostraron un repentino interés por la limpieza de sus botas, como si de pronto desearan estar en cualquier otro sitio en el mundo, incluida la mazmorra más profunda de Hepburn.

Emma se aclaró la garganta, parecía que el whisky le daba más coraje de lo previsto.

—Por mi experiencia, sólo hay un arma con suficiente fuerza para acallar las lenguas que propagan murmuraciones, y es la verdad.

Jamie entrecerró los ojos hasta formar dos rendijas glaciales. Emma se había permitido olvidar —al menos por un momento— que él podía ser más peligroso que cualquier otro ser que acechara en ese bosque. Al menos para ella.

—Esto no es ningún círculo de costura de Lancashire, ni ninguna aula de dibujo de Londres, señorita Marlowe. Aquí la verdad puede ser peligrosa. Incluso te puede matar.

—¿Eso es lo que le sucedió a su madre? ¿La mató la verdad?

El silencio producido tras el grito espectral anterior parecía un alegre barullo en comparación con el silencio que descendió sobre ellos en aquel instante. Era como si la noche contuviera la respiración al igual que los hombres de Jamie. Emma se negó a apartar la mirada.

Cuando por fin él habló, su tono era suave, pero incluía, a su pesar, matices de admiración.

—Por lo visto los fantasmas no son lo único que no le asustan, señorita. Si mis hombres tuvieran la mitad de atrevimiento, habríamos sacado de aquí a Hepburn hace mucho tiempo.

Emma tragó saliva, agradeciendo que él no pudiera oír las terribles pulsaciones en su cuello.

—Si lo que quiere es la verdad, muchacha, tendrá la verdad. —Mientras sus hombres intercambiaban miradas consternadas, dio otro buen trago al whisky y luego se limpió la boca con el dorso de la mano—. Cuando mi madre, Lianna, era poco más que una niña, estaba recogiendo hongos en un bosque muy parecido a éste cuando se encontró con un apuesto desconocido que se había perdido. Su coqueteo seguramente fue de lo más inofensivo, hasta que ambos cometieron el mayor error de su vida.

—¿Qué hicieron? —preguntó Emma.

Jamie la observaba como si fuera su único público, y sus hombres tan insubstanciales como las cintas de bruma que les rodeaban.

—Se enamoraron.

La nota de advertencia en su voz era inconfundible.

Emma sacudió la cabeza.

—No entiendo. ¿Por qué fue un error tan terrible?

—Porque habían nacido para ser enemigos, no amantes. Era hija del último jefe Sinclair que sobrevivía... y él era Gordon Hepburn, el único hijo y heredero del jefe del clan Hepburn.

Una oleada de turbación se apoderó de Emma, pero estaba claro, por las expresiones sombrías en los rostros de los hombres de Jamie, que ya estaban familiarizados con este capítulo de la historia.

Jamie continuó con su cadencia hipnótica.

—Cada vez que conseguía escapar de la vigilancia de su padre, se escabullía para reunirse con él. Esto continuó así hasta que sucedió lo inevitable... se percató de que estaba embarazada.

—Pero... pero.... —tartamudeó Emma—, ¿eso no le convertiría a usted en...

—Un bastardo. —La hostilidad en la mirada de Jamie le recomendaba medir sus palabras—. Y un Sinclair.. Igual que mi madre.

Emma cerró la boca de golpe, sin salir de su asombro. Estudio la cara de Jamie —sus pómulos regios, la fina y fuerte nariz, con los orificios ligeramente abiertos, los planos duros del mentón— pero era incapaz de encontrar rasgos del viejo arrugado con quien estaba prometida. Un hombre que —según acababa de enterarse— era abuelo de Jamie por parte de padre. Por primera vez entendía el motivo de que aquella enemistad fuera tan personal... y tan amarga.

—Ambos eran conscientes de la indignación de sus padres al descubrir la verdad —continuó Jamie—. De modo que se escaparon juntos y se instalaron en la cabaña de un labrador, en lo profundo del bosque, con tan sólo la vieja y leal cuidadora de mi madre para ayudarles. Estaban decididos a que Lianna estuviera a salvo, oculta de las dos familias, hasta que naciera la criatura.

A Emma no le costó demasiado imaginarse a los dos jóvenes amantes disfrutando de la dicha doméstica en algún granero acogedor, intentando con desesperación pasar por alto las nubes de tormenta que se formaban sobre sus esperanzas.

—Después de que naciera el niño, lo dejaron con la niñera, y se dispusieron a bajar de la montaña en medio de la noche. El plan era fugarse para casarse y luego regresar a recoger al bebé y dar la noticia a las dos familias, cuando ya fuera demasiado tarde para detenerles. Creían de verdad que su unión pondría fin al enfrentamiento entre los Hepburn y los Sinclair, de una vez por todas. Creían que su amor era tan fuerte como para derrotar el odio entre ambos clanes.

Apoyando la barbilla en la mano, Emma soltó un suspiro melancólico.

—Qué sueño tan romántico.

—Sí, lo era —admitió Jamie con voz desapasionada, como si hablara de un par de desconocidos—. Pero también era totalmente ingenuo.

Murieron en una cañada brumosa no lejos de aquí, aquella misma noche. Les encontraron en el suelo con las manos estiradas el uno hacia la otra, no obstante un poco separados. A ella le había alcanzado una bala en el corazón. A él le dispararon en la cabeza.

Emma casi se cohibió al verse obligada a secar las lágrimas en sus mejillas, pero luego vio que Malcolm ya había sacado su mugriento pañuelo del bolsillo para sonarse ruidosamente, antes de pasárselo a su hermano.

—¿Quién pudo cometer tal atrocidad? —susurró cuando logró volver a hablar.

Jamie se encogió de hombros.

—Los Hepburn culpaban a los Sinclair. Los Sinclair culpaban a los Hepburn. No cesaron las acusaciones y la enemistad continuó, aún más amarga y violenta que antes.

—¿Qué fue de la pobre criat... —Vaciló, pues sabía que era más probable que él despreciara su lástima en vez de apreciarla—. ¿Y qué fue de usted?

—El jefe Hepburn despreciaba el mismísimo hecho de mi existencia, de modo que el padre de mi madre me llevó con él y me crió como si fuera su hijo. —La mirada de Jamie recorrió el círculo de rostros embelesados de sus hombres antes de regresar a Emma—. De modo que ahora todos sabéis por qué hay quien dice que las sombras de mis padres vagan todavía por estos bosques, llamándose uno a otro en las noches de bruma. Aún hay quien murmura que están condenados a vagar por este lugar donde murieron, juntos y aun así separados, hasta que se descubra al asesino.

Aquellas palabras provocaron otro escalofrío en Emma.

—¿Eso cree?

—Por supuesto. Como bien ha comentado antes con tal elocuencia, señorita Marlowe —contestó alzando la jarra de whisky hacia ella en un brindis burlón— vivimos en la Edad de la Razón. Y Hepburn ha demostrado sin duda que hay monstruos más temibles que los fantasmas.

Era demasiado fácil para Emma creer en fantasmas —y en agentes de la oscuridad aún más siniestros— allí tumbada de costado en medio de un bosque desconocido, mientras observaba la bruma que surgía de los árboles para aproximarse a ella. Los zarcillos espectrales parecían enroscarse y ondularse, creando formas extrañas y al mismo tiempo demasiado reconocibles: un cráneo con los ojos huecos, un lobo enseñando los colmillos, un dedo que la invitaba a levantarse del petate y acudir al encuentro con su destino.

Se dio media vuelta, pues empezaba a sentirse casi una protagonista demasiado imaginativa de una de las novelas góticas que Ernestine escondía entre las páginas de la Biblia cuando su madre no miraba.

La había secuestrado una banda de rufianes de las Highlands, por lo tanto tenía amenazas más substanciales que temer que un par de fantasmas inquietos.

Igual que el hombre que todavía contemplaba las llamas moribundas del fuego, con el jarro vacío de whisky colgado de sus dedos fuertes y morenos.

Los hombres de Jamie llevaban ya bastante rato roncando en sus petates y le habían dejado solo para encarar la noche. Las sombras danzaban sobre su fuerte mentón y los planos severos situados bajo los pómulos. Emma no pudo evitar preguntarse qué imágenes vería en esas llamas menguantes.

¿El rostro de una joven inocente, lo bastante alocada como para confiar su corazón a un hombre destinado a ser su enemigo? ¿O el rostro arrugado de Hepburn, un viejo vengativo que negaría a su nieto la misma existencia antes que admitir que su hijo se había enamorado de una Sinclair?

¿De verdad exigía Jamie un rescate a Hepburn a cambio de devolverla? ¿O sencillamente la herencia que le pertenecía por derecho?

Y si Hepburn se negaba, ¿sería ella quien pagara el alto precio? ¿Encontrarían su cuerpo en algún bosque vacío? ¿Estaría su fantasma condenado a vagar por la noche brumosa sin siquiera un amante con quien rondar?

¿O sería la venganza de Jamie todavía más diabólica?

Esta vez, el escalofrío no tuvo nada que ver con los fantasmas y mucho con el poder peligroso que podría ejercer un hombre mortal sobre una mujer. Los momentos estremecidos que habían compartido en la cama de Muira sólo habían servido para catar ese poder. Si desplegara toda su capacidad contra ella, su cuerpo tal vez no sobreviviera, ni su corazón.

No obstante, aquí en este bosque oscuro e intimidante, verle a él la reconfortaba de forma peculiar, pues sabía que él vigilaba y velaba por todos ellos. Sus ojos empezaron a cerrarse mientras su cuerpo cansado sucumbía al agotamiento.

Un grito estridente rompió el silencio sosegado.

Sin estar segura de cuánto llevaba dormitando, Emma se incorporó alarmada de golpe, con todos los nervios de punta.

Era el mismo grito que habían oído antes, pero esta vez más próximo. Y no podía negarse el parecido escalofriante con el grito de una mujer. El grito de una mujer a punto de perder cuanto apreciaba, sin poder hacer nada para impedirlo.

Emma pegó una mano a su corazón acelerado. Todavía oía roncar a los hombres de Jamie, su sueño aún inalterado. Preguntándose si el grito era sólo el eco de una pesadilla que no podía recordar, Emma dirigió una mirada hacia el fuego para ver si Jamie lo había oído también.

No había nadie junto al fuego. Jamie se había ido.

—¿Señor Sinclair? —susurró Emma mientras pisaba con cuidado la densa maleza que rodeaba el campamento—. ¿Señor Sinclair, está ahí?

Un silencio espeso y empalagoso como la bruma acogió sus palabras. Al menos no le contestó aquel grito espantoso. Si hubiera sido así, habría pegado tal brinco que las botas de Bon se habrían quedado ahí vacías.

Apartó a un lado una cortina de enredaderas embrolladas, aventurándose unos pasos más por el bosque. La niebla pasaba junto a ella como un inquietante velo blanco, que lo oscurecía todo menos los rayos más decididos de la luna. No sabría decir qué la había llevado a salir a buscar a Jamie, sólo sabía que no podía soportar la idea de que él anduviera por estos bosques donde habían asesinado a sus padres.

No tenía intención de alejarse mucho del campamento. Mirando por encima del hombro, alcanzó a ver la visión tranquilizadora del menguante fuego a través de los árboles.

Un fuerte crujido, como una bota rompiendo una rama, le hizo volver la cabeza al otro lado.

—¿Señor Sinclair? —llamó en voz baja, avanzando con la bruma—. ¿Jamie? —añadió con un susurro esperanzado. Su nombre sonaba tan íntimo e irresistible como una caricia en sus labios.

El bosque pareció contener también la respiración, estaba en completo silencio, a excepción de la agitación que el viento causaba en las hojas del álamo temblón.

¿No era ella quien había repetido a Jamie que vivían en la Era de la Razón? No era supersticiosa. Ni ignorante. Pero aun así, cada vez le costaba más desdeñar la atmósfera de amenaza creciente que se intensificaba a cada paso que daba.

¿Y si el bosque estaba maldito? ¿Y si el grito lastimero no era otra cosa que una trampa para atraer a algún paseante incauto hacia su maldición? ¿No habían perdido ya Jamie y sus hombres a dos de sus compañeros de armas bajo estas mismas ramas?

Por lo que le habían contado, uno había desaparecido sin rastro mientras el otro se había despeñado con su montura por el precipicio. Emma se preguntaba cuántos desdichados más se habrían esfumado o habrían perecido en este lugar desde aquella noche terrible en que asesinaron a los padres de Jamie.

Se preguntó si ella sería la siguiente.

Se dio la media vuelta con decisión, tras llegar a la conclusión de que era más prudente regresar al campamento sin Jamie que arriesgarse a que su propia imaginación la despeñara por algún barranco.

La fogata se había esfumado, su luz titilante la había apagado una densa mortaja blanca. Era casi como si la bruma se hubiera cerrado tras ella, con lo cual resultaba imposible volver sobre sus pasos.

Notó el ritmo irregular en su corazón. Consideró por un instante gritar, pero le daba miedo quién —o qué— fuera a contestar a su grito de ayuda.

Se abrió camino sorteando los espectrales troncos blancos de un grupo de abedules, muy consciente de la ironía de su situación. Si Jamie regresaba al campamento y descubría que no estaba, asumiría que se había aprovechado de la niebla para intentar huir una vez más. Nunca creería que había salido tras él en vez de escapar de él. Casi ni ella misma lo creía.

No había necesidad de sentir pánico, se dijo con severidad. No podía haberse alejado demasiado en tan poco rato. Simplemente andaría en la dirección más prometedora y pronto llegaría sana y salva, y se metería otra vez en su petate.

Su plan parecía lógico, pero después de pisar una pila enorme de piñas sin ser capaz de distinguir si era el montón junto al que había pasado casi un cuarto de hora antes, Emma tuvo que admitir finalmente que estaba perdida, sin remedio y sin esperanza. La bruma hacía imposible distinguir si andaba en círculos a escasa distancia del campamento o si cada paso la llevaba más allá de donde quería estar.

Oyó el crujido de otra rama. Se quedó helada, conteniendo la respiración. ¿Era sólo su imaginación exaltada o de verdad oía pisadas sigilosas tras ella, amortiguadas por la bruma?

Estar sola en medio de este bosque ya le parecía algo espantoso. Pero era incluso más aterrador percatarse de que tal vez no estuviera tan sola al fin y al cabo.

¿Sería la niebla tan peligrosa la noche en que habían muerto los padres de Jamie? ¿Se les habría aparecido alguien de súbito, sin previo aviso, cogiéndoles desprevenidos? ¿O les habrían acosado a través de las sombras, perseguidos como animales, corriendo sin aliento hasta el punto de sentir dolor en el pecho? Su pánico habría ido en aumento a cada paso frenético que daban, hasta volverse y ver al final la pistola mortífera en la mano de un desconocido despiadado. O tal vez peor, en la mano de alguien en quien confiaban, alguien que tal vez incluso apreciaban. Alguien decidido a castigarles por atreverse a creer que su amor podría conquistar siglos de odio.

En sintonía con sus funestos pensamientos, una forma vaga pareció separarse de los troncos pálidos de los abedules, justo por delante de ella. ¿Era otro zarcillo de bruma o una mujer ataviada con un ondeante vestido blanco? Emma pestañeó para aclararse la vista, pero la figura espectral continuó andando hacia ella, con la boca abierta como si un grito acongojado hubiera quedado ahí congelado para siempre.

Un aullido penetrante y demasiado real sonó prácticamente junto a su oído. Se giró en redondo y encontró un par de malévolos ojos amarillos fulminándola desde la oscuridad.

Un grito desgarrador escapó de la garganta de Emma y, volviéndose al otro lado, echó a correr a lo loco, lanzándose a ciegas a través de la niebla.

Jamie despreciaba este lugar.

Habría arriesgado su cuello de buen grado, y el de sus hombres, montando al galope a través del bosque con tal de no tener que pasar la noche ahí. Pero no estaba dispuesto a poner en peligro el cuello delicado de Emma.

Era demasiado valioso para él.

Apartó de en medio la rama baja de un pino, consciente con exactitud del lugar a donde le conducían sus pasos decididos. Ni las sombras perturbadoras ni el velo escalofriante de la bruma detenían su marcha. Podría haber llegado a su destino en una noche sin luna y con los ojos vendados. Antes ya había recorrido medio camino, obligándose luego a dar media vuelta y regresar al campamento.

Pero antes no llevaba medio jarro de whisky abriendo un agujero en sus tripas, ni las preguntas audaces de Emma reverberando en su mente. Dormir era algo descartado en tales circunstancias. Ni en este lugar ni, por supuesto, con Emma echada a escasa distancia de él en su petate, tan adormilada y cálida, y tan asequible como había estado en la cama de Muira.

Sus largas zancadas no aflojaron la marcha hasta alcanzar la parte inferior de la inclinada ladera y surgir de la protección de los árboles. Allí la bruma se pegaba al suelo. La luz de la luna jugueteaba por encima, bañando todo la cañada de un destello sobrenatural. Era el lugar perfecto para el encuentro de dos amantes.

O para su muerte.

Jamie se dejó ir hacia delante. Su abuelo le había traído a este lugar por primera vez de niño. El hombre se había arrodillado y había tocado la hierba con los dedos, con su rostro curtido marcado por el dolor mientras describía la noche en que los cuerpos de sus padres habían sido encontrados, con tal detalle que Jamie casi creyó encontrarse allí. Casi podía verlos tirados de espalda sobre la hierba, con los ojos abiertos, pero sin ver, los dedos ensangrentados y estirados, pero sin alcanzarse.

Se agachó y tocó la hierba con sus propios dedos. Cabría esperar que los estragos de veintisiete años de sol y viento, lluvia y nieve, habrían eliminado todo rastro de la tragedia. Que la miasma persistente de pérdida o dolor no envenenaría ya el aire.

Emma había tenido el coraje suficiente de enfrentarse a él y pedirle la verdad. No obstante él sólo le había ofrecido mentiras. Creía en fantasmas. ¿Cómo no iba a hacerlo si le habían obsesionado casi toda su vida?

Pese a admitir esto, no tenía miedo, sólo una grave determinación. Porque sabía que estos bosques no estaban malditos. Era él quien lo estaba. No eran sus padres quienes estaban condenados a vagar por estas montañas hasta que su asesino confesara su culpa.

Era él.

No temía el avance de la niebla por el valle ni las sombras acechantes bajo los árboles o los gritos misteriosos que perforaban la noche. Su único temor era que él pudiera fallarles.

Un chillido espeluznante reverberó a través de la cañada.

Jamie se quedó paralizado. Se le erizó el vello en la nuca. No era el grito de un ave nocturna o alguna criatura del bosque acechando a su presa. Había sido el grito de una mujer, ronco y lleno de terror.

Jamie tardó un momento de aturdimiento en comprender que el grito no provenía del terreno que él tocaba con la mano —el terreno que en una ocasión quedó empapado de sangre de su madre—, sino de la hilera de árboles situada a su espalda.

Se levantó y se volvió justo a tiempo para ver la figura delgada que salía volando del bosque, directa hacia sus brazos.

Capítulo 19

*E*mma salió del bosque a toda velocidad, desesperada por escapar de lo que venía pisoteando la maleza tras ella, fuera lo que fuera. Su alivio por salir de los árboles se evaporó igual de rápido cuando comprendió que ahora sería mucho más fácil para su perseguidor alcanzarla y derribarla.

Jadeante y con ojos desorbitados, dirigió una rápida mirada atrás por encima del hombro. Su pie se enganchó en un saliente y casi acaba despatarrada por el suelo. Consiguió recuperar el equilibrio justo a tiempo de ver una forma oscura que surgía de entre la niebla delante de ella. Entre una pisada y otra se percató de que no se trataba de ningún espectro terrible, con un reloj de arena en una zarpa huesuda y una guadaña en la otra, sino el propio Jamie.

Sin ser consciente de lo que hacía, se arrojó en sus brazos, que la rodearon con firmeza. Incapaz de contenerse, Emma hundió el rostro en su pecho y se aferró a él, temblando con una mezcla de terror y alivio. Olía a humo de leña y a cuero, y a todo lo que significaba calor y seguridad en un mundo frío y aterrador.

Mientras Jamie le frotaba la espalda como si el único objetivo en su vida fuera aliviar el violento temblor, murmuró:

—Ya está, muchacha, tranquila. No tienes por qué tener miedo. Ya te tengo.

—No para mucho rato —musitó sin dejar de castañear—. En cuanto el conde te pague ese preciado rescate, tendrás que devolverme.

El pecho de Jamie retumbó bajo el oído de Emma con una risa estruendosa e incontrolable.

—Si esto ha sido otro intento de huida, la verdad, deberías dejarlo. Se te da fatal, en serio.

—No intentaba escapar esta vez. Un fantasma me perseguía.

Le acarició el pelo con ternura.

—Pensaba que no creías en fantasmas.

—Así era. —Inclinó hacia atrás la cabeza para mirarle a los ojos, esforzándose aún por respirar con regularidad—. Pero eso era antes de que uno tuviera el valor de perseguirme.

Jamie la miró durante un largo instante, advirtiéndole con sus párpados caídos de que había otras muchas cosas que le gustaría hacer con ella en vez de cazar fantasmas. Pero al final suspiró y la apartó con delicadeza para así poder inspeccionar con su mirada vigilante la línea de árboles que bordeaba la cañada.

Emma seguía agarrándole la manga, preparada en todo instante para volver a sus brazos de un brinco si era lo más prudente.

—¡Ahí! —gritó, indicando hacia los árboles—. ¿No lo ves? —Otro estremecimiento se apoderó de ella—. ¡No voy a olvidar en toda mi vida la visión de esos horribles ojos mirándome con hostilidad desde las sombras!

Mientras Jamie miraba el lugar que indicaba, empezó a esbozar una sonrisa en sus labios.

—Si es un fantasma, muchacha, no es más que el fantasma de un pequeño gato montés.

Emma dio un respingo. Tardó un momento, pero por fin distinguió el perfil sombrío de una criatura con piel a rayas, ojos fosforescentes y orejas puntiagudas, agazapada en el mismo extremo de la maleza. Se quedó boquiabierta.

—¡Caray, si no es mucho más grande que Mister Winky!

Jamie alzó una ceja con gesto interrogador.

—Mister Winky es el gato de Elberta —se apresuró ella a explicar—. Perdió un ojo en una pelea con uno de los gatos del granero, y por eso ahora lo guiña como si intentara coquetear contigo.

—Te habrás metido en el territorio de este pequeño. Pueden ser muy peligrosos, aunque normalmente no dan problemas a los seres humanos a menos que se les enoje. Son conocidos por su timidez.

Como para demostrar esto último, el gato montés les dedicó una mirada altiva antes de darse la vuelta y esfumarse sin hacer ruido.

Emma miró con ceño fruncido el lugar que ocupaba el animal un momento antes.

—Pues sin duda no parecía nada tímido cuando me perseguía. Parecía salvaje. Y hambriento. —Sacudió la cabeza, y su terror se transformó en desilusión—. No puedo creer que me haya dejado asustar de esa manera.

—No te sientas tan tonta. No eres la primera persona que confunde la llamada de un gato montés en celo con el gemido de un espíritu agorero.

—El pánico no se hubiera apoderado de mí si no acabara de ver... —Cerró la boca de golpe. No iba a decirle que también había visto una aparición surgiendo de entre la bruma. Una aparición que tenía un parecido asombroso con su madre asesinada.

La sonrisa de Jamie se desvaneció.

—¿Ver el qué?

Ella negó con la cabeza.

—Nada importante.

Él estudio su rostro.

—Si no intentabas escapar, entonces, ¿qué hacías?

Emma inclinó la cabeza con la esperanza de que la lechosa luz de la luna no revelara el sonrojo que ascendía por sus mejillas.

—Pues te buscaba a ti, mira por donde.

—¿Y qué pretendías hacer conmigo una vez me encontraras? —preguntó con acento aún más sedoso de lo habitual.

Estaba tan cerca que Emma notó el susurró de su respiración agitando su pelo. Se apartó unos pasos, temerosa de que él estuviera a punto de volver a abrazarla, y todavía más temerosa de que ella se arrojara a sus brazos.

Escudriñó la larga y estrecha cañada, percatándose del entorno por primera vez. La bruma era más tenue aquí, flotaba próxima al suelo como cintas de encaje hecho jirones.

—Es el sitio, ¿cierto? —susurró, al percatarse poco a poco—. El lugar donde tus padres murieron...

No tuvo que contestar. Su expresión —o falta de la misma— le dijo cuanto necesitaba saber.

Mientras Emma había andado por ahí persiguiendo fantasmas imaginarios, él había estado aquí en este claro enfrentándose a los fantasmas verdaderos. Cabría esperar que persistiera algún feo eco de rabia u horror en el escenario de tal violencia trágica, pero lo único que Emma sintió fue una tristeza abrumadora, que provocó una terrible congoja en su pecho.

—No es la primera vez que estás aquí, ¿verdad? —le preguntó.

Él negó con la cabeza.

—Mi abuelo me trajo aquí por primera vez con nueve años. Me contó toda la trágica historia. Él fue quien les encontró, ya sabes, después de que Mags, la vieja niñera de mi madre, le dijera que se habían fugado montaña abajo aquella noche. La pobre Mags casi se vuelve loca de pena durante un tiempo, después de que aparecieran los cadáveres.

Emma notó una llamarada de lástima y rabia mezcladas, al imaginar al muchacho que era Jamie, de pie en el lugar exacto, con el pelo oscuro caído sobre los ojos mientras se veía obligado a revivir los últimos momentos desesperados de las vidas de sus padres.

—¿En qué diantres pensaba tu abuelo? ¿Por qué te hizo aguantar una carga así a una edad tan temprana?

Una sonrisa tensó el extremo de la boca de Jamie, con gesto a la vez afectuoso y compungido.

—Mi abuelo es un hombre duro, pero bueno. Nunca ha creído en rehuir la verdad, por desagradable que sea. Sabía que la verdad puede matar, pero también sabía que puede mantenerte con vida. Si yo tenía que esquivar las flechas de Hepburn durante el resto de mi vida, él quería que supiera por qué.

—¿Hay alguna posibilidad de que sencillamente se toparan con una banda de ladrones despiadados? ¿Les faltaba algo de valor cuando les encontraron?

La mirada de Jamie se oscureció.

—Sólo una cosa: el collar que mi madre llevaba siempre puesto. Su propia madre se lo había dado antes de morir y nunca iba sin él. Pero no era de plata ni de oro, no era más que una baratija sin valor, substraída de las mazmorras por uno de nuestros antepasados la noche en que los Hepburn tomaron el castillo. No tendría valor más que para un Sinclair.

Emma se apartó unos pasos de él, tan ensimismada en sus reflexiones que no tuvo en cuenta que tal vez estuviera pisando el lugar mismo donde los padres de Jamie habían fallecido.

—¿Alguien más conocía su secreto aparte de la anciana niñera? ¿Podría alguien más haberles traicionado, alguien que quisiera que la contienda siguiera eternamente?

Se volvió para mirar de cara a Jamie. Con la luz de la luna jugando con sus rasgos estoicos, su rostro parecía labrado por Miguel Ángel en un bloque del mejor mármol italiano. Nunca le había visto el semblante tan bello... o despiadado.

—Tu abuelo creía que el conde tenía algo que ver con las muertes, ¿es así? Contéstame. —Su voz se desvaneció en un susurro aturdido—. Y también tú.

—Sé que el conde hubiera preferido ver a su hijo muerto que casado con una Sinclair.

—¿De verdad crees que podría haber asesinado a tu madre, y a su único hijo, a sangre fría?

—Más bien que ordenara su asesinato. Hepburn siempre tiene alguien cerca para hacer el trabajo sucio por él. —Una sonrisa amarga jugueteó en los labios de Jamie—. Ha intentado librarse de mí desde el día que nací, intentando borrar toda evidencia de que su preciado hijo nunca fue tan loco como para querer a una apestosa y maldita Sinclair.

Si hubiera habido un tocón o como mínimo un trozo de césped

mínimamente decente, Emma se habría hundido ahí sólo para dar cierto descanso a sus rodillas temblorosas.

La venganza de Jamie contra Hepburn no tenía nada que ver con la codicia, ni tan sólo con reclamar una herencia que pensaba que se le había negado. Nunca había sido así.

Tenía que ver con hacer justicia. Represalia. Vengar la sangre que imploraba desde aquel suelo bajo sus pies.

—Si era venganza lo que querías, ¿por qué no te limitaste a dispararme en la abadía aquel día, y asunto liquidado? —quiso saber. Empezaba a dolerle el corazón como si lo hubiera hecho.

—Tomó algo que me pertenecía. De modo que yo tomé algo que le pertenecía.

Emma tardó un momento de aturdimiento en comprender que no hablaba sólo de la muerte de su madre.

—El collar —dijo ella en voz baja—. No buscas sólo el oro del hombre, ¿cierto? Quieres el collar. Quieres que admita que fue él quien ordenó matar a tus padres.

El silencio de Jamie era la única respuesta que ella necesitaba. Había afirmado que el collar no era más que una baratija, sin valor para nadie excepto para un Sinclair. Lo cual, supuso ella, no era una exageración ya que él estaba dispuesto a sacrificarlo todo —incluida ella— por recuperarlo.

—Debes de haber esperado toda la vida a tener esta oportunidad. ¿Por qué ahora? —Sacudió la cabeza con impotencia mientras las palabras surgían directamente de su corazón maltrecho—. ¿Por qué yo?

—Si hubiera dependido de mi abuelo, yo no habría regresado a las Highlands. Pero una vez aquí, descubrí que él ya no estaba lo bastante fuerte como para liderar a sus hombres. Se estaba muriendo, eso era lo que le pasaba. Se le agota el tiempo. Durante veintisiete años ha tenido que aguantar que la mitad de la gente de esta montaña aún crea que la mano de un Sinclair había cometido esos crímenes. No voy a permitir que muera con la sombra de esa sospecha planeando todavía sobre él. Le debo eso, especialmente después de todo lo que ha hecho por mí.

—Y si el conde accede a entregar este collar a cambio de mi persona, confesando prácticamente el asesinato de tus padres, ¿qué planeas hacer entonces?

Jamie se encogió de hombros.

—Las autoridades nunca creerán a un Sinclair ni arrestarán a un Hepburn, por lo tanto supongo que le llevaré el collar a mi abuelo, luego me pondré cómodo y esperaré sentado a que el diablo venga a llevarse el alma podrida de Hepburn.

—¿Sin tu ayuda? —Emma nunca hubiera imaginado que reírse doliera tanto—. ¿Con franqueza crees eso?

—No sé. —Frunció el ceño, aún era lo suficiente considerado como para mostrarse avergonzado.

Emma se envolvió con sus brazos, mientras su risa se apagaba con una nota quebrada. Podía haber confiado en competir con la plata y el oro, pero no podía competir con esto. Aunque Jamie la deseara con desesperación, él siempre preferiría la verdad. Para él, nunca sería más que un peón que mover sobre el tablero a su antojo, hasta lograr dar caza al rey.

Por primera vez, el semblante de Jamie parecía perder su estoicismo.

—El conde tampoco va a vivir eternamente, ya me entiendes, y me niego a dejar que el hijo de perra se lleve sus secretos a la tumba. Ésta puede ser mi última oportunidad de descubrir qué sucedió en este lugar aquella noche terrible. ¿Puedes entender eso, muchacha?

Alargó el brazo hacia Emma, pero ella retrocedió, ya no era capaz de engañarse y creer que podía encontrar consuelo o abrigo en sus brazos. Ahora era un peligro mayor para ella que cuando apareció en la abadía con un arma en la mano.

Debería haber seguido el consejo que él había intentado darle en el campamento.

La verdad podía matar, tenía razón. O al menos podía romperte el corazón.

—Estaba en lo cierto, señor —dijo con frialdad, apretando el mentón para ocultar su temblor—. Sus padres cometieron el mayor error de su vida al enamorarse.

Recogiéndose las faldas, se dio media vuelta e inició el camino de regreso por la cañada, decidiendo que prefería enfrentarse a los fantasmas que vagaban por esos bosques que a los que aún acechaban en el corazón de Jamie.

Capítulo 20

Un aullido furioso reverberó a través de los pasillos de techo alto del Castillo Hepburn. Las puertas se abrieron de golpe para dejar salir a doncellas y mayordomos desconcertados, veloces como muñecos con resorte, intentando averiguar quién —o qué— provocaba tal barullo estruendoso.

Mientras la terrible algarabía iba en aumento, destrozando el silencio tenso que se había apoderado del castillo desde el secuestro de la novia del conde, las tres hermanas Marlowe llegaron corriendo desde el jardín, con sus pecosos rostros sonrojados y los sombreros todos torcidos. Tras ellas venía su madre, con su pálida cara poseída por una mezcla sobrecogedora de terror y esperanza, mientras el padre surgía del jardín de invierno con el fular suelto y una copa de oporto a medio acabar colgando de su mano inestable.

Ian había pasado la mayor parte de la mañana encerrado en la biblioteca revisando los libros de cuentas de la finca, evitando por otro lado las miradas afligidas de la familia de Emma. Cuando oyó el jaleo salió a toda prisa al pasillo sin molestarse siquiera en coger su casaca, a sabiendas de que su tío le reprendería por aparecer en público en mangas de camisa. Aunque se declarara un incendio en el castillo o fueran atacados.

Sobre todo si se declaraba un incendio en el castillo o eran atacados.

Resultó que el único atacado era el muchacho larguirucho a quien metían en el vestíbulo cavernoso del castillo, arrastrado de su mata de pelo amarillo intenso. Silas Dockett, el guardabosque de su tío, era quien tiraba del chico. El muchacho rodeaba con sus manos delgadas la muñeca carnosa del hombre para reducir la presión sobre su cuero cabelludo. Los tacones de sus botas tamborileaban sobre el lustroso suelo de mármol a ritmo desesperado, buscando algún lugar donde sujetarse. Un aullido constante brotaba de su garganta, salpicado por un flujo virulento de maldiciones que ponían en duda tanto el temperamento como la virtud de la madre de Dockett.

Pasmado ante la violencia gratuita de la escena, Ian se colocó a la altura del guardabosque.

—¿Ha perdido la cabeza, hombre? ¿Qué diantres se cree que está haciendo?

Sin aminorar la marcha en lo más mínimo, Docket respondió arrastrando las palabras.

—Traigo un paquete para el amo.

Cuando el guarda llegó al estudio del conde, sus curiosos seguidores ya casi habían formado un desfile con Ian al frente, varios de los criados más atrevidos, la madre y hermanas de Emma andando en medio, y el padre cerrando la marcha, un poco tambaleante.

Dockett no esperó a que le anunciara el nervioso sirviente, en posición firme ante la entrada. Se limitó a abrir de par en par la puerta con la mano que tenía libre y arrastrar al chico por el estudio hasta tirarlo en medio de la alfombra Aubusson de precio incalculable.

El chico se puso de rodillas a duras penas, lanzando a Dockett una mirada de odio puro, maldiciéndole con un acento tan cerrado que por suerte la mayoría de sus juramentos resultaron indescifrables.

Antes de conseguir ponerse en pie del todo, el guardabosque le dio un cachete brutal en la oreja. El chico volvió a derrumbarse sobre sus rodillas, con un nuevo reguero de sangre en la mandíbula, que se hinchaba con rapidez.

—Controla esa lengua tuya, sinvergüenza, o verás como te la corto.

—Ya basta —soltó Ian, adelantándose para situarse entre el guarda-bosque y su presa.

Aquel hombre jamás le había inspirado ninguna simpatía. Después de la inoportuna muerte del anterior guardabosque, el conde había vuelto de un viaje a Londres con Dockett a la zaga. Ian sospechaba que su tío había reclutado a esta mole del Este de Londres en lo más profundo de los barrios bajos precisamente por las cualidades que Ian más despreciaba en él: fuerza bruta, devoción incuestionable a quien le pagara un salario y una afición sádica a la crueldad. Una cicatriz siniestra descendía justo desde debajo del ojo izquierdo hasta lo alto del labio superior, dibujando un gruñido perpetuo en su boca.

Docket dedicó a Ian una mirada que dejaba pocas dudas sobre cuánto le complacería emprenderla a tortazos también con él si el conde lo permitía. Pero Ian aguantó con entereza, y el hombre se vio obligado a retroceder.

El conde se levantó de la silla, estudiando al muchacho desde detrás del escritorio como si fuera una boñiga de oveja que alguien se había sacudido de la suela del zapato.

—¿Y puede saberse quién es este joven insolente?

—Le he encontrado rondando fuera del palomar, milord —contestó Dockett—. Afirma que tiene un mensaje de Sinclair.

—¡Oh, mi niñita! —gritó la señora Marlowe, dándose unas palmaditas en el seno cubierto de volantes—. ¡Ha traído noticias de mi pequeña!

Empezó a tambalearse sobre los pies, tan blanca como el papel. Dos de los criados que guardaban la puerta se apresuraron a adelantarse para empujar una delicada silla Hepplewhite para que se sentara. Mientras se derrumbaba sobre el asiento, Ernestine empezó a abanicarla con la novela gótica que estaba leyendo momentos antes en el jardín, mientras el padre liquidaba de un trago lo que quedaba de oporto.

—Pues bien, no te quedes ahí sangrando sobre mi alfombra, chico —dijo el conde—. Si tienes un mensaje que comunicar, escúpelo.

Ian retrocedió cuando el muchacho hizo lo que pudo para ponerse en pie con inestabilidad, acusando los efectos del maltrato de Dockett. Sin dejar de fulminar con la mirada al guardabosque, se limpió una mancha de sangre de la comisura de los labios con el dorso de la mano antes de sacar un pliego enrollado y un poco maltrecho del interior del zamarro.

El conde rodeó el escritorio y arrebató la misiva de la mano del muchacho con dos dedos y un gesto de desagrado en el labio superior. Mientras se tomaba su tiempo para coger unas gafas con montura de acero de encima del cartapacio y se las colocaba sobre la punta de la nariz, el señor Marlowe apoyó una mano temblorosa en el hombro de su esposa. Ian no supo distinguir si lo hacía para consolarla o para sostenerse.

El conde empleó un dedo amarillento para sacar la banda de cuero del tubo de papel.

—Veamos cuánto planea quedarse esta vez el muy insolente del oro que tanto me ha costado juntar —dijo desplegando el papel, dejando entrever cierto regocijo bastante impropio.

Incluso desde donde se hallaba, Ian pudo reconocer el trazo desgarbado. Lo había visto a menudo en los deberes escolares o en notas dirigidas a él, muchas de ellas con intención de hacerle reír con chistes privados y pequeñas caricaturas ingeniosas de sus compañeros de clase.

Mientras su tío estudiaba la misiva, se hizo un silencio expectante en la habitación. Los criados tenían los ojos pegados al suelo, agradecidos de que nadie se acordara de mandarles regresar a sus obligaciones. La señora Marlowe se recuperó cuando estaba a punto de desmayarse y se levantó de la silla, pegándose un pañuelo ribeteado de encaje a sus labios temblorosos. Las hermanas Marlowe se abrazaron formando un trío nervioso, con sus pecas resaltadas claramente contra la piel pálida.

Al final Ian no pudo aguantar más el suspense.

—¿Qué es, milord? ¿Cuánto pide por devolverla?

Su tío alzó la cabeza poco a poco. Un sonido oxidado vibró en su garganta. Durante un momento glacial, Ian pensó que era un sollozo, luego volvió a sonar, y a Ian se le enfrió todavía más la sangre.

Su tío se estaba riendo.

Todos se quedaron boquiabiertos cuando el conde se derrumbó en su silla, con sus mejillas apergaminadas todavía más hundidas mientras intentaba recuperar el aliento.

Ian dio un paso involuntario hacia el escritorio.

—¿Qué significa todo esto? ¿Son tan desmedidas sus peticiones?

—Yo diría que no —contestó el conde—. Son de lo más razonables... ¡para un loco como él! —Dio unos golpes en el escritorio, arrugando la petición de rescate con el puño, sin poder contener otro ataque de risotadas—. ¿De modo que el chico piensa que es lo bastante astuto como para burlarse de mí, eh? ¡Bien, eso habrá que verlo!

Pese a la diversión sin trabas de su tío, había en sus ojos una chispa de algo parecido a admiración, por extraño que fuera. Ian no había visto nunca esa expresión cuando esos ojos le miraban a él. El hombre era capaz de negar a su nieto bastardo en el lecho de muerte, pero también era una de las raras criaturas que su mente maquiavélica consideraba un adversario digno.

—Pero, ¿mi hija, milord? —El señor Marlowe se adelantó con gotas de sudor en la frente, que delataban el esfuerzo que hacía para mantenerse en pie—. ¿Qué va a ser de ella?

El conde se levantó y rodeó el escritorio, con una mirada tan amistosa que resultaba alarmante.

—No tema, señor Marlowe. La joven Emmaline es mi responsabilidad ahora y le doy mi palabra de que cuidaré de ella. No quiero que su esposa o sus lindas hijas se preocupen lo más mínimo por esto. —Sonrió radiante a las chicas, que no pudieron evitar animarse un poco con aquel halago inesperado—. Continúen teniendo paciencia y yo me aseguraré de dar cumplida respuesta a las peticiones de Sinclair. En todo.

Sin dejar de murmurar palabras tranquilizadoras, consiguió de algún modo guiar a toda la familia Marlowe hasta el exterior de la puerta, ante los criados boquiabiertos y tan sólo mediante su fuerza de voluntad.

—¿Qué tengo que hacer con él? —Docket miraba con voracidad al joven mensajero, como si se le ocurrieran unas cuantas posibilidades, ninguna de ellas agradable o ni siquiera legal.

El conde hizo un ademán impaciente con la mano.

—Llevadlo a la vieja mazmorra y encerradle. Tanto él como su señor pueden aplacar sus impetuosas prisas juveniles por un día o dos.

Antes de que Ian pudiera protestar, Dockett se fue hacia el chico mostrando los dientes con una mueca bestial.

—Espera, tú no —soltó con brusquedad el conde—. Quiero unas palabritas contigo. —Señaló con un dedo torcido a los dos lacayos que habían acercado la silla a la señora Marlowe—. Vosotros dos podéis llevarlo.

Los criados intercambiaron otra mirada de incertidumbre. Estaban acostumbrados a que les ordenaran sacar brillo a la plata o encender las lámparas de los carruajes, no a escoltar a chicos respondones a una mazmorra que llevaba cien años sin usarse.

Que ellos supieran.

Pero la obediencia estaba tan arraigada en ellos como la deferencia a sus superiores, de modo que al final se encogieron de hombros y se adelantaron para coger al chico por los codos. Éste forcejeó con furia y la emprendió a golpes contra los criados, que si no lograban sacarle pronto a la fuerza por la puerta, acabarían uno con algún ojo morado y el otro con un labio ensangrentado.

Cuando los sonidos de la refriega se apagaron, el conde recorrió con mirada hostil a los criados que quedaban en el estudio.

—No os pago para que andéis por aquí poniendo la oreja a asuntos que no son de vuestra incumbencia. Regresad a vuestros puestos de inmediato antes de que os despida a todos.

Mientras se apresuraban a obedecer y salir con un montón de reverencias e inclinaciones, el conde se volvió entonces para dedicar una mirada expectante a Ian.

Ian frunció el ceño, cada vez más perplejo con el comportamiento peculiar de su tío. Había dejado claro desde la llegada de Ian al castillo Hepburn que su sobrino nunca sería nada más que una carga y una decepción para él. Pero nada había impedido que confiara en él o le utilizara como público cada vez que se regodeaba con su último triunfo o tramaba vengar un desaire insignificante, fuera real o imaginado.

—Ya me has oído —dijo su tío con frialdad—. Tengo asuntos que tratar con el señor Dockett.

—Pero, milord, creo que deberíamos discutir la situación de la señorita Marlowe y...

—Asuntos privados.

Ian se quedó ahí todavía un momento, como si las manecillas doradas del reloj similar situado sobre la repisa hubieran retrocedido de algún modo en el tiempo. Volvía a ser un muchacho solitario de diez años, llorando por la muerte de sus padres y desesperado por ganarse una migaja de afecto de su tío, por amarga o rancia que fuera.

El reloj dio la media y rompió el hechizo, recordándole que ya no era aquel chico. Ahora era un hombre. El hombre en que le había convertido su tío con toda aquella indiferencia. Era su tío quien le había enseñado a odiar, pero ahora empezaba a comprender lo bien que había aprendido la lección.

Con el orgullo herido, hizo una inclinación y salió ofendido del estudio. Antes de que el lacayo cerrara la puerta y le impidiera ver el interior del estudio, Ian lanzó una rápida mirada por encima del hombro y alcanzó a ver por última vez a Dockett de pie delante del escritorio, con sus brazos fornidos doblados sobre su pecho y una sonrisa de suficiencia en los labios.

Capítulo 21

*J*amie notaba cómo ardía despacio la mecha que todos asociaban al legendario mal genio de los Sinclair. Zumbaba cada día con más fuerza en su cabeza, mientras esperaban el regreso de Graeme con noticias de Hepburn en las ruinas de la vieja abadía, construida con las rocas de la colina.

Aunque Jamie llevaba toda una vida aprendiendo a dominar ese mal genio, se temía que fuera sólo cuestión de tiempo que ese siseo lento y constante agotara su paciencia y su raciocinio con una explosión que quizá les destruyera a todos ellos.

La última vez que había perdido la paciencia, un hombre acabó muerto. Alguien podría argüir que aquel hombre se merecía la muerte, pero ninguna justificación limpiaba las manos manchadas de sangre de Jamie. Esa sangre le había costado perder a su mejor amigo, la mancha seguiría ahí hasta el día que muriera.

Durante las largas horas de espera a la respuesta de Hepburn, había merodeado por las ruinas desmoronadas, inspeccionando con mirada ardiente el valle inferior en busca de alguna señal de un jinete aproximándose. La mañana del cuarto día se quedó sentado a los pies de un tramo de escaleras de piedra que no llevaba a ningún lado, sin hacer nada, con una quietud que no auguraba nada bueno, más amenazador que las nubes inquietantes que sobrevolaba la montaña.

Sus hombres, en un intento de aliviar la tensión, rellenaron de hojas secas una de las camisas viejas de Angus y la colgaron de un árbol, empleándola como diana para practicar el tiro con arco. Algo que no hubiera sido tan divertido si no hubieran invitado a Emma a unirse a ellos.

Jamie mantenía los ojos entrecerrados mientras la risa alegre de la joven resonaba como una de las campanas que en otro tiempo habían adornado esta abadía. Ella apenas le había dirigido dos palabras desde su encuentro en la cañada donde habían muerto sus padres, pero ahora sonreía a Bon como si fueran compañeros de toda la vida. Era imposible saber si era ajena a la tormenta que se avecinaba o si simplemente le importaba un bledo. Jamie sospechaba que se trataba de lo segundo.

De algún modo, Emma había conseguido retorcer sus rizos cobrizos y hacerse un moño alborotado que revelaba la curva graciosa de su garganta y la sedosa inclinación de su nuca, donde Jamie anhelaba pegar sus labios. Entrecerró todavía más la mirada cuando Bon, con sus brazos nervudos, rodeó sus hombros delgados para ayudarle a colocar bien la flecha y echar atrás la cuerda. La flecha dejó el arco con un vivaz silbido y atravesó el claro hasta perforar el corazón torcido que Malcolm había dibujado, con jugo de bayas, sobre el pecho de la diana.

Los hombres soltaron un vítor clamoroso, que se apagó en sus gargantas cuando uno de ellos dirigió una mirada por encima del hombro y descubrió a Jamie observándoles. Emma marchó alegremente para arrancar la flecha de la diana con una sonrisa triunfal en los labios.

Seguro que ella prefería que fuera una de sus camisas, pensó Jamie con gravedad, y que él la llevara puesta.

Se pasó una mano cansada por el mentón. No era de extrañar que tuviera los nervios de punta. No es que hubiera dormido muy bien.

O que hubiera dormido en absoluto.

¿Cómo iba a dormir con el petate de Emma a tan sólo un metro del suyo? Estaba demasiado ocupado mirando con hostilidad la parte posterior de su cabeza despeinada como para dormir. Demasiado ocupado recordando cómo se sentía con ella acunada confiadamente en sus brazos la primera noche que pasaron en ruta. Demasiado ocupado reviviendo esos momentos mágicos en la vivienda de Muriel cuando ella entrelazó los dedos en su pelo y le besó como si estuviera a punto de permitirle hacer todas las cosas tiernas y traviesas que anhelaba hacer desde el momento en que le puso la vista encima.

La última noche ni siquiera había perdido el tiempo intentando dormir. Se había encaramado a lo alto de un arco de piedra desmoronado y había pasado las horas interminables que faltaba para el amanecer atento al eco distante de los cascos de los caballos.

Como el eco de los cascos que en este instante apagaban el siseo constante que zumbaba en su cabeza.

Se puso en pie preguntándose si se habría quedado dormido. Pero la débil vibración del estruendo bajo sus pies dejaba poca duda: alguien se acercaba. Emma le dirigió un vistazo, y su sonrisa se desvaneció.

Llevaba esperando este momento desde que su abuelo le había llevado a la cañada con nueve años para mostrarle el lugar donde habían disparado a sangre fría a sus padres. ¿Cómo iba a explicar entonces el temor repentino que atemperaba los extremos de su anticipación, la sensación de hundimiento al darse cuenta de que conseguir lo que siempre había esperado podría costarle lo único que de verdad quería?

Un jinete solitario alcanzó lo alto del peñasco. El temor y la anticipación de Jamie habían sido para nada. No era Graeme quien regresaba con noticias de Hepburn, sólo el vigía a quien había enviado la noche anterior a inspeccionar el terreno del valle situado por debajo de ellos.

Carson descendió de su montura. Su mirada baja y la breve sacudida de cabeza le dijeron todo lo que necesitaba saber.

Por un momento que pareció suspendido en el tiempo, sólo quedó un silencio candente, mientras la mecha siseante alcanzaba por fin el barril de pólvora en el cerebro de Jamie.

Dejó los escalones con una explosión y recorrió la longitud del claro a pasos largos y furiosos.

—A cubierto, muchachos —oyó murmurar a Bon a través del estruendo en sus oídos—. Allá vamos.

—¿Qué puñetas se cree que está haciendo ese miserable hijo de perra de Hepburn? —Pasándose una mano por el pelo, Jamie se giró en redondo justo un paso antes de estrellarse de lleno contra un árbol—. ¿Se ha vuelto del todo imbécil ese hombre? ¿Cómo puede ser tan necio como para dejar a su indefensa novia en manos de una banda de hombres desesperados, a sabiendas de que a cada segundo que se retrasa podrían estar haciéndole un montón de cosas terribles?

Continuó abalanzándose por el claro, en la otra dirección. Los hombres habían seguido la advertencia de Bon y habían retrocedido un paso o dos. Sólo Emma fue lo bastante atrevida como para quedarse en su sitio, lo que obligó a Jamie a detenerse o a pasarle por encima.

Jamie se paró en seco y la señaló directamente con un dedo en el pecho, agradecido de haber encontrado una diana para su ira.

—¡Vaya! ¿No te ves? ¡Éste no es tu sitio! ¡No eres más que una inglesita con menos sentido común que el que Dios otorga a una seta!

Ella se quedó mirándole. Sus ojos azules pestañeaban con una extraña serenidad, mientras los mechones sueltos que se habían escapado del moño alborotado ondeaban suavemente con la brisa.

—No deberían haberte dejado salir jamás de tu dormitorio sin una niñera y un ejército bien armado, ¡y mucho menos salir de Inglaterra! ¿No le preocupa a tu novio, que tanto te adora, lo que te pueda estar pasando ahora mismo? Carajo, si fueras mi mujer...

Sus palabras reverberaron en las ruinas como un trueno de tormenta de primavera, seguido de un silencio tan completo que podría oírse una oruga avanzando poco a poco por una hoja. Una oleada ridícula de calor empezó a apoderarse de la garganta de Jamie al percatarse de que, no sólo Emma, sino todo el mundo en la colina contenía la respiración, esperando a que acabara la frase.

—¿Qué, Jamie? —preguntó al final Emma en voz baja, y el uso de su nombre de pila dolió más que una bofetada—. Si yo fuera tu mujer, ¿qué es lo que harías?

Incapaz de responder al desafío audaz que le plantaba ante sus narices, Jamie le dio la espalda, se la dio a todos ellos. Recorrió unos pocos pasos para alejarse hasta el extremo del risco y se quedó con los brazos en jarras con la mirada perdida en la bruma gris que se elevaba por encima de los brezales distantes. Fue entonces cuando oyó a su espalda el sonido más inesperado.

Emma se estaba riendo.

Se giró despacio y descubrió a sus hombres retirándose aún un paso más, como si temieran una nueva explosión de mal genio, esta vez más peligrosa todavía que la última.

—¿Aún no te has dado cuenta? —preguntó Emma, con ojos brillantes de lágrimas. Sus hombres tal vez las tomaran por lágrimas de regocijo, pero él sabía que no lo eran—. Te ha salido el tiro por la culata. El conde no malgastará un solo puñado de chelines por salvarme. No tengo valor alguno para él. Nunca he sido nada más que una matriz donde plantar su simiente. Y Dios sabe que hay muchas más en venta en Londres.

Emma sacudió la cabeza con una cascada de risas que se burlaban de ambos.

—Has torturado a mi pobre familia y me has arrastrado casi hasta el infierno por nada. Nunca va a darte lo que quieres, no le importa lo que hagas conmigo. Por lo tanto no es necesario que te hagas el caballero. —Esta vez le tocaba a ella cubrir la distancia que les separaba. Deteniéndose lo bastante cerca como para que Jamie viera el pulso agitado que sacudía la columna cremosa de su garganta, el temblor tentador de su labio inferior, inclinó la cabeza hacia atrás para mirarle a los ojos.

—De modo que, adelante, Jamie Sinclair. Muestra tu peor cara.

Durante un momento desolado, Jamie se sintió tentado de hacer justo eso. Tentado de cogerla de la mano y arrastrarla hasta lo profundo de esa ruinas, donde podría enseñarle con exactitud qué haría si fuera su mujer.

Todo lo que haría si fuera su mujer.

—¿Jamie? —la voz de Bon apenas era un susurro.

Jamie seguía contemplando los ojos de Emma, paralizado por el poder imprevisto de su pasión.

—¿Jamie? —repitió Bon, con más urgencia esta vez.

—¿Qué puñetas es lo que ... —Jamie se giró en redondo justo a tiempo de ver a Graeme saliendo tambaleante de entre los árboles.

Capítulo 22

Graeme tenía los nudillos blancos de agarrarse las costillas, y uno de los ojos cerrado por la hinchazón. Una fea magulladura, un poco amarillenta por los bordes, marcaba la mandíbula apretada del chico.

Varios de los hombres se apresuraron a ayudarle, pero fue Jamie quien llegó primero a su lado. Le rodeó los hombros con cuidado justo cuando las piernas del chico empezaban a ceder bajo su peso.

—Habría llegado antes si... —informó con aspereza, apoyado pesadamente en el pecho de Jamie—. El maldito caballo perdió una herradura unas leguas atrás.

Mientras los hombres se congregaban a su alrededor, Jamie sostuvo a Graeme en posición reclinada en el suelo, embargado por la culpabilidad. Debería haber sabido que Hepburn no tendría ningún reparo en disparar al mensajero. Debería haber enviado a Bon, alguien tan astuto como Hepburn, alguien que no subvaloraría el potencial del viejo halcón para la traición.

—¿Qué te han hecho esos hijos de perra? —quiso saber Jamie, estremeciéndose igual que Graeme mientras le pasaba una mano cuidadosa por la castigada caja torácica.

—Nada a lo que no pueda sobrevivir. —Graeme le sonrió, su labio roto ladeaba su sonrisa con un toque desenfadado—. Yo también di un par de puñetazos. Esos lacayos elegantes del conde tendrían que pensárselo mejor antes de pelear con Graeme MacGregor. —Hurgó dentro de su chaqueta para sacar una bolsa de cuero con mano ligeramente temblorosa—. Hice justo lo que me pediste. Le entregué tu carta a Hepburn y él dijo que te diera esto.

Jamie aceptó el ofrecimiento, y logró esbozar también una sonrisa afligida.

—Nos sentimos todos muy orgullosos, chico. Sobre todo yo.

Mientras Jamie se levantaba, Lemmy se agachó para ocupar su lugar y colocó la cabeza de Graeme en su regazo, con una delicadeza que parecía imposible en unas manos tan enormes.

Jamie bajó la vista a la misiva de Hepburn. Éste no era un pliego barato, sino una gruesa hoja de papel de vitela cremoso, doblada en tercios perfectos y sellada con una mancha de cera carmesí con el emblema de Hepburn.

Rompió el sello y desdobló con cuidado el papel bajó la mirada atenta de sus hombres.

Aunque Bon nunca había aprendido a leer, subía y bajaba de puntillas en un intento desesperado de ver por encima de su hombro.

—No nos dejes en vilo, chico. ¿Qué dice?

No llevó demasiado a Jamie inspeccionar el puñado de palabras escuetas garabateadas sobre el papel. Había imaginado este momento durante tanto tiempo y había anticipado demasiadas veces el acceso vertiginoso de triunfo que sentiría.

Pero al alzar la vista para encontrar la mirada interrogadora de Emma, notó sólo una punzada penetrante de pena.

—Ha accedido a nuestra exigencias. Entregará mañana el rescate.

Sólo consiguió aguantar la mirada de Emma durante un momento elusivo antes de que ella se diera la vuelta y desapareciera en las ruinas sin mediar palabra.

Emma se sentó al borde de la plataforma de piedra redonda que en otro tiempo había alojado el viejo campanario de la abadía, sujetándose una rodilla contra el pecho. El techo y la mayor parte de las paredes de la estructura se habían derrumbado tiempo atrás, dejando el estrado abierto al cielo y accesible gracias a un tramo de estrechas escaleras de piedra, gastadas y alisadas por la lluvia.

El viento que normalmente aullaba con tal pasión en esta montaña se había calmado, sólo una brisa suave suspiraba contra su mejilla y jugueteaba con los mechones sueltos de la nuca. La luna se alzaba sobre el pico más elevado como una perla reluciente, el doble de grande que en Lancashire, aun así muy lejos de su alcance.

Un guijarro suelto resbaló desde el extremo más alejado del estrado.

Se volvió, incapaz de contener una oleada traicionera de esperanza en su corazón. Pero era sólo Bon, quien surgió de entre las sombras en lo alto de las escaleras. Se quedó expectante justo en el extremo de la luz que formaba la luna, era obvio que no demasiado convencido de ser bien recibido.

—No te preocupes, Bon —le tranquilizó—, no voy armada, estás seguro.

El joven se movió para situarse de pie a su lado, con sus dientes torcidos formando una mueca que había dejado de ser amenazadora y tenía cierto encanto.

—Por la manera en que manejabas el arco, apuesto a que el corazón de un hombre nunca estará seguro mientras estés cerca.

—Tal vez por eso tu primo tiene tantas ganas de librarse de mí —contestó Emma en tono alegre, con la esperanza de ocultar el deje amargo de su voz—. ¿Por qué no estás abajo celebrándolo con él? Estará que no cabe en sí de alegría. Al fin y al cabo, el conde está a punto de otorgarle su mayor deseo.

—Sigue sin explicarme de qué se trata, ni a mí ni a ninguno de los muchachos. Y no es propio de Jamie guardarme secretos.

—Puede que sea la primera vez que tiene uno que merece la pena guardar.

—No le reprocharíamos nada —admitió Bon—. Ha sacrificado demasiado por nosotros. Siempre fue un chico listo, ya me entiendes, cargado de libros cuando aún no podía ni cargar con ellos. Podría haberse quedado en las Lowlands y hacer fortuna como un caballero decente. Pero cuando se enteró de que su abuelo no estaba bien, regresó aquí. Para ocuparse de nosotros. Para ocuparse de todos los que en esta montaña han dependido siempre de los Sinclair para sobrevivir. —Bon vaciló como si ansiara decir algo más. Añadir algo. Pero al final se limitó a agachar la cabeza y bajar la vista a los pies—. He venido a decir que lamento haber arruinado tu boda. Y que espero que el conde y tú... —se aclaró la garganta, era obvio que se esforzaba por desatascar las palabras— seáis muy felices.

—Gracias —susurró Emma. El repentino nudo que se le formó en la garganta hacía imposible que pudiera ofrecerle alguna otra absolución.

Después de que Bon descendiera por las escaleras y la dejara sola, volvió el rostro a la luna sólo para encontrarla relumbrante tras un velo acuoso. La chica que contemplaba esa misma luna desde la ventana de su dormitorio, mientras se desplazaba sobre el huerto de su padre, ahora era una desconocida para ella, una niña ingenua que creía que la calidad de un hombre podía medirse por su elocuencia al hablar o el buen corte de su chaqué.

¿Cómo iba a acompañar mañana a los hombres del conde montaña abajo y fingir que seguía siendo esa chica, que nunca había saboreado el beso de Jamie, que nunca había notado que su cuerpo se fundía bajo el calor ardiente de su deseo por ella? ¿Cómo podía contentarse con joyas, pieles y oro, ni siquiera con un cuarto infantil lleno de niños, concebidos no por amor o pasión sino por desesperación y obligación?

Tras sentir su cuerpo y su corazón cobrando vida bajo el contacto de Jamie, ¿cómo iba a ser posible permanecer tendida noche tras noche en silencio, con el conde gruñendo y moviéndose encima de ella, resignada y apretando los dientes para no gritar? Sobre todo ahora que sabía que tal vez no fuera un viejo tan bondadoso al fin y al cabo sino un asesino, lo bastante despiadado como para liquidar a su hijo por atreverse a amar a la mujer equivocada.

Pestañeó para contener las lágrimas y poder enfocar con claridad la luna. No era la misma chica, y nunca volvería a serlo. Fuera cual fuera el coste, ya no estaba dispuesta a negar sus pasiones, sus deseos, sólo para mantener la paz entre quienes la rodeaban. Su madre había vivido esa misma mentira desde el nacimiento de Emma, sacrificando su propia felicidad mientras continuaba buscando excusas con que justificar a su padre.

Pero ella no era su madre. Y ya no era la chica que estaba de pie ante el altar de la abadía del castillo de Hepburn, preparada para prometer su corazón a un hombre que nunca amaría.

Lo único que necesitaba era que alguien la ayudara a demostrarlo.

Jamie apoyó ambas manos contra la áspera piedra del altar de la abadía. Esa sola piedra había conseguido sobrevivir a la devastación de la batalla y a años de abandono, demostrando que había algunas cosas que ni siquiera el tiempo podía destruir.

Se preguntaba cuántos bautizos había visto, cuántas bodas, cuántos entierros. ¿Cuántas vidas habían comenzado aquí? ¿Cuántas habían acabado?

Recordaba la pequeña iglesia siempre en ruinas, sin duda destruida durante una de las muchas guerras y escaramuzas que habían dejado sus cicatrices en esta tierra hermosa y escarpada. Aunque había quedado reducida a poco más que unas paredes sin techo y escombros cubiertos de musgo, un aire de dignidad persistía en este lugar, como si Dios y el tiempo no olvidaran que en otro tiempo había sido tierra sagrada.

Pasó la mano sobre la piedra marcada, deseando poder expresar con palabras el tumulto que sentía. Aunque siempre había sido creyente, nunca había rezado mucho. Era preferible que él y el Todopoderoso no debatieran demasiado sus diferencias de opinión, al menos eso suponía.

Porque ¿cómo podía conferirse Dios el derecho a la venganza si

Jamie sentía aquella terrible carga sobre sus hombros? Hasta entonces siempre había sido capaz de aguantar la carga, pero ahora pensaba que estaba a punto de aplastarle el corazón. Mañana enviaría a Emma montaña abajo. No volvería a dormir otra vez con su cuerpo cálido acurrucado contra su protección. Nunca volvería a oír su nombre en sus labios. En cuestión de días ella se encontraría de pie ante un altar como éste, preparándose una vez más para convertirse en la novia de Hepburn.

Clavó las puntas de los dedos en la piedra, deseando destrozar el altar en pedazos con sus manos desnudas.

—¿Jamie?

Al principio pensó que había imaginado el susurro melódico, que el sonido sólo era producto de sus anhelos febriles.

Soltando el altar, se volvió poco a poco.

Emma se hallaba ahí al borde de la luz proyectada por la luna, como un fantasma de todas las novias que habían venido a este lugar a entregar su corazón a los hombres que amaban.

—¿Qué quieres? —preguntó con voz quebrada, incapaz ya de fingir que su respuesta no le importaba.

Ella alzó la barbilla con mirada fría y firme, igual que aquella noche en que le apuntó al corazón con su propia pistola.

—Quiero que arruines mi reputación.

Capítulo 23

*E*mma se tragó su ansiedad y se fue andando hacia Jamie, mostrándose sin tapujos a la luz de la luna y a su mirada ardiente. En ese momento, Jamie parecía la pesadilla de cualquier virgen: desesperado y peligroso, tendría que hacer gala de una tremenda cautela para aproximarse a él.

—Siempre he sido una buena chica —dijo. Cada paso calculado la acercaba más a él— y una hija consciente de mis deberes, a la que siempre nombraban para dar ejemplo a sus hermanas pequeñas. Siempre fue, «Sí, señor» y «No, señora», y «Como usted quiera». Vestía lo que mi madre elegía para mí. Comía todo lo que me ponían delante, tanto si me gustaba como si no. Iba allí donde me decían que fuera y hacía lo que me ordenaban hacer. —Se detuvo justo fuera del alcance de Jamie—. Pero no voy a casarme con el conde. Y ambos sabemos que sólo hay una manera segura de convencerle de que ya no le convengo como novia.

Jamie no pronunció palabra. Se limitó a seguir contemplándola con expresión tan inescrutable como las páginas petrificadas de la Santa Biblia que se enmohecía en el rincón.

Emma intentó reírse, pero su risa sonó incómoda.

—Bon tenía razón en todo momento, ¿no? Sé que te has convencido de que estarás contento con demostrar que Hepburn asesinó a tus padres. Pero, ¿no te satisfará aún más la venganza si devuelves a la novia después de haber sido forzada por un Sinclair? Sobre todo si resulta que ese Sinclair es su nieto ilegítimo.

—Me satisfaría más, desde luego. —Jamie cruzó los brazos sobre el pecho, y el calor humeante de su mirada provocó un estremecimiento en algún lugar aún más profundo en ella—. ¿Y qué me dices de esa casa solariega maltrecha en Lancashire que tanto quieres? Si el conde reclama su dote, ¿cómo va a impedir tu padre que los acreedores se queden con la casa y os echen a todos al asilo de pobres?

—Estoy segura de que el conde insistirá con elegancia en que mi padre se quede con la cuantía del acuerdo prematrimonial. Sobre todo si prefiere que no se entere todo Londres de que es sospechoso de ordenar asesinar a sangre fría a su propio hijo, y a la madre de su nieto.

Jamie ladeó la cabeza y la estudió con admiración a su pesar.

—Nunca hubiera adivinado que un rostro tan bonito pudiera ocultar una vena tan despiadada.

Ella le dedicó una sonrisa amarga.

—Desde que llegué a las Highlands he tenido ocasión de aprender de los mejores.

—Aunque salves tu hogar y tu padre evite la cárcel, ¿has pensado en las consecuencias que padecerás nada más regreses con tu familia en Inglaterra? —Jamie se adelantó y anduvo a su alrededor mientras hablaba con aquella cadencia ronca que tejía una red de la que ya no tenía deseos de escapar—. El conde posee una lengua viperina. Antes que permitir que alguien crea que es lo bastante necio como para dejar que le arrebaten a su joven novia delante de sus narices, hará correr el rumor de que te arrojaste en mis brazos, y a mi cama, de forma voluntaria. Y aunque el conde no lo hiciera, a la sociedad no le importará si fuiste seducida o forzada. La sombra de dudas que arrojó tu primer novio sobre tu reputación no será nada en comparación con esto. La gente decente volverá la cara cuando camines por la calle. Nadie te recibirá en sus casas. Serás una paria social y tendrás que renunciar a toda esperanza de encontrar marido o tener familia propia.

—Entonces seré libre de regresar a Lancashire y vivir en paz. —Se volvió hacia él sacudiendo los rizos con decisión—. Si me aburro, siempre podría buscarme un amante joven y fornido. O dos.

El escocés no creyó sus bravatas, como no las había creído la primera vez que pronunció esas palabras. Alargó el brazo para seguir la curva delicada de su mandíbula con el dorso de sus nudillos, y su voz sonó aún más gentil que su contacto.

—Hay otras consideraciones, querida. ¿Y qué pasará si te hago un hijo?

A Emma no le importó agachar la cabeza para ocultar el sonrojo que se extendía por sus pómulos. Sabía que sería inútil.

—Puede que mi ingenuidad te parezca preocupante, pero gracias a la tutela de mi madre no soy del todo ignorante de las costumbres al respecto. O las costumbres de los hombres al respecto. Si no hubiera maneras de prevenir tales cosas, entonces habría más herederos nacidos fuera del nacimiento que descendientes legítimos andando por las calles de Londres.

Él asintió, coincidiendo con su punto de vista.

—¿Entonces crees de verdad que ésta es la única manera de impedir que ese sátiro de Hepburn te ponga las manos encima? ¿Y asegurar que puedas vivir tu vida como dueña de tu propio destino?

Emma asintió, se había quedado sin voz ahora que se le había acabado el coraje. Podría confesar miles de razones para irse con él a la cama en este momento si el orgullo no le paralizara la lengua. Podría haberle dicho que quería sentirse viva, al menos una vez más antes de enterrarse bajo la censura aplastante de la sociedad. O que no se creía capaz de sobrevivir pasando el resto de la vida sola, sin pasar una noche en sus brazos.

—¿Entonces qué opción tengo? —Jamie se inclinó hacia abajo y le rozó los labios con si se los acariciaran las alas de un ángel.

A Emma se le cortó la respiración. ¿Cómo era posible que se sintiera más como una novia aquí de pie en esta ruina de iglesia desmoronada que en la majestuosa abadía de Hepburn?

—Espera —susurró Jamie, y se apartó de ella aunque estaba claro que lo hacía a regañadientes.

Esperó atormentada por la intriga hasta que regresó con unas mantas echadas por encima del brazo. Esta vez, cuando le cogió la mano, Emma se fue con él de buen grado. Mientras escapaban de los rayos de la luna y se introducían en las sombras, ella enlazó con firmeza sus dedos pues no quería que supiera que temblaba de pies a cabeza.

Jamie la condujo hasta un rincón en una pequeña cámara donde aún aguantaban en pie dos paredes, desafiando los estragos del tiempo. El campamento estaba establecido entre los árboles que bordeaban la garganta, por lo tanto Emma supo que Jamie había elegido este lugar intencionadamente para protegerla de las miradas curiosas de sus hombres.

Pero antes de que pudiera extender las mantas, ella le sujetó el brazo.

—¡Espera!

Jamie la estudió con cautela, temiéndose lisa y llanamente que hubiera cambiado de idea.

Emma inclinó la cabeza hacia el arco torcido de piedra que en otro momento había alojado la puerta, dando a entender que ahora le tocaba a él seguirla. A juzgar por la mirada en los ojos de Jamie, la habría seguido al mismísimo fin del mundo.

Ascendieron por esos peldaños de piedra gastada hasta el viejo campanario y salieron a un pozo brumoso de luz de luna. Emma le cogió las mantas para extenderlas sobre el suelo en el centro de la torre, dejando sólo al cielo y la luna presenciar lo que iba a suceder.

Una vez terminó, se volvió hacia él, con una timidez atroz.

—Y bien, ¿qué pasa ahora, señor Sinclair? ¿Planea seducirme o forzarme?

La sonrisa perezosa de Jamie dobló su ritmo cardiaco.

—Las dos cosas.

La atrajo hacia sí y la sorprendió una vez más con su tamaño, su fuerza y su calor irresistible. Durante un largo instante, se limitó a sostenerla, dejando que se acostumbrará poco a poco a la sensación de sus brazos abrazándola y el susurro del aliento en su pelo. Emma apoyó la mejilla en su pecho, percibiendo cada latido estremecedor de su corazón como si fuera propio. Tras un momento, cobró valor y deslizó las manos en torno a su cintura y bajo su camisa, maravillada con la piel lisa y la flexibilidad suave de los músculos bajo las palmas mientras levantaba una mano para acariciarle el pelo.

—Oh, cielos —musitó, agobiada de pronto por la magnitud abrumadora de lo que estaba apunto de hacer con este hombre.

—¿Qué sucede?

Continuó con la cabeza enterrada en su pecho.

—Parece que las instrucciones de mi madre me están fallando. No estoy del todo segura de cómo debo proseguir a partir de aquí.

—¿Por qué no lo dejas en mis manos? —murmuró mientras le inclinaba la barbilla hacia arriba con un dedo y bajaba la boca sobre sus labios.

Los rozó con gran ternura, dejando claro con su innegable experiencia que sabía con exactitud cómo seguir. No besaba como un hombre que usa los besos sólo como medio para lograr un fin, algún tipo de ritual peculiar que precisan las mujeres para convencerles de que se saquen la ropa. La besó con lentitud y una intencionalidad exquisita, como si estuviera encantado de pasar toda la noche tan sólo haciendo el amor a su boca.

Emma siempre había despreciado a las mujeres que se desvanecían a la menor provocación, pero el revoloteo tierno de esa lengua sobre la suya la dejó tan jadeante y mareada que notó que le flaqueaban las rodillas, oyendo unos pitidos en los oídos, como si todavía hubiera campanas en la torre. Podría haber sucumbido a la tentación del desmayo, pero no quería perderse un solo momento en sus brazos. Por lo tanto se limitó a cerrar los ojos y siguió ahí saboreando su lengua, hasta que oyó un gruñido estruendoso en lo profundo de la garganta de Jamie.

Cuando logró por fin abrir los ojos, le sorprendió encontrarse a ambos de rodillas en medio de la mantas. Tal vez también las piernas de Jamie habían flaqueado.

—Esto ha ido muy bien, sin duda —murmuró ella con un suspiro contra sus labios—. ¿Qué sugerirías a continuación?

Jamie se inclinó hacia atrás para estudiar su rostro, con una expresión ansiosa que la desarmó.

—Diría que podríamos quitarnos toda la ropa.

Por lo visto se había equivocado con el beso.

—Pero... pero... entonces los dos estaríamos sin ropa.

Jamie consideró sus palabras por un momento.

—Bien, si prefieres, podrías quitarte tú primero la ropa. Yo podría quedarme vestido... por el momento.

Emma le estudió, cada vez más recelosa.

—Mi madre no dijo nada acerca de quitarse la ropa. Creo que recordaría algo así.

Le tocó a Jamie suspirar.

—¿Qué fue lo que dijo entonces?

—Que tenía que tumbarme boca arriba y cerrar los ojos, y que el conde —Emma no pudo disimular su estremecimiento—, mi marido, levantaría el dobladillo de mi camisón unos cuantos centímetros, una vez se apagaran las lámparas, por supuesto, y cumpliría con sus obligaciones maritales.

—Aunque la idea tenga su encanto, no servirá. —Las puntas de los dedos encallecidos de Jamie juguetearon con ligereza sobre su nuca sensible. Bajó la voz hasta dejarla en un gruñido ronco, mientras su aliento le humedecía y calentaba la oreja—. Porque me voy a volver loco, muchacha, si no puedo verte desnuda.

Esta vez el estremecimiento de Emma fue de deseo.

—Tal vez podrías convencerme de que me quite el vestido. Si te esfuerzas en serio.

La risita gutural advirtió a Emma que éste era precisamente el reto que él había estado esperando. Tras levantar el peso de su pelo con una mano, reposó con toda delicadeza sus labios exploradores sobre la salvaje palpitación que latía a un lado de su garganta. Emma soltó un resuello. A juzgar por la dulzura abrasadora de sus labios contra su carne, debía de tener la intención de fundir su vestido hasta hacerlo desaparecer de su cuerpo.

A Emma se le fue la cabeza hacia atrás como si tuviera voluntad propia. Dejó que la boca de Jamie dominara por completo la columna graciosa de su cuello. Después de unos momentos jadeantes de delicioso tormento, se vio obligada a clavar las uñas en su manga para aguantarse en pie.

—Para ser un salvaje de las Highlands, tiene unas maneras bastante persuasivas, señor.

—Esos elegantes caballeros ingleses siempre inician todos esos rumores desagradables sobre nosotros y nuestras ovejas. No quieren que sus muchachas sepan lo que se pierden.

Mientras hacía girar la lengua en torno a la delicada forma del pabellón de su oreja, tuvo que contener un gemido al sentir que se derretía de placer.

—Tal vez no quieran que sus ovejas sepan lo que se están perdiendo.

Jamie se rió con un estruendo gutural que calentó a Emma desde su interior hacia fuera. Mientras él continuaba con su oreja, empezó a desabrochar poco a poco su vestido hasta dejar un hombro cremoso al descubierto. Emma estaba de lo más agradecida a Muira por darle un vestido tan sencillo, en vez de uno equipado con escurridizos botones de nácar o filas de afilados corchetes acerados. O corsés dolorosos que compriman la carne ya de por sí anhelante del tacto de Jamie.

Lo único que hizo falta fue un tirón deliberado y uno de sus pechos se liberó de la contención del corpiño. Jamie bajó la vista para contemplarla a la luz de la luna, con expresión tan ensombrecida por el ansia que hizo que a Emma se le agitará el pulso y el estómago. Notaba que sus pezones empezaban a hincharse y a palpitar con antelación al placer que percibía que se avecinaba.

Ese placer llegó con una sacudida de pura sensación cuando Jamie se apoyó y le tocó el pezón con la punta de la lengua. Mientras colmaba de ternura enloquecedora esa punta endurecida y luego se lo metía en la boca para lamerlo con más fuerza, en profundidad, Emma ya no pudo contener un gemido de crudo deleite.

Volvió a gemir cuando hundió la mano en el otro lado del corpiño y declaró suyo también el otro pecho, adaptándolo a su palma y apretándolo con delicadeza.

¿Cómo era posible que un hombre poseyera tantas manos? Una de ellas se había aprovechado de su distracción jadeante para abrirse paso bajo la falda. Ahora ya se deslizaba entre sus rodillas, y hacia arriba, más arriba, hasta rozar los rizos sedosos situados entre sus muslos.

Mientras Jamie pegaba su mano a ella como si ahora Emma le perteneciera, sacudió la cabeza, casi muda de conmoción.

—Pero mi madre nunca...

Jamie retiró la otra mano del corpiño para taparle la boca, con ojos chispeantes de diversión.

—¿Hay alguna posibilidad de que no menciones otra vez a tu madre, ricura? La mayoría de hombres encuentran eso una... distracción en sus juegos amorosos.

Cuando retiró la mano, Emma se rió:

—Sus instrucciones para disuadir al marido de procurar la compañía de la esposa en la alcoba... te distraerían todavía más.

Jamie la sorprendió con un beso en la punta de la nariz antes de pasar a su boca otra vez. Sus labios iban de un lado a otro sobre los de Emma, animándola a abrirse más a él y a acoger su lengua más hondo mientras él marcaba con la boca un ritmo que era a la vez carnal e irresistible. No tardaron mucho en respirar como si fueran una sola persona, cada suspiro de Emma unido a otro de él.

Sólo entonces sus dedos exploradores se adentraron entre sus muslos, encontrando una seda aún más caliente y deslizante. Jamie atrapó el gemido indefenso de Emma entre sus labios, y sus dedos diestros consiguieron que los pétalos tiernos de su cuerpo se abrieran como alguna flor exótica, lista con los néctares más dulces y espesos.

Emma nunca había imaginado que tal placer existiera. Se debatía entre juntar los muslos con fuerza para aliviar el dolor ahí en medio o dejar que se separaran para que Jamie pudiera hacerlo. Pero el contacto con Jamie sólo intensificaba el dolor y al cabo de poco su aliento surgió entrecortado, con jadeos furiosos y breves.

Jamie, pasando por alto el hecho de que ella ya estaba aplastándose contra la palma de su mano, frenética de necesidad, acarició, mimó y toqueteó su carne hinchada y resbaladiza como si no quisiera hacer nada más en el mundo y tuviera toda la noche para continuar con ello. Justo cuando Emma pensaba que su exquisita tortura no podía volverse más diabólica, él empezó a pasar la base del pulgar sobre el pequeño nudo oculto en el núcleo de sus rizos, formando círculos enloquecedores. Y mientras lo hacía, su dedo más largo descendió un poco y se hundió con delicadeza una vez, dos, y una tercera antes de ahondar del todo en su interior.

Los labios de Emma soltaron su nombre con un sollozo mientras su cuerpo estallaba en un estremecimiento largo, glorioso y cegador de puro éxtasis.

En cuanto pudo ver y respirar de nuevo, y volver a moverse, se sentó para quitarse las botas.

—¿Qué estás haciendo? —preguntó él, era evidente que alarmado.

—Recompensando tus esfuerzos —respondió, despojándose de sus medias.

—Oh, no he hecho más que empezar —advirtió mientras ella volvía a ponerse de rodillas y se sacaba el vestido por encima de la cabeza.

Una vez lo arrojó a un lado, se situó frente a él con valentía, a sabiendas de que debía tener un aspecto de marimacho desvergonzado ahí de rodillas ante él, con el pelo caído por todos lados y las mejillas y el pecho todavía sonrojados por el placer que le había proporcionado. Pero cualquier temor de que Jamie no la considerara a la altura se disipó al ver el deseo mezclado con adoración en sus ojos mientras contemplaba su cuerpo desnudo por primera vez.

—Eres tan perfecta —susurró con voz ronca, devorando cada centímetro de su cuerpo poco a poco—. No te mereces esto. Te mereces una gran cama tallada en la mejor alcoba. Y montañas de almohadas de plumas. Y luz de velas. Y sábanas de seda. Y...

Le tocaba a ella taparle los labios con los dedos.

—Tal vez me merezca todas esas cosas, pero lo único que quiero eres tú.

Entonces fue hacia ella, aplastando su blandura desnuda contra él como si de alguna manera pudiera convertirles en un solo ser con la pura pasión de su abrazo. Jamie era duro donde ella era blanda, rígido y anguloso donde ella era suavemente curvada. Emma enlazó sus dedos entre su pelo y enterró el rostro contra su garganta, sorprendida del escozor de las lágrimas en sus ojos. Él olía a humo de leña y lluvia de primavera y al viento que sopla entre los pinos en una noche de frío invierno. Olía a la libertad que no había conocido antes de esta noche.

—¿Entonces que debo hacer para convencerte de que te quites la ropa? —murmuró Emma cubriendo de besos la amplia columna de su cuello.

Él la apartó con delicadeza mientras una sonrisa desenfadada curvaba sus labios.

—Mi señora sólo tiene que pedírmelo.

Antes de que Emma tuviera tiempo de recuperar la respiración, él se había despojado de su camisa, medias y botas. Mientras Jamie buscaba las lazadas de cuero de sus pantalones, ella habría perecido de mortificación de no haber advertido que él no tenía las manos precisamente firmes.

Mientras se quitaba los pantalones y volvía a situarse de rodillas, la curiosidad de Emma superó enseguida su timidez pudorosa. Tenía un cuerpo hermoso y masculino, de carnes prietas y líneas elegantes, y músculos aún más gruesos de lo que hubiera imaginado.

Incapaz de resistir la tentación, alargó el brazo y le pasó la mano por el pecho, maravillándose de los estragos que esto causaba en él. Pese al frío del aire, Jamie sudaba, tenía el cuerpo bronceado cubierto de un reluciente lustre de transpiración. Animada por la mirada vidriada en sus ojos y el leve ritmo irregular en su aliento, perdió la mano más abajo, deslizándose sobre los músculos increíblemente bien definidos de su abdomen, y luego todavía más abajo, cubriendo con delicadeza esa parte de él que sobresalía hacia delante e imploraba su contacto.

Jamie arrojó la cabeza hacia atrás con un gemido gutural.

La oleada de deseo en Emma quedó igualada por su oleada de deleite. Él ya no esgrimía el poder. Emma tenía ahora poder sobre él, el poder de doblegarlo a su voluntad, de forma literal y figurativa, de moldearlo con la palma de la mano y observar como se alargaba y se hinchaba todavía más, aunque ella jurara que no era posible. Mientras pasaba la mano por la rígida verga, una sola gota de semen —como la más rara y preciosa de las perlas— brotó de su capullo aterciopelado para humedecer las puntas de sus dedos.

—En una ocasión me dijiste que duele —le recordó con solemnidad, recorriendo su rostro con la mirada.

—Sí, mocita —contestó apretando los dientes, con palabras entrecortadas—. Es el dolor más dulce que he conocido en la vida.

Ambos sabían que sólo había una manera de aliviar el sufrimiento de Jamie. Mientras él la tendía sobre la manta y se ponía encima, creando una pantalla ante la luz de la luna, Emma se percató de que le había traído a este lugar porque él era la única sombra que buscaba, la única oscuridad a la que estaba dispuesta a rendirse.

Se aferró a él, temblando tanto de expectación como de terror. Iba a hacerlo. Iba a dejar que entrara en ella, donde ningún hombre había estado antes.

Jamie restregó la pesada protuberancia de su erección entre las piernas de la joven, deleitándose con la abundante crema que sus caricias habían provocado en el cuerpo inocente. Mientras ella sentía que esos delicados temblores empezaban a recorrer su carne una vez más, temió que él pretendiera prolongar su tormento. Pero cuando notó que su voluminosa erección sondeaba la entrada a su cuerpo, entendió que no era su intención en absoluto dejarla ansiosa sino darle todo lo que anhelaba. Y más.

Muchísimo más.

Emma clavó las uñas en su espalda mientras su cuerpo no entrenado se resistía a aceptarlo. Se puso en tensión y se mordió el labio para no chillar cuando notó una sensación rasgadora y dolorosa. Pero él no transigió hasta que toda su longitud palpitante quedó enfundada dentro de ella.

—Lo lamento, ángel —susurró tocando con los labios su frente salpicada de sudor—. Vacilar sólo hubiera servido para prolongar el dolor.

—¿El mío o el tuyo? —bromeó, dejándole saber que iba a sobrevivir.

Su gran cuerpo se estremeció con algo que podría haber sido una risa en un momento menos apremiante.

—El de ambos.

Mientras empezaba a moverse dentro de ella, sorbiendo en todo momento con ternura los labios de Emma, el dolor se desvaneció, quedándose en una palpitación sorda que sólo intensificaba el reconocimiento de la intimidad increíble de lo que estaban haciendo. Ahora era de verdad su prisionera. No había escapatoria, él la rodeaba, la envolvía. Hacía propia cada inspiración, convertía cada deseo en algo que sólo él podía cumplir. Era casi como si no quedara ninguna parte de ella que no estuviera tocando, incluida su alma.

Cuando se detuvo abruptamente, Emma quiso lloriquear llena de decepción.

Abrió los ojos y se encontró a Jamie mirándola con ojos escrutadores y expresión socarrona.

—¿Emma? ¿Cielo? ¿Algo va mal? ¿Por qué estás tan quieta? ¿No aguantas el dolor?

—Mi madr... —cerró la boca de golpe y empezó de nuevo—. Me han contado que si me meneaba un poco debajo del conde, sus esfuerzos podrían acabar un poco más deprisa. De modo que he pensado que si me quedaba quieta por completo...

Su voz se apagó, permitiendo que él llegara a sus propias conclusiones.

Una vez lo hizo, se le escapó una risa ahogada.

—Puedes menearte todo lo que quieras, muchacha. Aun así haré durar esto cuanto pueda. Por supuesto, dado lo increíblemente caliente, húmeda y prieta que estás —juntó los dientes para contener un nuevo quejido mientras ella agitaba sus caderas con una oscilación experimental— tal vez no dure todo lo que los dos quisiéramos.

Con esa advertencia, Jamie empezó a balancearse contra Emma, marcando un ritmo irresistible que no tuvo otra opción que seguir. Pronto estaba arqueando la espalda y levantando las caderas para arrastrarlo aún más a su interior. Él recompensó su audacia inclinando sus propias caderas para que cada penetración descendente le pusiera en contacto directo con esa yema de sensibilidad exquisita alojada en sus húmedos rizos inferiores. Con cada embestida provocadora, cumplía su promesa de seducirla y violarla al mismo tiempo.

Debió de sentir que Emma empezaba a estremecerse y a aferrarse a su erección.

—Córrete conmigo, Emmaline —gruñó—. Córrete para mí.

Y eso hizo, con una convulsión tras otra de cruda dicha, que la elevó sobre ese precipicio de éxtasis una y otra vez. Pero en esta ocasión no iba a caer sola. Jamie se rindió al descenso por ese precipicio con un rugido apagado, retirándose de ella justo a tiempo para verter su semen sobre su vientre.

Jamie se despertó antes del amanecer con Emma acunada en sus brazos, igual que había sucedido la mañana siguiente a secuestrarla. Pero en esta ocasión había una diferencia primordial: ninguno de los dos llevaba ropa.

Y era una diferencia deliciosa, pensó Jamie mientras enterraba su nariz en sus rizos de dulce fragancia. Aunque su erección ya empujaba la blandura de su trasero en una tentativa desvergonzada de captar su atención, aborrecía la idea de despertarla y que este momento llegara a su fin.

Siguió la graciosa pendiente de su cadera con la palma de la mano. Después de vivir tanto tiempo en esta tierra escarpada, aún le costaba creer que algo pudiera ser blando. Parecía imposible que fuera tan sedosa al contacto. ¿Cómo iba a enviarla de vuelta con Hepburn dentro de unas horas, si lo único que quería hacer era pasar el resto del día besando cada una de las pecas que salpicaban como nuez moscada el alabastro resplandeciente de su piel?

Debería estar celebrándolo. Había triunfado una vez más sobre su enemigo. Emma nunca pertenecería a Hepburn. Pero la satisfacción que había previsto quedaba atenuada por una sensación cortante de desesperación. Porque tampoco le pertenecía a él. Estas pocas horas arrebatadas, entre la medianoche y el amanecer, eran las únicas que tendría de ella.

Cuando la noche anterior Emma acudió a él, Jamie habría accedido casi a cualquier cosa sólo por la oportunidad de tenerla en brazos de esta manera. Pero había sido un necio al creer que podía amarla una noche y luego dejarla marchar, sin que ella se llevara un fragmento de su corazón astillado.

Ya había pasado buena parte de la noche tambaleándose al borde del desastre. Cada vez que había hecho el amor con ella, le había resultado casi imposible retirarse de la funda prieta y sedosa de su vagina. En realidad quería dejar su simiente en lo más profundo de ella, para marcarla como suya de una manera que ni Hepburn ni el resto del mundo pudiera negar. Pero se sentía obligado a cumplir con su compromiso. Ya era bastante terrible mandarla de vuelta a Inglaterra con aquella deshonra, como para enviarla de regreso con un hijo bastardo en el vientre.

Si Gordon Hepburn no hubiera sido tan descuidado en tales cuestiones, Lianna Sinclair podría seguir con vida. Jamie no iba a cometer los mismos errores que su padre. En su opinión, aquel hombre era un

Hepburn de pies a cabeza, había conseguido lo que quería y se lo había llevado sin pensar en ningún momento en el coste de las consecuencias. Jamie había pasado toda su vida intentando probar que corría sangre Sinclair por sus venas. Nunca sería un Hepburn. Gordon no sería nunca su padre. No era tan egoísta y codicioso como para pedir a Emma que arriesgara la vida sólo para compartirla con él.

Emma no encajaba con gente como él. Su lugar estaba en alguna pérgola acogedora en Lancashire, tomando el té con sus hermanas, con un gato acurrucado en el regazo y un libro en la mano. Hepburn la había apartado de todo eso, pero él tenía la oportunidad de mandarla de vuelta a donde le correspondía estar. Allí podría vivir el resto de la vida con seguridad y confort, lejos de antiguas disputas y sus terribles víctimas.

Emma se agitó, apretando el redondo y pequeño trasero contra él. El perfume almizcleño de sus relaciones persistía en su piel, y aquello le hizo sentir la ferocidad del deseo de poseerla otra vez.

—No te inquietes, muchacha —le susurró al oído—. Es un estado en que los hombres se encuentran al despertarse.

—Mmm... Me alegra tanto saber que no tiene que ver nada en absoluto conmigo. ¿Te das cuenta de que es así exactamente cómo nos despertamos la primera vez que dormí en tus brazos?

—Me ha pasado por la cabeza, sí. Pero hay una pequeña diferencia.

Estrechándola en sus brazos, se introdujo en ella desde detrás, envainando su miembro hasta el fondo con un movimiento fluido.

Emma se estremeció y se arqueó contra él.

—Perdóneme por ser tan quisquillosa, señor —dijo entre jadeos—, pero creo que nadie la calificaría de «pequeña».

Jamie cogió sus tiesos pezones entre el índice y el pulgar, y tiró de ellos con delicadeza.

—¿Significa eso que soy lo bastante robusto para ti, muchacha, en lo que a amantes se refiere?

Emma asintió jadeante, incapaz de hablar.

—Creo que Brigid se equivocaba. Tienes que ser el doble de hombre que Angus y Malcolm.

Jamie cerró los ojos y enterró el rostro en su pelo. Empezó a moverse en lo más hondo de ella, decidido a evitar el amanecer cuanto pudiera.

—Pues tengo que darte las gracias por permitirme demostrarlo.

Capítulo 24

*J*amie ya estaba montado sobre el caballo cuando Emma surgió de entre las ruinas de la abadía. Con una sincronización perversa, el sol escogió hacer la primera aparición en días, disipando los restos de bruma y arrancando una serenata esperanzada a los pájaros posados en las ramas de los abedules y álamos que les rodeaban, que empezaban a mostrar los primeros brotes.

Pero los rayos sesgados del sol matinal no lograron calentarle. Pese a las nubes blancas y algodonosas que flotaban por el azul deslumbrante del cielo, un frío se había instalado en lo profundo de sus huesos. Se sentía como si el invierno, en vez de la primavera, acechara al otro lado del horizonte meridional.

Permaneció inmóvil en la silla, observando a Emma mientras cruzaba el claro. El manto de Muira envolvía sus hombros. Había empleado el cordón de cuero que él le había dado para recogerse en la nuca los rizos rebeldes, y también había usado el agua que él había calentado en el fuego y se había limpiado el aroma de Jamie de la piel.

A diferencia de la abadía reducida a escombros, situada tras ella, el aspecto de Emma no era en absoluto ruinoso. Tenía las mejillas pecosas sonrosadas, sus labios todavía estaban un poco hinchados del amor compartido, los ojos somnolientos. Daba gloria verla... tan poco deteriorada. Jamie sintió que la furia bullía en él porque ahora la sociedad la consideraría menos merecedora de su estima. La consideraría mancillada por su contacto, cuando en realidad resplandecía desde dentro como algo tan estupendo y precioso que hacía daño a la vista.

Recordó haberle tomado el pelo diciéndole que Hepburn insistiría seguramente en que la examinara un médico para determinar si todavía se merecía ser su esposa. Ahora la idea de que algún desconocido le pusiera la mano encima, incluso con una intención tan desapasionada, provocaba en Jamie deseos de golpear algo con los puños.

Mientras se aproximaba al caballo, Emma echó una mirada por el claro vacío, con expresión inquieta.

—¿Dónde están Bon y el resto de hombres?

—Están esperando en el lugar de la cita desde antes del amanecer. No les verás. Y con un poco de suerte, tampoco les verán los hombres de Hepburn.

Le ofreció una mano, y ambos sabían que era la última vez que lo hacía.

Mientras la joven se acomodaba en la silla tras él, rodeándole la cintura con sus brazos delgados, Jamie nunca había sido tan consciente del peso frío de la pistola contra su vientre. O de los siglos de odio y violencia que les habían traído hasta este lugar.

Durante un momento salvaje y desesperado, lo único que deseó fue lanzar al galope a su caballo y cabalgar cuan rápido pudiera para llevársela a algún refugio distante donde Hepburn nunca pudiera encontrarles. Pero no era tan ingenuo o insensato como sus padres.

Sabía que el sino no podía dejarse atrás, y que no había ningún lugar donde escapar a su suerte.

Mientras Jamie y Emma entraban por la boca norte de la cañada estrecha y larga, el alegre trino de los pájaros de los árboles circundantes parecía burlarse de ellos. Jamie había escogido con especial cuidado este lugar para el intercambio. Los pájaros no eran las únicas criaturas refugiadas en las frondosas ramas verdes de los cedros que flanqueaban la cañada tanto por el este como por el oeste. Sus propios hombres se encontraban también ahí subidos, con las pistolas montadas y los arcos listos. Si detectaban alguna señal de traición, estarían en condiciones de disparar antes de que los hombres de Hepburn consiguieran incluso sacar las armas, y podrían huir de regreso por las colinas sin dejar rastro.

A Jamie no le sorprendió ver a media docena de los esbirros más fornidos de Hepburn desplegados a caballo sobre la suave ascensión de tierra en el extremo sur de la cañada. Sólo obedecían las instrucciones que él había dado a Hepburn, que no les permitían acercarse más.

Pero le sorprendió encontrar a Ian Hepburn sentado bien erguido a lomos de un castrado castaño en el mismo centro de la cañada, con el pelo oscuro ondeando al viento. Con su fular blanco como la nieve y la bonita levita morada, podría dirigirse a tomar el té con un duquesa en vez de venir a entregar un rescate.

Jamie había esperado que Hepburn enviara a su último guardabosque, no a su sobrino. Esta novedad no estaba prevista, y elevaba el riesgo en este juego ya peligroso.

Ian y él habían pasado demasiado tiempo peleando en el mismo bando, aunque sólo fuera contra los matones de St. Andrews. Pese al desdén indiferente en el porte de Ian, tenía que saber que Jamie nunca entraría en batalla sin sus hombres, y ya habría adivinado para ahora que había pistolas ocultas apuntadas a su corazón y que, si algo iba mal, sería el primero en morir.

Jamie dirigió una rápida y tensa mirada en dirección a los árboles, rogando en silencio para que sus hombres aplicaran cada gramo del comedimiento que había intentado inculcarles.

Hizo detener su montura a una distancia segura de donde Ian se hallaba esperándolo. Desmontó y luego estiró los brazos para coger a Emma y bajarla de la silla.

—Espera aquí —le ordenó, manteniendo un momento las manos en la curva amable de su cintura—. Si algo va mal, corre lo más rápido que puedas hasta esa línea de árboles. Busca a Bon. El cuidará de ti.

Emma asintió. A juzgar por la expresión en sus brumosos ojos azules, comprendía con exactitud lo que le estaba diciendo.

Y lo que no le estaba diciendo.

Jamie contempló esos ojos, muy consciente de que cada uno de sus movimientos era examinado por aliados y enemigos. Tragándose todo lo que quería decir, le hizo un último gesto de asentimiento y luego se volvió y empezó a caminar hacia el caballo de Ian.

Había recorrido ya la mitad de la distancia, pero detuvo sus pasos al ver que Ian no parecía tener intención de desmontar.

—¿Te duele algo, chaval? —gritó a sabiendas de aquel trato familiar irritaría a Ian mucho más que usar un acento exagerado—. ¿Tanto gusto te da mirar por encima del hombro a un humilde Sinclair?

Ian le fulminó con la mirada durante un largo minuto antes de bajar del caballo para andar hacia él. Desde esa distancia, podría ser el mismo chico orgulloso y distante que había aguantado estoicamente una paliza la primera vez que Jamie le vio. Pero mientras Jamie se acercaba, el desprecio escrito en cada línea de su porte le recordó que hacía mucho que había dejado de ser ese chico.

Jamie no se detuvo hasta que pudieron mirarse a los ojos por primera vez en años.

—Lo habitual es que tu tío envíe a uno de sus perros de presa a hacer el trabajo sucio. ¿A qué debo el dudoso placer de tu compañía?

—Tal vez haya pensado que fuera menos probable que me dispararas a mí. No por sentimientos no merecidos o por educación elemental, por supuesto, sino para conservar tu despreciable pellejo.

Pese a sus mejores intenciones, Jamie notó que su mal genio volvía a bullir.

—Es gracioso que en el pasado no me odiaras, hasta que tu tío te dijo que era eso lo que esperaba de ti.

—Seguro que te habría odiado, si no te hubieras esforzado deliberadamente en convencerme de otra cosa. Si me hubieras dicho quién eras desde el principio. Exactamente quién eras.

Jamie sacudió la cabeza con tristeza.

—Todavía no sabes quién soy.

Los ojos oscuros de Ian relumbraron con furia apenas disimulada.

—Sé que eres un vulgar ladrón y un asesino. Cuando te perseguí aquel día por las montañas, después de que mi tío me contara cómo me habías engañado, cómo me habías tomado por un necio todos esos años en el colegio y me habías convertido en el hazmerreír ante todos, ni siquiera tuviste la decencia de negar haber matado a sangre fría a su guardabosque.

—Estás corroborando lo que acabo de decir —arguyó Jamie en voz baja—. Si tenía que negarlo, era obvio que nunca me habías conocido en absoluto. —Casi podía notar la mirada de Emma en su espalda, sabía que observaba cada matiz de su intercambio aunque no pudiera oír sus palabras—. No he venido aquí a discutir contigo. He venido a cumplir mi parte del trato, como puedes ver —dijo sacudiendo la cabeza en dirección a donde ella esperaba pacientemente, al lado del caballo—, la señorita Marlowe se encuentra ilesa y preparada para irse contigo.

Ilesa, pero quién dice que no te la hayas cepillado.

Jamie tuvo que cerrar los ojos un momento mientras la voz traviesa de Bon danzaba en su cabeza, acompañada de una visión de Emma desnuda sobre las mantas debajo de él, con los labios separados con un suspiro mudo de placer mientras la penetraba con intensidad.

Abrió los ojos para repeler esa visión.

—¿Tu tío envía lo que he pedido?

Ian asintió cortante, luego se volvió e hizo una señal hacia el extremo de la cañada.

Los seis esbirros a caballo que protegían la entrada sur se apartaron entre empujones para dejar paso a una carreta de plataforma manejada por un conductor corpulento. Mientras volvían a cerrar filas, la carreta se acercó pesadamente por la hierba hacia Jamie e Ian. El vehículo describió media circunferencia hasta detenerse por fin en dirección contraria, unos pasos detrás del sobrino de Hepburn.

Jamie miró con el ceño fruncido los cofres de madera que hundían su estructura.

—¿Qué puñetas es esto? —exigió saber, volviendo la mirada al rostro de Ian para analizar cualquier indicio de traición—. ¿Alguna clase de truco?

—Por supuesto que no es un truco —soltó Ian—. Es exactamente lo que has pedido.

Mientras Jamie se adelantaba, Ian cerró los puños. Pero Jamie pasó airado a su lado, en dirección a la carreta. El carretero le observó nervioso por encima del hombro cuando cogió del suelo una rama caída, pero se relajó al verle usar la rama para levantar la cubierta del cofre que se hallaba más retrasado sobre la carreta.

La tapa cayó con un ruido. El sol de la mañana rebotó sobre su contenido y casi le ciega.

Sacudiendo la cabeza con muda incredulidad, Jamie se movió para abrir de golpe la tapa del cofre contiguo, donde le esperaba exactamente lo mismo.

Oro. El rescate de un rey en oro.

Se dio media vuelta y volvió a Ian su mirada de incredulidad.

—¿Qué es esto? ¡No es lo que he pedido! ¡No es lo que tu tío me prometió!

—¡Por supuesto que si! —insistió Ian, con una sombra de perplejidad suavizando el desprecio en sus ojos—. Es justo lo que exigiste en tu nota. Oro suficiente para que tú y tus hombres viváis el resto de vuestras miserables vidas.

Metió la mano en su levita, obligando a Jamie a acercar la mano unos cuantos centímetros a la culata de la pistola. Pero no apareció un arma en la mano de Ian. Era un trozo doblado de papel de vitela.

Tendió el papel a Jamie con agresividad.

—Mi tío también me ha dicho que te entregue esto.

Jamie se adelantó y cogió la misiva de su mano. La abrió con brusquedad, sin detenerse a admirar la buena calidad del papel o el elaborado emblema estampado en la cera. Había nueve palabras garabateadas sobre le papel con mano débil y trazos delgados: *No está en mi mano darte lo que pides.*

Mientras Ian permanecía ahí mirando a Jamie como si fuera un loco, éste arrugó la nota en el puño, con la furia ascendiendo como la bilis en su garganta. El viejo hijo de perra había vuelto a hacerlo, el muy zorro. Había traicionado a Jamie, dejándole ahí con las manos vacías, medio ciego de rabia.

Alzó la mirada incendiaria a la carreta. Ian tenía razón. El oro en esos cofres podía durar toda una vida. Podría mantener a Muira y a su familia, y a los que eran como ellos en esta montaña, con leche y carne durante muchos inviernos futuros. Sus propio hombres podrían dejar de huir por fin, dejar de esconderse, establecerse y tener un hogar, y esposas y niños, tal y como deseaban.

Miró por encima del hombro a Emma. Llevaba la tensión escrita en cada línea de su expresión, como si percibiera que algo no iba nada bien.

También ella estaba en lo cierto, pensó con amargura. No significa nada para el conde. El muy hijo de perra, tan sólo por reírse el último en su batalla de ingenio, estaba dispuesto a apostar a que Jamie la liberaría a cambio de oro, incapaz de ponerle la punta de la pistola en la sien y apretar el gatillo.

Jamie cerró los ojos un momento sólo para bloquear su visión. Pese a lo que sus padres creyeron tan neciamente, esta disputa no acabaría nunca. Pero no podía seguir arrastrando a Emma de forma indefinida por todas las Highlands. No sobreviviría a la siguiente lluvia torrencial, a la siguiente tormenta de nieve inesperada, a la siguiente angustiosa ascensión por la montaña, intentando eludir a los hombres de Hepburn.

Podría no sobrevivirle a él.

—Espera aquí —le espetó a Ian.

Pasándose una mano sobre el mentón rígido, regresó a zancadas por la cañada hasta donde se encontraba Emma.

—¿Has conseguido lo que querías? —preguntó mientras se acercaba. Tenía la barbilla alzada con orgullo lo justo para recordarle que él le había hecho creer que siempre habría algo que querría más en el mundo que a ella.

Bien podría responderle que ni siquiera estaba ya seguro de lo que quería. Que todo con lo que había soñado, todo por lo que había luchado hasta el día en que la vio por primera vez, ahora parecía no valer nada.

Se limitó a decir:

—Eres libre.

Emma asintió, luego empezó a andar hacia Ian. En un primer momento, Jamie pensó que su intención era dejarle sin tan siquiera una mirada atrás, que ni tan sólo se merecía. Pero había recorrido unos pocos pasos cuando se volvió y regresó corriendo hasta él.

Cogiéndole del brazo, se puso de puntillas y pegó los labios a su oído y susurró:

—No habrá amantes fornidos. Sólo estarás tú.

Jamie alargó el brazo para alcanzarla, pero ya se había ido. Lo único que pudo hacer fue quedarse ahí y observar cómo se alejaba de él con las manos vacías, que cerró poco a poco formando puños. Ella andaba con la espalda erguida y los hombros bien altos pese a todo lo que había soportado desde su llegada a Escocia.

¡Qué necio había sido, maldición! Había intentado robar algo tan precioso que tendría que haber estado dispuesto a sacrificar el rescate de un rey con tal de seguir poseyéndolo.

Emma ya estaba casi a medio camino de donde se encontraba Ian. Jamie quiso que se volviera a mirarle una última vez, para ver en sus ojos todas las cosas que, por cobardía, no había confesado. Pero ella siguió caminando.

Tenía que detenerla, decirle que estaba aún más loco que sus padres. Al menos ellos habían logrado algo con su locura, aunque sólo fueran unos poco meses de felicidad antes de morir. Si permitía a Emma abandonar la cañada con Ian, no tendría nada más que el recuerdo de una noche en su cama y una vida de pesares.

Ya había dado un paso cuando un rayo de sol le distrajo con el brillo de algo en lo alto de uno de los cedros al este de la carreta. Miró entrecerrando los ojos hacia el árbol, apenas capaz de distinguir el reluciente cañón negro de una pistola que sobresalía entre la densa extensión de ramas.

Jamie frunció el ceño. Sus hombres sabían que no convenía encaramarse a tal altura de un cedro. Si algo iba mal, a los esbirros de Hepburn les resultaría demasiado fácil cortarles la retirada.

Fue en ese momento cuando se percató de que era no el árbol correcto.

Ni el hombre correcto.

Como cuando duermes y atraviesas la niebla espesa de un sueño, Jamie siguió la línea de fuego desde la pistola a su diana: no apuntaba a su pecho, sino al de Emma. No a su corazón sino al de Emma. Ignorando la amenaza, ella continuaba cruzando la cañada, sola por completo, expuesta por completo.

Jamie sacó la pistola de su cinturilla y embistió hacia delante, pues sabía mientras lo hacía que no había manera de alcanzar al asesino desde esta distancia, ni había manera de llegar hasta ella antes de que fuera demasiado tarde.

El tiempo pareció dilatarse como si los segundos los marcara un reloj al que se le agotaba la cuerda, pues nadie había recordado dársela. Arremetió hacia delante pero la distancia entre él y Emma parecía crecer: cada paso que daba la ponía a ella más y más lejos de su alcance.

—¡Emma! —aulló.

La joven se detuvo y se volvió, con una esperanza desesperada brillando en sus ojos.

Se oyó una detonación.

Jamie vio cómo se sacudía su cuerpo. Vio una mirada desorientada de conmoción cubriendo su rostro como una máscara. Vio la mancha carmesí empezando a extenderse sobre el hombro de su vestido.

Jamie había visto esta misma escena un millar de veces en su imaginación. Había oído el estruendo de la pistola estallar en sus oídos. Había presenciado la mirada de traición en el rostro de una mujer que caía.

Un rugido de angustia pura surgió de su pecho como una explosión. El tiempo continuó a doble velocidad de lo normal mientras corría hacia Emma, disparando sin parar hacia el cedro donde había desaparecido el pistolero.

La cañada estalló en una tormenta de pólvora.

A través del velo carmesí que había descendido sobre su visión, Jamie vio a Ian paralizado junto a la carreta, con una mirada acongojada en el rostro mientras contemplaba la forma arrugada de Emma. Vio a sus propios hombres saliendo en tromba desde los árboles, profiriendo temibles gritos de guerra y disparando a cualquier cosa que fuera lo bastante necia como para moverse. Vio al carretero bajando el látigo sobre los lomos de su tiro con un estallido salvaje para arrancar a toda velocidad la carreta y salir de la cañada. Vio a los hombres de Hepburn espolear a sus caballos y descender desde la elevación hacia el grueso de la refriega para unirse a la emboscada.

Ian metió la mano en su levita, y esta vez su mano no surgió con una nota sino con una pistola. Apretando los dientes, Jamie giró el cañón de su arma para apuntar al pecho de Ian. Ningún poder sobre esta tierra iba a impedirle llegar a Emma, ni siquiera un arma en la mano del hombre que en otro tiempo había sido su mejor amigo.

Sus miradas se encontraron por un breve segundo, pero antes de que Jamie pudiera disparar, Ian gritó:

—¡Cógela, maldición!

Ian se volvió para salir a toda velocidad hacia el cedro donde el asesino había desaparecido, corriendo con todas sus fuerzas para intentar evitar las balas que silbaban en torno a él.

A partir de ese momento, Jamie sólo tuvo ojos para Emma.

Si seguía con vida y quería mantenerla así, sabía que sólo había una esperanza. Dio una zancada lo bastante larga para levantarla en sus brazos como una niña y continuó corriendo hacia la roca más próxima.

Dejándose caer de rodillas tras la roca, Jamie acunó a Emma con delicadeza sobre su regazo. La muchacha alzó la vista para mirarle con su hermosos ojos, vidriados a causa del dolor y la conmoción.

—No pasa nada, chiquilla —le dijo con voz ronca, intentando desesperadamente contener con la mano que tenía libre el flujo de sangre que manaba de su hombro. Sus pecas quedaban aún más resaltadas sobre las mejillas pálidas. Jamie apoyó la cabeza en su frente fría y húmeda deseando que enfocara la mirada para mirarle. Para verle de verdad.

—Ahora ya estás conmigo. No permitiré que te vayas.

—Es demasiado tarde —susurró ella, y toda una vida de ternura y pesar brilló en sus ojos mientras intentaba levantar una mano al rostro de Jamie. —Ya lo has permitido. —Luego sus párpados empezaron a cerrarse, y abrió la mano poco a poco, con dedos tan relajados como los pétalos de una flor moribunda contra su mejilla.

Capítulo 25

*D*urante el resto de ese día interminable, Jamie cabalgó como no había cabalgado antes: a través de la luz decreciente del sol, envuelto en la bruma del atardecer, por entre la lluvia fría y torrencial que sólo intensificaba su desesperación, y a través de la noche más profunda y oscura de su vida.

Una vez los hombres de Hepburn se percataron de que los atacantes les superaban en número y armas, hicieron dar media vuelta a los caballos y se batieron en retirada al galope. A Jamie no le quedó otra opción que confiar en Bon para ocuparse de cualquier cabo suelto. Nunca antes había abandonado a sus hombres, pero no podía permitirse esperarles. No cuando cada minuto que pasaba podría ser un minuto perdido de la vida de Emma.

Ni siquiera podía permitirse quedarse en la cañada para ocuparse de Ian. Sólo tuvo tiempo de impartir unas rápidas instrucciones de que nadie le tocara si le capturaban, que se limitaran a trasladarlo directamente a la fortaleza de su abuelo para interrogarle.

Cuando el propio Jamie llegó a esa fortaleza, ya era más de medianoche y el vendaje improvisado de Emma estaba empapado de una mezcla de sangre y agua de lluvia. Desmontó estrechándola en sus brazos y protegiéndole el rostro del terrible aguacero con la capucha del manto, pero seguía tan quieta e inanimada como un cadáver. El aliento contra el cuello de Jamie era tenue como un fuego fatuo desplazándose por los brezales en una noche sin luna.

Mientras avanzaba con dificultad por el barro, las ráfagas de viento lanzaban remolinos contra su cara y le cegaban. Dio un tropezón y casi cae antes de llegar por fin al antiguo torreón encaramado en la cresta de una empinada colina.

La estructura de tierra y madera había constituido el hogar y el fortín de los Sinclair desde que fueron expulsados de su propio castillo hacía más de cinco siglos. La casa del guarda y resto de torres anexas se habían quemado tiempo atrás, dejando únicamente la torre central del homenaje para combatir a solas los elementos. Incluso ésta empezaba a desmoronarse en algunos puntos, lo que hacía imposible predecir cuántas temporadas más podría aguantar.

Acunando contra su pecho el bulto inánime que era Emma, golpeó con el puño la puerta toscamente labrada.

—¡Abrid la puñetera puerta!

No hubo respuesta a sus golpes ni a su rugido desesperado. Su abuelo y él no se habían despedido de una manera demasiado cordial la última vez que habían hablado, pero su abuelo nunca le había dado la espalda en un momento de necesidad. Siguió golpeando con el puño y gritando hasta que los nudillos estuvieron en carne viva y su voz se quebró.

La desesperación dio paso a la ira. No iba a quedarse ahí de pie bajo el aguacero mientras Emma se moría en sus brazos. Retrocedió y se preparó para dar una poderosa patada cuando la puerta empezó a abrirse con un crujido oxidado. La abertura oscura entre el marco y la puerta se amplió poco a poco y reveló un rostro familiar.

Jamie le lanzó una fiera mirada iracunda a su abuelo, con expresión suplicante al mismo tiempo.

—Hazte a un lado, viejo. Tu nieto ha venido a casa.

Lo último que Emma recordaba después de que la cañada explotara en una nube encendida de dolor era su caída. Una caída tan dura y rápida que ni siquiera los brazos de Jamie la habían atrapado.

Luego todo se había oscurecido como la noche más negra. Pero incluso en las empañadas horas y días que siguieron, Jamie estaba ahí, incorporándola con sus manos grandes y encallecidas para que se sentara, con una ternura aparentemente imposible para ellas; su áspera pronunciación escocesa la convencía de que abriera la boca un poco más para meterle una cucharada de caldo amargo entre los labios; sus labios fríos rozaban su frente cuando ardía de fiebre; sus brazos cálidos la rodeaban cuando la dominaban escalofríos incontrolables; su cabeza se inclinaba mientras sujetaba su mano inerte, rogando a Dios que la dejara vivir.

Por lo tanto no le sorprendió que su presencia fuera lo primero que percibió cuando los primeros destellos de luz consiguieron perforar las sombras que se retiraban. Abrió los ojos poco a poco y esperó a que su cabeza dejara de dar vueltas y aquel mundo vacilante volviera a quedar enfocado. Cuando por fin sucedió, se encontró contemplando los ojos amables de un enorme animal pinto, instalado ante un fuego crepitante en un hogar de burda piedra.

—¿Por qué hay un pony ahí? —preguntó, y le sorprendió lo olvidada que sonaba su voz a sus propios oídos.

—No es un pony, mocita. Es un perro.

Se quedó mirando con el ceño fruncido la imponente criatura.

—Eso, señor, no es un perro.

—Sí que lo es. Es un lebrel.

Mientras el animal doblaba sus largas extremidades y descendía para recostarse, ella miró aún con más desconcierto:

—¿Está seguro de que no se trata de un ciervo?

Volvió la cabeza con cautela, y se estremeció al sentir una punzada de agarrotamiento. Se encontró mirando un par de glaciales ojos verdes bordeados de densas pestañas plateadas. Una oleada de conmoción se apoderó de ella. El hombre con quien había estado discutiendo no era Jamie, en absoluto, era Jamie dentro de cuarenta años.

Aunque tuviera una espesa melena tan blanca como la escarcha y un rostro tan curtido como la vertiente de una montaña, el tiempo no había arrebatado a este hombre el vigor, como había sucedido con Hepburn. Todavía poseía unos hombros impresionantes y la vitalidad resistente de un hombre mucho más joven. Llevaba una falda escocesa a cuadros verdes y negros, y una camisa con cascadas de encaje en el cuello y los puños que le hacían parecer salido de algún retrato de Gainsborough o Reynols del siglo pasado.

Al comprender que no podía haber dormido todo ese tiempo, susurró:

—Usted debe de ser el abuelo de Jamie. —Le observó pestañeante, incapaz de apartar la mirada de esos ojos tan familiares. Todo en este hombre era descomunal, incluida la silla de madera que había acercado al lado de la cama. Aún demasiado embotada como para controlar sus palabras, Emma le soltó—: Pensaba que se estaba muriendo.

Ramsey Sinclair se inclinó hacia delante con un brillo en los ojos, como si estuviera a punto de confiarle un secreto delicioso.

—Bien, durante los últimos días, yo pensaba que tú te estabas muriendo también.

—Cuidado con lo que dices —dijo una voz ronca—. He trabajado demasiado duro para mantener con vida a la chiquilla como para dejar que ahora tú la mates de un susto.

Emma no pudo evitar hundirse sobre la almohada cuando una mujer tan anciana como para ser la abuela de Hepburn se acercó arrastrando los pies hacia el lado contrario de la cama, con una chepa redondeada que la obligaba a encorvarse casi por la mitad. Unos mechones greñudos que parecían de color de plata deslustrada colgaban en torno a unas mejillas hundidas, de aspecto hueco. Cuando se acercó más a la cama, Emma se percató de que lo que había tomado por una mueca desdentada era por lo visto una sonrisa.

—Tranquila, tranquila, cielo —canturreó la mujer mientras le daba unas palmaditas en la mano—. No dejes que un viejo bribón te asuste. Ya ha pasado lo peor, vas a ponerte bien ahora.

—En eso tiene razón Mags —dijo el abuelo de Jamie con sequedad—. Si tu constitución ha logrado sobrevivir a la peste nauseabunda de sus emplastos, desde luego no va a matarte un disparo de nada.

Esta debería ser la Mags que había mencionado Jamie, comprendió Emma asombrada. La mujer que había sido la niñera de su madre.

La vieja dama amonestó a Sinclair con el dedo.

—Si no fuera por mis apestosos emplastos, Ramsey Sinclair, estarías criando malvas en el camposanto hace mucho tiempo. —Dedicó a Emma una mirada de deleite—. Durante años, casi no salía de la fortaleza sin que le pegaran un tiro o le derribaran del caballo. Por suerte para él, ese testarudo cuello suyo es demasiado duro para romperse.

Sinclair hizo un sonido sospechosamente parecido a una tos de desaprobación.

—Casi tan duro como tu cabeza, mujer.

Mientras continuaban intercambiando insultos mordaces, la mirada fascinada de Emma iba de uno a otra. No se comportaban como señor y sirvienta sino que discutían como una vieja pareja de casados.

—¡Carajo, viejo! —exclamó Jamie desde el umbral—. ¿Por qué no me has dicho que estaba despierta?

Mientras Jamie se acercaba a la cama, Emma pasó por alto el quejoso chasqueo de la lengua de Mags y se esforzó por incorporase sobre la almohada. Verle le provocó otra conmoción. Su bello rostro estaba demacrado, la mandíbula sin afeitar, los ojos inyectados en sangre y oscuras ojeras.

Su abuelo volvió a acomodarse en la silla con un ademán desdeñoso, quitando importancia a la preocupación de Jamie.

—¡Puaj! No iba a despertarte de la primera cabezada que das en cuatro días. ¿No confías en que pueda hacer el papel de niñera durante unas horas? Dios sabe que lo hice a menudo contigo cuando berreabas con un cólico o cuando te atiborrabas de manzanas verdes.

Mags se apartó de la cama y le hizo sitio para que se arrodillara a uno de los lados. Jamie entrelazó sus dedos con los de Emma mientras estudiaba su rostro con mirada feroz para asegurarse de que de verdad estaba despierta, de verdad estaba viva.

—¿Qué sucedió? —le preguntó ella.

—Fue una emboscada —dijo mientras le apretaba con delicadeza la mano.

—¿Y qué hay de tus hombres? —preguntó—. ¿Resultó herido alguno de ellos?

Negó con la cabeza, su expresión seria.

—En cuanto los hombres de Hepburn se dieron cuenta de que les superábamos en número, se dispersaron como ratas, que es lo que son. Tú fuiste la única que resultó herida.

—¿Yo?

—Sí. Hepburn contrató a un asesino. El muy miserable debía de estar escondido en el árbol antes de que llegaran los hombres. —Cuando ella estiró el brazo para tocar el borde del vendaje limpio que asomaba por debajo del escote del camisón, él consiguió forzar una sonrisa—. Gracias a Dios fue un disparo limpio. La bala atravesó el hombro. Te costó un montón de sangre y una infección, pero Mags pudo combatirla con sus emplastos. Un poco más de descanso y estarás como nueva.

Emma se tocó la frente con dos dedos, en un esfuerzo de recordar los momentos anteriores a que el mundo se quedara a oscuras.

Recordaba alejarse andando de Jamie por un prado iluminado por el sol, consciente de que no volvería a verle. Recordaba los pájaros cantando mientras se le rompía el corazón.

—Te oí gritar mi nombre —susurró—. Si no me hubiera dado la vuelta...

Alzó la mirada a su rostro serio y leyó la verdad en sus ojos. Si no se hubiera vuelto hacia él en el momento preciso en que el asesino disparaba, la bala habría atravesado su corazón.

—No sé qué te creías que hacías arrastrando a un mocita tan escuálida por estos lares, la verdad —dijo con alegría el Sinclair mayor—. No parece que pueda sobrevivir a la primavera de las Highlands, mucho menos el invierno. —Su mirada desdeñosa descendió a las caderas de Emma, bajo el cubrecamas de piel—. Tampoco parece estar hecha para dar hijos, apostaría yo, a menos que primero la atiborres a morcillas y *haggis*.

Emma soltó un resuello, indignada al oír que la analizaban así y no le daban el visto bueno, como una especie de cerda presentada a concurso en la feria del pueblo.

—¿Entiendes ahora que no haya hablado con él en dos años? —preguntó Jamie arrastrando las palabras—. Dado su encanto irresistible, te extrañará que nos hayamos distanciado un poco en los últimos tiempos, ¿verdad?

El jefe Sinclair fulminó con la mirada a su nieto.

—No le hagas caso, mozuela. Es su manera de decir que yo tengo razón y él se equivoca. Para empezar, nunca debería haber regresado a esta montaña, debería haber escapado de su sombra para siempre.

—¿Como hiciste tú? —aventuró a preguntar Jamie, con una inconfundible nota burlona en su voz. Soltó la mano de Emma para ponerse en pie—: Esta montaña es mi hogar, igual que ha sido el hogar de todos los Sinclair anteriores a mí. No lo he abandonado. Ni me expulsará de aquí gente como los Hepburn. Ni tampoco tú.

Su abuelo alzó la voz con el rostro cada vez más sonrojado.

—Si me hubieras escuchado y dejado en paz a Hepburn, esta chiquilla no estaría tendida en la cama ahora con su bonito hombro atravesado por una bala.

En los ojos de Jamie centelleó una rabia genuina, pero no tenía sentido refutar la verdad que resonaba en las palabras de este viejo.

—Si hubieras querido que dejara en paz a Hepburn, no tendrías que haberme dicho que fue él quien asesinó a mis padres.

—Bien, ahora soy más viejo. Y más prudente. He aprendido que no se gana nada despertando fantasmas. Déjales descansar, es lo que digo ahora, o nunca te dejarán descansar a ti. —El anciano intentó levantarse con esfuerzo, pero se quedó a medio camino y se vio obligado a hundirse de nuevo en la silla. Respirando con dificultad, agarró los amplios reposabrazos, con el rostro privado de color y vigor.

—¡Ya basta de eso! —reprendió Mags. Se acercó arrastrando los pies al lado del hombre, más deprisa de lo que parecía posible—. Si no te preocupas por tu propia salud, viejo loco, al menos piensa en la de la muchacha. Lo último que necesita ahora es oíros como perros con malas pulgas.

—No pasa nada, Mags —dijo Emma—. Imagino que sus ladridos son peores que sus mordiscos. O al menos eso espero.

Sacudiéndose la mano de la anciana del brazo, Ramsey Sinclair hizo un segundo intento de recuperar la dignidad poniéndose en pie. Esta vez lo consiguió.

Se encaró a su nieto, al otro lado de la cama de Emma, con unos hombros tiesos que resultaban dolorosamente familiares.

—Eres tan rebelde y cabezota como tu madre. sólo intento impedir que encuentres el mismo destino que ella.

Con esa última salva de lo que parecía una larga batalla de voluntades, se volvió y salió pesadamente de la habitación, con Mags arrastrando los pies tras sus talones. Después de un momento, el enorme perro se levantó sin sonido alguno y les siguió en silencio.

Jamie se quedó mirando el umbral vacío durante un largo momento, con mirada aún tempestuosa.

—Nunca va a dejar de creerse el señor de un clan poderoso y el soberano de un poderoso reino. Olvida que sus únicos súbditos son una anciana bonachona y un fiel lebrel.

—¿Es el corazón, cierto? —preguntó Emma bajito, pues una tía suya sufría un mal similar. Al final la había matado.

—Sí. Lo oculta bien, pero los mareos de debilidad son cada vez más graves y más frecuentes. Tal vez no me hubiera enterado si Mags no me hubiera apartado para contármelo la última vez que estuve aquí.

—Y fue entonces cuando comprendiste que no quedaba tiempo para probar que Hepburn había asesinado a tus padres. Decidiste que la manera más rápida de hacerlo era llevarte a su novia.

Jamie la observó, con un pesar enorme en la mirada.

—Mi abuelo tenía razón en una cosa. Mi intención era llevármela.... no que le pegaran un tiro.

Emma buscó su mano, pero él se había alejado a la única ventana de la alcoba, un cuadrado expansivo de vidrio que ocupaba buena parte del muro.

Mientras miraba el cielo amenazador, ella se incorporó con cuidado hasta quedarse sentada. Por fin estaba lo bastante despierta como para estudiar todo lo que la rodeaba.

Era como si hubiera ido a parar a la única vivienda en Escocia construida en madera en vez de piedra. Con aquella ventana, que atraía la vista desde cualquier ángulo, la gran habitación octogonal no era tanto un dormitorio como el elevado nido de un águila. Todo en la estancia —desde la descomunal cama tallada a mano y sus densos cubrecamas de piel, al hogar enorme con sus piedras desiguales y las vigas de roble sobre la cabeza de Emma— era mayor de lo normal, como diseñado para una raza de gigantes gaélicos.

Pese al potencial de grandiosidad, un aire de abandono impregnaba la torre. Desde las vigas colgaban telarañas formando velos espectrales y, alrededor del hogar esparcido de ceniza, quedaba una serie de huesos a medio roer que el perro había dejado ahí. No había ni siquiera indicios de comodidades femeninas visibles. Ninguna almohada más que la que tenía debajo de la cabeza, ni alargadas velas de cera en candelabros de plata, ni tocador colmado de cepillos y frascos de fragancias, ni acuarelas florales o retratos de familia que adornaran los muros tallados toscamente. Era fácil entender que un entorno así hubiera producido un hombre tan viril y duro como Jamie.

—¿Le has contado a tu abuelo que tienes pruebas de que Hepburn asesinó a tus padres? —le preguntó.

Respondió sin volverse.

—No hay nada que contar. Hepburn no mandó el rescate. Todo ha sido por nada.

Emma sacudió la cabeza preguntándose si la pérdida de sangre le había embotado el entendimiento.

—No comprendo. Te vi hablando con Ian. Le vi tenderte algo.

—Oh, Hepburn entregó un rescate, pero no envió el collar. Me negó lo único que pedía: la verdad. —Regresó a la cama y sacó de la camisa un trozo doblado de papel de vitela para tendérselo a ella—. En cambio mandó esto.

Emma desdobló el papel. Parecía que lo hubieran arrugado y alisado más de una vez.

—«No está en mi mano darte lo que pides» —leyó en voz alta, desconcertada por las palabras.

—Debería haber sabido que ese hijo de perra era demasiado astuto como para entregar la prueba que podría imputarle el asesinato de su propio hijo.

—Tal vez no quiera pasar el resto de su vida, por corta que pueda ser, mirando por encima del hombro, esperando el momento en que llegues para vengarte.

—Va a tener que hacerlo de todos modos —replicó él con gravedad y un destello sanguinario en los ojos.

Emma negó con la cabeza.

—Nada de esto tiene sentido. ¿Por qué el conde iba a negarte el collar y en cambio enviar todo ese oro?

—El oro en ningún momento tenía otro propósito que ser una distracción. El conde no tenía intención de perderlo. El carretero salió disparado en el minuto en que te alcanzó la bala.

Sus palabras intensificaban el aturdimiento de Emma y la palpitación sorda en su hombro.

—Puedo entender por qué el conde podría querer matarte, sobre todo ahora que sabe que crees que mató a tus padres. Pero ¿qué puede pensar que gana matándome a mí?

Jamie se inclinó para rozarle la frente con los labios, y el gesto cruel en su mentón le provocó un escalofrío de aprensión.

—Ahora que estamos seguros de que el hijo de perra no lo ha conseguido, es eso precisamente lo que voy a averiguar.

A diferencia del castillo Hepburn, la fortaleza Sinclair no contaba con ningún laberinto complicado de mazmorras enterradas bajo capas impenetrables de piedra, ni cadenas oxidadas colgando de muros de piedra fría y húmeda, ni pasadizos secretos discurriendo sinuosos bajo tierra. Pero sí contaba con una pequeña cámara —en realidad poco más que una cueva— que en un principio se había abierto en el lado de la montaña, bajo la torre, para utilizarla como bodega. Era sencilla y práctica... y resultaba casi imposible escapar de ahí.

Algunas rocas pequeñas resbalaron bajo los talones de las botas de Jamie cuando descendió por la pendiente. No prestó atención al calor del sol primaveral en el hombro o las gruesas nubes algodonadas que jugueteaban en el nítido azul del cielo.

Bon le esperaba en el exterior de la puerta de madera que se había abierto directamente en la cara de la roca de la montaña. El guiño malicioso en los ojos de su primo había desaparecido, estaban tan fríos y negros como el lago más profundo durante el invierno.

—¿La señorita Marlowe? —preguntó, estaba claro que temiéndose lo peor.

—Ha despertado —contestó Jamie, diciéndole todo lo que necesitaba saber.

Bon suspiró con alivio, luego hizo un gesto de asentimiento y abrió la puerta de par en par sin decir palabra. Jamie se agachó bajo el marco tallado de forma rudimentaria. La cueva en sombras estaba iluminada por un sola antorcha. Después de que Bon cerrara la puerta tras él, bloqueando la luz del sol, hizo falta un minuto para que su mirada se ajustara a la oscuridad.

Un hombre estaba sentado de espaldas al muro de enfrente, con una larga pierna doblada contra el pecho. No llevaba la elegante levita morada, el chaleco de seda estaba arrugado y su cara camisa de lino se había desgarrado por el hombro. Llevaba el brazo en un cabestrillo asqueroso, y una fea contusión oscurecía sus pómulos aristocráticos. El pelo oscuro le colgaba en torno al rostro formando mechones lacios y sucios.

A pesar de su mal aspecto, Ian consiguió ponerse en pie con dificultad para encararse a Jamie.

—Me preguntaba cuándo ibas a hacer aparición. ¿Has venido a acabar el trabajo que empezaron tus hombres?

—Quizás. Pero no hasta que obtenga algunas respuestas.

—Yo también querría algunas respuestas, si fueras tan amable. Me temo que tus hombres no estaban muy comunicativos. ¿Ha sobrevivido la señorita Marlowe?

—Si no fuera así, no estaríamos manteniendo esta conversación. —Jamie se acercó un poco más a su viejo amigo, esforzándose por controlar su mal genio—. Ahora me toca a mí. ¿Por qué ella? ¿Por qué tu tío iba a intentar matar a una mujer inocente?

—Después de llevar tantos días en tu poder, dudo que siga siendo inocente.

El resoplido burlón de Ian se interrumpió igual que su respiración cuando Jamie recorrió en dos zancadas la distancia que les separaba y le cogió por la garganta para lanzarle contra la pared. Ian intentó agarrarle el brazo con la mano que no tenía en cabestrillo. Jamie había enseñado a Ian a luchar limpio y a luchar sucio, pero en lo que a fuerza bruta se refería, Jamie siempre contaría con ventaja.

—Y bien, ¿lo intentamos de nuevo? —preguntó Jamie apretando los dientes con una sonrisa salvaje. Aflojó el asimiento lo justo para permitirle hablar—. ¿Por qué ese miserable tío tuyo intentó matar a la señorita Marlowe?

Ian le lanzó una mirada desafiante, con sus ojos oscuros hirviendo de desprecio.

—Tu alegre banda de degolladores me atrapó antes de que pudiera encontrar al hombre que disparó. ¿Cómo sabes con seguridad que era uno de los hombres de mi tío? Tal vez uno de los tuyos errara el tiro y la tiroteara por accidente.

Jamie apretó otra vez con más fuerza.

—Respuesta incorrecta. Vi el cañón de la pistola en lo alto de uno de los cedros antes de que disparara. Alguien sabía dónde íbamos a encontrarnos. Alguien que llegó la noche anterior y se puso a cubierto para que nadie pudiera descubrirle.

Ian frunció el ceño, su máscara desafiante desapareció por un instante para revelar su perplejidad.

—Dockett —dijo al final con voz entrecortada, sin voluntad ya de pelear.

Jamie le soltó y el prisionero se hundió contra la pared.

—¿Quién diantres es Dockett?

—Silas Dockett. El guardabosque de mi tío.

Jamie se cruzó de brazos, incapaz de contener una mueca burlona. Lo único que no había perdonado jamás a su amigo era que se hubiera mostrado tan dispuesto a creerse las mentiras de su tío. Que condenara a Jamie por liquidar a un hombre a sangre fría sin darle la oportunidad de explicar las circunstancias.

—Uno que no tuve el placer de asesinar, deduzco.

—Una pena —admitió Ian, enderezándose y alisándose las arrugas del chaleco—. Dockett es incluso más cruel que el último. Ha tenido que ser él. Mi tío insistió en hablar con ese hombre a solas después de que tu mensajero transmitiera las exigencias del rescate. Tuvo que dar en ese momento las órdenes al muy bruto. —Durante un instante fugaz, Ian se parecía el amigo que Jamie había conocido en otro tiempo más que al desconocido amargado en que se había convertido después; el amigo que había pasado horas enseñándole a hablar con corrección para poder desarmar a los matones de St. Andrews con palabras en vez de con los puños—. Mi tío tenía que mandarme a la cita, ya ves, para que creyeras que era sincero. Pero no se atrevió a contarme sus planes porque sabía que nunca participaría en algo así.

Jamie sacudió la cabeza con franco asombro ante la audacia del conde.

—Por lo tanto nos ha traicionado a los dos. Él tenía que saber que existía la posibilidad de que te atrapara o incluso que te matara en cuanto dispararan a Emmaline. Pero nada de esto explica por qué la quería muerta.

Su viejo amigo desapareció otra vez en el pasado cuando un gesto despectivo demasiado conocido volvió a formarse en los labios de Ian.

—Oh, la señorita Marlowe no podía importarle menos. Esa chica no significa nada para él.

El tiempo volvió a retroceder vertiginoso y Jamie se encontró de pie en el prado soleado una vez más, observando a Emma mientras e daba la vuelta hacia él después de que gritara su nombre, con el pelo ondeante con la brisa, sus ojos azules relucientes con una esperanza que iba a desvanecerse para siempre. Esta vez, cuando apretó el cuello de Ian con la mano, lo hizo a conciencia.

A través del fragor en sus oídos, oyó la voz de Emma, como un eco desde un lugar distante:

—¡Jamie, no!

Capítulo 26

Jamie dirigió una mirada atónita por encima del hombro y se encontró a Emma de pie en el umbral de la puerta de la celda improvisada, con un Bon estupefacto a su lado. La luz del sol formaba un halo en sus rizos alborotados y se filtraba entre los pliegues del camisón blanco, haciendo que pareciera un ángel.

O un fantasma.

Permaneció tambaleante en pie, obligándole a soltar a Ian para poder apresurarse a cogerla antes de que fuera a caer.

—¿Qué haces fuera de la cama, locuela? ¿Intentando librar al jefe Hepburn de la molestia de tener que matarte con sus propias manos?

Aunque intentó cogerla en sus brazos, ella se resistió, agarrándose a su antebrazo pero manteniéndose en pie. Tenía el rostro casi tan blanco como su camisón, pero era innegable la decisión en el gesto de su delicada barbilla.

—No me gustó la mirada en tus ojos, de modo que te seguí. No quiero que mates a nadie por mi causa.

Jamie desplazó la mirada a Bon.

—¿Y cómo ha logrado obligarte a abrir la puerta? ¿Te ha arrebatado la pistola y te ha apuntado con ella?

Bon respondió encogiéndose de hombros, con gesto avergonzado.

—Me lo pidió.

Ian tosió intencionadamente para recordarles de su presencia a todos ellos. Seguía desplomado contra el muro, frotándose la garganta con la mano.

—Buenos días, señorita Marlowe —dijo con cortesía provocativa—. No desearía inquietar esa preciosa cabecita por mi causa. Puedo asegurarle que prefiero estos alojamientos, sin duda, a estar atrapado en el castillo con mi tío y su encantadora familia.

Emma apretó el antebrazo a Jamie mientras su rostro se iluminaba.

—¿Cómo está mi familia? ¿Han enfermado mi madre y hermanas de tanto preocuparse por mí? ¿Mi papá... —vaciló por un momento revelador— se encuentra bien?

Jamie miró a Ian entrecerrando los ojos, como advertencia de que no le convenía preocupar aún más a Emma.

—Su madre y hermanas lo asumen con formidable fortaleza y puedo asegurarle que su padre... disfruta de una salud de hierro. —Cuando Emma no se mostró demasiado convencida, Ian se apresuró a añadir—: Antes de que su exaltado paladín, aquí presente, intentara ahogarme y acabar conmigo con sus propias manos, por segunda vez en este interminable día, estaba a punto de explicarle que no es a usted a quien mi tío quiere ver muerta. Es a él.

—¿Entonces por qué no ordenó al guardabosque que me tiroteara? —exigió saber Jamie.

La risa de Ian tenía un matiz amargo.

—Porque mi tío es un caballero por encima de todo. Nunca soñaría con mancillar con sangre Sinclair esas manos suyas, blancas como lirios. Sobre todo sangre de su propio nieto ilegítimo.

Jamie frunció el ceño. Su precaria paciencia escaseaba, para peligro de todos.

Ian se enderezó, pues quería estar en pie para esta pelea en concreto.

—Nada más secuestrar a la señorita Marlowe, mi tío me dijo que los casacas rojas no se implicarían jamás en un ridículo robo de una novia en las Highlands. Que sólo lo harían cuando nos hubiéramos matado unos a otros peleando y no quedara nadie, más que los huesos limpios. Pero si uno de los suyos resultaba muerto...

A Jamie se le congeló la respiración en la garganta.

—Por eso ordena disparar a Emma...

—... y afirma que fuiste tú, en un intento de traicionarle después de haber entregado el rescate. Los casacas rojas detestan entrometerse en nuestras rencillas, pero ni siquiera ellos podrían pasar por alto el cruel asesinato de una jovencita inglesa.

—De modo que se verían obligados a venir a por mí y a por mis hombres.

—Y ahorcaros a todos —concluyó Emma por ambos—. Dejando a Hepburn tan intachable e inocente como un recién nacido.

Esta vez, cuando le flaquearon las rodillas, permitió que Jamie la levantara del suelo y la cogiera en sus brazos. Emma le rodeó el cuello y apoyó la cabeza en su pecho como si la revelación de Ian hubiera agotado las escasas fuerzas que le quedaban.

—¿Me juras que no sabías nada de los planes de tu tío? —La mirada que Jamie dirigió a Ian por encima de la cabeza de Emma dejó claro que su vida dependía de si Jamie encontraba o no su respuesta convincente.

—Si supiera algo, ¿crees que habría permanecido ahí en pie tan expuesto cuando se inició el fuego? —Esta vez la sonrisa de Ian no guardaba rencor, sólo un eco de amargura por los días pasados—. ¿Me enseñaste mejor que todo eso, no?

Jamie consideró sus palabras por un momento, luego asintió y se dio media vuelta para irse, decidido a meter a Emma de nuevo en su cama, bien tapada y a salvo, antes de que sufriera un colapso.

—¿Y entonces qué va a ser de mí ahora? —dijo Ian en voz alta tras ellos—. ¿Vas a dejar que me pudra aquí o vas a darme la oportunidad de ayudarte a acabar con ese miserable hijoputa que dice que es tío mío?

Mientras Jamie sacaba a Emma de la cámara sin mediar palabra, Bon cerró la puerta de golpe tras ellos, dejando a Ian a solas en las sombras.

Aquella noche, Emma se fue despertando con la sensación deliciosa de alguien acariciando su pelo con suavidad.

—Oh, Jamie —murmuró acurrucándose aún más en la almohada de plumas.

Si era un sueño, no tenía deseos de despertar. Quería mantenerse ahí lo suficiente para que Jamie rozara con ternura sus labios, lograra separarlos para ofrecerle una muestra seductora del placer que estaban a punto de compartir.

—Dulces sueños, preciosidad —le dijo una voz ronca al oído.

Emma abrió los ojos de golpe. No era el apuesto rostro de Jamie el que se inclinaba sobre ella, sino una manzana marrón y seca con una boca arrugada y abierta, congelada en una mueca desdentada.

Emma chilló sobresaltada, percatándose demasiado tarde de que sólo era Mags. La cuidadora retrocedió dando tropiezos y se encogió en el rincón. Alzó las manos arrugadas para protegerse el rostro, mientras soltaba un grave lamento.

Emma se sentó en la cama, sin forzar el hombro lesionado. La silla situada al lado de la cama estaba vacía. Jamie se había retirado a su propia cama después de que Emma le prometiera que iba a obedecer su orden severa de descansar, y se había ido a dormir toda la noche, por primera vez desde que la habían tiroteado.

Antes de dejarla, había cerrado bien los pesados postigos para mantener a raya el frío aire nocturno. El fuego se estaba consumiendo en el hogar, pero unas cintas plateadas de luz de luna aún se filtraban a través de las rendijas de madera de los postigos. Emma alcanzó a distinguir a Mags meciéndose en el rincón como un niño asustado. Su temor a que Hepburn hubiera mandado a otro asesino para liquidarla enseguida quedó en un disgusto.

—Lo lamento, Mags. No era mi intención sobresaltarte —dijo bajito, como si despertarse con la visión de la mujer sostenida sobre su cama como un buitre no le hubiera arrebatado medio año de vida.

Al oír el sonido de la voz de Emma, la mujer dejó de lamentarse y de repente alzó la cabeza. Vaciló un momento y luego se levantó con esfuerzo para arrastrarse otra vez junto a la cama. Se parecía poco a la viejecita de lengua afilada que había discutido con el jefe Sinclair desde un lado de la cama de Emma poco antes aquel mismo día.

La mujer se instaló en el extremo de la cama y levantó una mano nudosa para acariciar los rizos revueltos de Emma.

—Qué guapa —canturreó la mujer—. Mi preciosa chiquita. Mi dulce Lianna.

Un escalofrío recorrió la columna de Emma. Las palabras de Jamie reverberaron en su recuerdo: *Mags se volvió medio loca de pena durante un tiempo después de que les encontraran.*

Tal vez la mujer siguiera todavía trastornada por la pena. O tal vez la llegada de Emma sólo hubiera despertado viejos recuerdos, algunos de los cuales era preferible mantener enterrados. Ella no tenía ni idea, pero ésta bien podría ser la habitación donde la niña a cargo de Mags había dormido en otro tiempo.

—Soy Emma, Mags —respondió en voz baja, con cuidado de no hacer movimientos repentinos—. No soy Lianna. Lianna ya no vive aquí.

Mags continuó canturreando su extraña canción como si Emma no hubiera hablado.

—Siempre has sido una buena chica. Y una hija tan buena. No tenías ni un pelo de rebelde. Siempre te portabas tan bien, y hacías lo que te decía tu padre, con buenos modales.

Emma notó un frío cada vez más intenso al percatare de que la anciana bien podría estar hablando de ella. No sabía si sería más amable intentar corregirla de nuevo o permitirle el breve consuelo de creer que la madre de Jamie había regresado al fin.

—Querías mucho a Lianna, ¿verdad?

—Sí, como una madre. Por eso sabía que volverías con nosotros algún día. Le dije que tenía que tener paciencia y no perder nunca la esperanza. —La niñera se inclinó un poco más y bajó la voz hasta el mismo tono ronco que había despertado a Emma—. Te dije que lo cuidaría por ti, y así lo he hecho. Lo he mantenido a salvo durante todos estos años. Él intentó enterrarlo para que nadie lo encontrara, pero la vieja Mags sabía bien dónde buscar.

Emma observó, fascinada a su pesar, que la mujer sacaba algo envuelto en un pedazo de tela del bolsillo de su falda hilada a mano. Colocó su ofrecimiento en el regazo de Emma y luego hizo una indicación con la cabeza, sonriendo con orgullo.

Confiando en no encontrar el cadáver putrefacto de algún pájaro o ratón, Emma desdobló con cautela la tela y descubrió una sencilla caja de madera de cerezo con una tapa con bisagras. La caja olía a humedad y a moho, como algo que ha permanecido durante mucho tiempo bajo tierra.

Emma sacudió con cuidado lo restos de polvo adheridos a la tapa y desveló una miniatura oval de una joven incrustada en la madera.

—Su padre se lo regaló cuando cumplió diecisiete años —dijo Mags, advirtiendo a Emma que una vez más volvía a perderse ente el pasado y el presente—. El retrato se hizo a partir de un bosquejo que realizó un artista ambulante, con gran parecido. ¡Estaba tan orgullosa de tenerlo! Todavía recuerdo cómo echó los brazos al cuello de su padre y le llenó la cara de besos.

Emma volvió la caja hacia la ventana y estudió la miniatura bajo el suave relumbre de la luz de la luna. Aunque creía que Jamie era la misma imagen de su abuelo, tenía algo de su madre también, estaba ahí en el ángulo regio de esos pómulos, la manera cautivadora en que los ojos se arrugaban en las comisuras cuando sonreía.

Emma observó el parecido con ojos entrecerrados, y se esforzó por distinguir la forma del collar que adornaba la graciosa columna del cuello de Lianna. Parecía una cruz galesa de algún tipo.

—Adelante —instó Mags—. Ábrela.

Emma estiró la mano con mano un poco temblorosa.

—¡Mags! ¿Qué crees que estás haciendo?

Tanto Emma como Mags dieron un brinco de culpabilidad mientras volvían la cabeza de golpe hacia el umbral de la puerta.

El abuelo de Jamie se encontraba ahí de pie. Parecía aún más alto y más imponente con sus amplios hombros envueltos en un manto de sombras.

—No debes molestar a nuestra invitada, Mags. La muchacha necesita descansar.

—Sí, mi señor. Sólo quería ver si necesitaba otra manta.

Emma quiso ocultar la caja con un pliegue del cubrecamas, pero descubrió que ya había vuelto a desaparecer en el bolsillo de Mags. Antes de que la vieja niñera se apartara de la cama, sorprendió de nuevo a Emma dedicándolo un guiño travieso.

El abuelo de Jamie se hizo a un lado para dejar que la anciana pasara arrastrando los pies junto a él.

—No hagas caso a la vieja Mags, mocita —le dijo a Emma—. A veces, cuando no puede dormir a altas horas de la noche, se dedica a vagar... y desvaría.

Por un momento fugaz, él casi le pareció tan nostálgico como Mags al acercarse poco a poco a la cama para acariciarle el pelo. La joven se preguntó si también él aún pasaba noches sin dormir vagando por la fortaleza, obsesionado con los recuerdos de su pobra hija maldita.

—Duerme bien, niña —dijo con aspereza antes de fundirse con las sombras otra vez, con los hombros más encorvados que cuando había llegado.

Emma se desplomó contra los almohadones con un suspiro, aún inquieta tras la breve visión de la madre de Jamie, preguntándose por qué su cama solitaria tenía que ser visitada por todo el mundo excepto la única persona que más deseaba ver.

Capítulo 27

Cuando Emma se despertó a la mañana siguiente, la silla al lado de la cama seguía vacía, algo que le provocó una extraña sensación de pérdida. Un suspiro lastimero llegó desde el otro extremo de la alcoba, advirtiéndole de que no estaba sola.

Se sentó y descubrió al lebrel estirado delante del hogar, con la cabeza greñuda acomodada sobre sus enormes patas delanteras.

—Bonito pony —murmuró mientras lo observaba con desconfianza, preguntándose si ya había desayunado. Parecía bastante grande y fiero como para dejar también los huesos de Emma esparcidos alrededor de la chimenea.

Como respuesta a su saludo, el animal se limitó a suspirar una vez más y cerrar sus conmovedores ojos marrones, mostrándose más propenso a pasar el resto del día dormitando que a engullirla de un bocado. Tal vez sólo comiera ciervo.

Mientras dormía, alguien se había introducido en la habitación y había logrado abrir los postigos de madera, invitando a los rayos del sol a entrar en la alcoba. Probó a encoger el hombro herido. Estaba mucho menos agarrotado y dolorido que el día anterior.

—¿Milady?

Mags apareció en el umbral, esforzándose por sostener un bulto de ropas y una palangana de cerámica llena de agua humeante.

—Buenos días, Mags —saludó con cautela, preguntándose si la anciana creería todavía que Emma era la madre de Jamie o si recordaría siquiera ese encuentro a la luz de la luna.

Mags se acercó arrastrando los pies para dejar la carga sobre una tosca mesa a la derecha del hogar, con mirada brillante y clara. No había indicios de la criatura que había visitado con adoración a Emma horas antes, para acariciarle el pelo mientras dormía.

—¡Y vaya día tan bonito, mocita! Te he traído un vestido limpio y unas medias, y todo lo necesario para el aseo.

Emma, confundida por el cambio de actitud de la mujer, pero ansiosa por poner a prueba las fuerzas renovadas que sentía, salió de la cama y se fue hasta la mesa.

—¿No te habrá castigado tu señor por molestarme anoche, verdad?

—¡Ja! —Mags se inclinó hacia delante, con el guiño malicioso que Emma había captado el día anterior por un breve instante—. Hace mucho que dejé de seguir las órdenes del señor. Soy yo quien dice lo que hay que hacer aquí. —Alargó el brazo para darle una palmadita en la mano—. No te inquietes, chiquilla. He traído *todo* lo que necesitas —repitió como si sus palabras contuvieran algún significado especial.

Mientras la anciana cuidadora salía despacio de la habitación, el lebrel estiró su forma desgarbada para seguirla. Emma se fue a cerrar la puerta tras ellos, preguntándose si Mags sufría los estragos de la edad o si de hecho podía ser peligrosa.

La palangana de agua humeante no tardó en apartarla de aquellas preocupaciones. Se sacó el camisón por encima de la cabeza, con cuidado de no descomponer el vendaje del hombro. Mientras introducía un trapo en el agua caliente, no pudo evitar recordar cómo se había metido en la bañera que había preparado Jamie para ella en la casita de Muira. Si entonces hubiera sabido lo que sabía ahora, podría haberle invitado a bañarse con ella.

Con los ojos cerrados y el agua caliente goteando placenteramente entre sus senos, era demasiado fácil suspirar e imaginarse a los dos enlazados en aquella bañera, con los cuerpos húmedos, resbaladizos, buscando el gozo perfecto que lograban sólo cuando estaban unidos.

Volvió a abrir los ojos. No iba a ayudar que Jamie entrara de repente y la encontrara hecha un charco de anhelo. Por lo que ella sabía, él estaba tan contento con haber compartido una única noche. Tal vez había pasado todas aquella horas al costado de su cama, devolviéndola a la vida con sus cuidados, sólo por culpabilidad, no por devoción.

Deprimiéndose por momentos, acabó de lavarse y se secó. El vestido que le había buscado Mags era poco más que una túnica. Estaba confeccionada con una lana azul medianoche, con una graciosa falda acampanada y un dobladillo que barría el suelo. Mientras se vestía, luchando con las lazadas delanteras del anticuado corpiño, se preguntó si también habría pertenecido en el pasado a la madre de Jamie.

Hasta que cogió las medias no se percató de que Mags había dejado algo más aparte de las prendas.

La caja de Lianna Sinclair descansaba sobre la mesa, igual que habría estado hace treinta años. A Emma se le hundió el corazón de la impresión. Echó una ojeada hacia la puerta, consciente con exactitud de cómo tuvo que sentirse Pandora. Tal vez debería esperar a que apareciera Jamie o su abuelo para devolver la caja a quien le correspondiera tenerla.

Lo más probable fuera que no hubiera nada de importancia en su interior. Mags seguramente había estado escondiendo algunas baratijas por las que sentía aprecio: una acuarela paisajística pintada por la niña a su cuidado o tal vez algunas flores recogidas y aplastadas.

Emma pasó un dedo por la miniatura incrustada en la tapa, sorprendida al descubrir su mano temblorosa. Se preguntó si la madre de Jamie ya conocía a su amante cuando le pintaron el retrato. Aunque Lianna esbozaba la sonrisa recatada de una muchacha, tenía la mirada de complicidad de una mujer, una mujer con un secreto peligroso pero deleitable.

Intentó enterrarlo para que nadie lo encontrara...

El eco de las palabras de Mags la asustaba y la incitaba al mismo tiempo. Porque no eran los secretos de Lianna los que Emma anhelaba descubrir. Eran los de su hijo.

Sin darse cuenta, ya había levantado la tapa. Un puñado de notas desafinadas flotaron por la habitación, tan evocadoras como hermosas. No era una simple caja. Era una caja de música. Había un pedazo amarillento de papel alojado en su interior forrado de hule.

Emma sacó el papel y lo desdobló con cautela, con gran cuidado de no desgarrar los deteriorados extremos. Estudiando con ojos entrecerrados la tinta descolorida, lo acercó a la ventana.

La luz del sol cayó sobre el papel por primera vez en años, iluminando las palabras garabateadas en él. Emma lo estudió durante varios minutos antes de alzar una mirada de incredulidad a los riscos cubiertos de nieve más allá de la ventana. Por lo visto, Mags no era la única que había perdido la cabeza. No podía estar leyendo lo que pensaba que estaba leyendo.

—Esta claro que, por mucho que me esfuerce, no logro que te quedes en la cama ¿verdad?

Emma se giró en redondo y encontró a Jamie de pie en el umbral. Su aspecto era el de un señor escocés de pies a cabeza, con falda escocesa a cuadros granates y negros y una camisa de lino color crema, con manga larga y una cascada de encaje en los puños. Había estado tan absorta en su descubrimiento que no le había oído abrir la puerta.

Sin recuperar aún el habla, ocultó tras la espalda la mano que sostenía el papel. Sólo podía rezar para que él no reparara en la caja abierta que descansaba sobre la mesa.

Jamie ladeó la cabeza, cada vez más receloso.

—¿Se puede saber has estado haciendo?

—Nada —se apresuro a contestar—. Nada en absoluto.

—¿Entonces porque tienes ese aire culpable tan delicioso? —Anduvo hacia ella, dedicándole una sonrisa indulgente—. ¿De qué se trata, cielo? ¿Has conseguido echar mano a las pistolas de mi abuelo? Ahora que te estás recuperando, ¿ya planeas salir de aquí pegando tiros?

Mientras se acercaba, Emma dirigió una mirada de pánico por encima del hombro. A menos que planeara salir huyendo por la ventana, no tenía escapatoria. Pero podía rehuirle, al menos hasta que se le ocurriera la manera de explicarle que lo que había creído toda la vida de sí mismo era mentira.

Manos en jarras, con el papel todavía escondido con cuidado, le fulminó con la mirada.

—¿Y por qué iba a tener que salir de aquí pegando tiros. En la cañada dejaste bien claras las ganas que tenías de librarte de mí.

Jamie se detuvo y la estudió con cautela.

—Tal vez sí deba ir a decir a mi abuelo que guarde las pistolas bajo llave.

—¡No te molestes en negarlo! El conde ni siquiera trajo lo que tú pedías, pero aun así te morías de ganas de dejarme marchar. —Cuando Emma notó que se estaba enfureciendo de verdad, le sorprendió descubrir que decía en serio cada una de aquellas palabras—. Sólo tuvo que menear un poco de oro bajo tus narices y prácticamente me arrojas a sus brazos. Me sorprende que no me ofrecieras a cambio de un caballo. O incluso de... una... oveja.

Los labios de Jamie se tensaron, pues tenía unas ganas desesperadas de echarse a reír, pero sabía que no iba a atreverse.

—Después de pasar la noche en tus brazos, tengo que confesar que hasta las ovejas más cariñosas han perdido su atractivo.

—¿Por qué, Jamie? —preguntó ella, negándose a que la engatusara con su encanto sin responder a la pregunta—. ¿Por qué me entregaste?

—Porque pensaba que no eras mía y que no podía retenerte.

Emma se volvió a contemplar la vista majestuosa que se extendía bajo la ventana. No quería dejar que viera que estaba a punto de estallar en lágrimas. Había intentado ser fuerte durante tanto tiempo, pero los acontecimientos de los últimos días por lo visto la superaban, de golpe, exacerbados por lo que acababa de descubrir.

Cuando la voz de Jamie sonó otra vez, era un susurro ronco en su oído.

—Pero me equivocaba. —Emma notó su fuerza, su calor, calentándola más en profundidad que cualquier rayo de sol—. Incluso antes de que te dispararan, supe que había sido un maldito idiota. Ya iba a por ti, y por eso fui capaz de reaccionar tan deprisa cuando descubrí al pistolero. Porque comprendí que...

Emma se volvió para mirarle, tan hipnotizada por sus palabras que se había olvidado de su hombro... y el pedazo de papel que tenía en la mano. Hasta que se escurrió entre sus dedos débiles y cayó volando al suelo, a sus pies.

Se agachó para recogerlo, pero Jamie, sin la traba de un hombro lesionado, pudo atraparlo antes.

—¿Y qué es esto, chiquilla? —preguntó dedicándole una mirada desconcertada mientras se enderezaba—. ¿Estabas escribiendo tú también una nota de rescate? Porque en este momento creo que mi abuelo no va a pagar ni un par de chelines por mí.

Estudió el trozo de papel antes de lanzarle una mirada curiosa.

—Parece una página arrancada de un antiguo registro parroquial. ¿Dónde diantres has conseguido esto?

—Mags me lo ha dado —confesó a su pesar.

—¡Ah! —Concentró la mirada de nuevo en el papel, sacudiendo la cabeza con expresión cariñosa—. Mags siempre ha sido una especie de cuervo viejo, recogiendo tesoros insólitos para rellenar su nido: piedrecitas, viejas monedas, relucientes... —Su voz se fue apagando, desvaneciéndose igual que el color de su rostro. Cuando alzó de nuevo los ojos, estaban oscurecidos por la conmoción—. No entiendo —susurró—. ¿Qué significado tiene esto?

Emma intentó esbozar una débil sonrisa.

—Por lo visto no eres el hijo ilegítimo que creías ser cuando te conocí.

Jamie volvió a echar una ojeada al papel, moviendo los labios mientras leía una vez más las dos últimas firmas en la parte inferior de la página.

Lianna Elizabeth Sinclair.
Gordon Charles Hepburn.

—Sé que esto tiene que se un golpe —dijo ella en tono amable—, pero tu padre no se limitó a seducir a tu madre. Se casó con ella. Según esto, tus padres se habrían fugado meses antes de que nacieras. No eres un Sinclair al fin y al cabo. Nunca lo fuiste. Eres un Hepburn, siempre lo has sido.

Jamie alzó de nuevo la vista con una mirada de miedo tan atroz que casi resultaba cómica.

Emma no podía dejar de sacudir la cabeza, maravillada con aquel descubrimiento.

—No sólo eres el nieto de Hepburn, sino su heredero legítimo. El heredero de un condado.

Jamie se giró sobre sus talones y empezó a recorrer la habitación, arrugando la frágil prueba de su linaje con el puño como si sólo fuera algo que tirar a la basura.

Se pasó la otra mano por el pelo, revolviéndolo sin remedio antes de volverse una vez más a mirar a Emma. Su expresión era más salvaje que nunca.

—¿De modo que no se fugaban aquella noche, cuando descendieron la montaña?

Emma negó con la cabeza.

—Parece ser que no. Tal vez iban a contarle a Hepburn que ya estaban casados, que no le quedaba otra opción que reconocer su amor... y a su hijo. —Dio unos pasos hacia él, ansiando apartar de la frente esos mechones negros despeinados, pegar sus labios al ceño de preocupación entre sus ojos—. Esto no cambia quién eres tú, Jamie. Sigues siendo el mismo hombre. ¿A qué tienes tanto miedo? ¿A que, si reclamas tu herencia, tendrías que renunciar a tu vida salvaje? ¿A tu libertad?

—Estoy convencido de que Hepburn sólo exige tu alma para entrar a su servicio. —Sacudió la mano que agarraba el papel—. Sabes muy bien que ese viejo verde nunca reconocerá esto. Además, ¿se puede saber de dónde ha salido?

Bajó la vista.

—Ya te lo he dicho, Mags me lo ha dado.

—¿Y de dónde lo ha sacado ella?

No estaba segura de cuántos más sobresaltos podría aguantar el corazón apaleado de Jamie, pero indicó a su pesar con la cabeza la mesa donde aún descansaba el objeto traído por la vieja niñera. Jamie se fue hasta la mesa y levantó la caja vacía, arrancando nuevas notas desafinadas a su mecanismo oxidado.

La mirada en su rostro, mientras bajaba la tapa y se encontraba frente a la miniatura de su madre, hizo que a Emma se le encogiera el corazón.

—Nunca antes había visto a mi madre —susurró—. Es más hermosa de lo que había imaginado. Pero, ¿dónde la encontró Mags?

—Por lo que entendí, tu madre se la había confiado para que se la guardara, pero alguien se la quitó tras su muerte y la enterró para que nadie la descubriera.

Sus miradas se encontraron, pues ambos comprendieron en el mismo instante quién tenía que ser ese alguien.

—¿Por qué? —preguntó Jamie con voz ronca—. ¿Por qué mi abuelo iba a hacer algo así? ¿Por qué finge quererme, y al mismo tiempo me miente cada vez que habla?

Emma sacudió la cabeza con impotencia.

—No tengo ni idea. Tal vez le diera miedo perderte, que Hepburn se quedara contigo. Si el conde hubiera sabido desde el principio que tú eras su heredero legítimo, tal vez hubiera intentado retenerte. Quizá tu abuelo pensó que no tenía otra opción que enterrarlo, junto con la verdad.

—¡Entonces, ojalá hubiera seguido enterrado! —Antes de que Emma pudiera detenerle, Jamie arrojó la caja al suelo.

La madera putrefacta cedió y se astilló, y al quedar abierta en el suelo reveló un fondo falso del que saltó un collar que fue a parar a los pies de Jamie.

Capítulo 28

*E*l collar era una cruz celta deslustrada con una cadena de peltre trenzado. Antes incluso de que Jamie se arrodillara a recogerlo en su mano, Emma lo reconoció como el de la miniatura de la tapa de la caja.

Era el collar de su madre.

El collar que llevaba cuando el artista hizo el bosquejo del retrato. El collar que había desaparecido la noche en que murió, arrancado del cuello por la mano de su asesino.

Pero tanto la cadena como el cierre del collar estaban intactos, como si no se lo hubieran arrancado a su portadora sino que lo hubieran quitado con delicadeza de su cuerpo sin vida.

Emma oyó el eco de las palabras de Jamie en la habitación con tanta claridad como si acabara de pronunciarlas. *No era más que una baratija sin valor... No tendría valor para nadie que no fuera un Sinclair.*

Jamie alzó la vista poco a poco para mirar a Emma. No fue la emoción en el erial ártico de esos ojos la que le congeló el alma, sino la ausencia condenatoria de ella. Sin mediar palabra, se levantó y salió a buen paso de la habitación, con la cadena del collar colgando de su puño cerrado.

Emma se quedó mirando el umbral vacío, muda de consternación durante varios segundos preciosos, luego salió corriendo tras él, temiendo tal vez no poder impedir este asesinato.

La palpitación en el hombro obligó a Emma a aminorar la marcha por las estrechas escaleras de caracol que descendían sinuosas por las entrañas de la torre. Cuando alcanzó la habitación larga, de alto techo, que en otro tiempo debía de haber servido como gran salón de la torre del homenaje, descubrió que la gran puerta de roble en el extremo más alejado de la estancia estaba abierta de par en par.

Se apresuró a cruzar el salón, temiendo que fuera ya demasiado tarde. Temía que si Jamie daba con su abuelo antes de que ella diera con él, estaría perdido para siempre, no sólo para ella sino para sí mismo.

Al salir de la penumbra de la fortaleza, quedó deslumbrada por la intensa luz del sol. Mientras su vista se adaptaba, vio a Jamie alcanzando lo alto de una pequeña elevación al este del torreón. Le llamó, pero él continuó andando como si no la hubiera oído, a un paso tan brutal como su semblante.

Se levantó las faldas y continuó más deprisa la persecución. Cuando llegó a lo alto de la elevación, vio a Ramsey Sinclair labrando el terreno rocoso de la ladera con una pesada azada de hierro. Su melena blanca como la nieve ondeaba al viento.

Temiendo que la azada acabara siendo usada como arma, Emma aceleró el paso.

—Y bien, ¿estás enterrando más secretos, viejo? ¿O tal vez son cadáveres esta vez? —Deteniéndose justo delante de su abuelo, Jamie alzó el puño que sujetaba el collar deslustrado para agitarlo ante la cara del anciano.

Ramsey Sinclair ni siquiera se mostró sorprendido, sólo resignado. Era como si hubiera esperado veintisiete años a que llegara este momento, y casi era un alivio ahora que por fin había sucedido.

—Jamie, por favor —dijo Emma bajito, deteniéndose a escasa distancia de los dos.

Apartó los ojos de su abuelo lo justo para señalarla con un dedo.

—Esto no es asunto tuyo, muchacha. ¡Y no te atrevas a desmayarte, puñetas! Porque es muy posible que no vaya a recogerte.

Emma se mordió la lengua. Pese a la advertencia de Jamie, sabía que si se desplomaba en ese preciso momento, sus brazos irían a por ella antes de darse contra el suelo.

Para intenso alivio suyo, el anciano Sinclair se acercó a una gran piedra redonda en el extremo del huerto y se hundió sobre ella dejando a u lado la pesada azada. Con los hombros encogidos bajo el peso del desprecio de Jamie, ahora aparentaba todos sus años y minutos de edad.

—Adoraba a tu madre, ya lo sabes —dijo mirando a Jamie con ojos entrecerrados, deslumbrado por el sol—. Era lo único que me quedaba después de que las fiebres mataran a tu abuela. Me rompió el corazón en dos que se largara con ese rufián. —Sacudió la cabeza, su rostro curtido estaba marcado por el pesar—. Durante meses busqué sin resultados. Tal vez no les hubiera encontrado nunca si Mags no hubiera conseguido enviarme aviso de que el bebé de Lianna había nacido. Pero para cuando llegué a la cabaña, ya era demasiado tarde. Se habían largado.

—Y entonces les perseguiste. —Las palabras rotundas de Jamie no eran una pregunta.

La ira ardió en los viejos ojos de Sinclair, con una similitud sobrecogedora a la de su nieto.

—¿Cómo voy a esperar que lo entiendas si tú nunca has tenido una hija? Mi Lianna siempre fue una buena chica. Y él sólo era otro miserable y codicioso Hepburn, acostumbrado a quedarse con lo que se le antojaba, sin importar lo que costara. No era la primera vez que un Hepburn iba a la caza de una muchacha inocente que había conocido en el bosque por casualidad. Qué caray, tu propia abuela, mi dulce Alyssa... —Se detuvo, con la voz entrecortada por la ira y el recuerdo de la angustia.

Emma cerró los ojos un breve instante, comprendiendo con demasiada claridad que este legado de odio se había pasado de generación en generación.

—Sabía que el joven bribón había seducido a mi Lianna. Quizá incluso la había violado, y la había hecho su fulana.

—¡No era su fulana! —bramó Jamie—. ¡Era su esposa!

El abuelo se llevó el dorso de una mano temblorosa a la boca.

—Eso no lo sabía yo entonces. No encontré la página del registro de la boda en el bolsillo de la casaca de aquel insolente hasta que ya estaba muerto. Entonces era demasiado tarde. —Su voz se apagó en un susurro atragantado—. Demasiado tarde para todos nosotros.

Emma se preguntó cómo había aguantado todos aquellos años, sabiendo que había asesinado a su hija y a su marido por un delito que no habían cometido. No era de extrañar que el corazón le fallara finalmente con la carga apabullante de su culpabilidad.

Sinclair volvió otra vez los ojos suplicantes a su nieto.

—Nunca fue mi intención hacerle daño, muchacho. ¡Lo juro! Sólo quería traerla a casa. Cuando les descubrí en la cañada, saqué la pistola, pensando que podría convencer a ese mocoso de que renunciara a ella sin necesidad de pelear. Pero gritó que era demasiado hermosa, demasiado encantadora para pasar el resto de su vida con gente como los Sinclair. Que ya le pertenecía a él, y nunca renunciaría a ella. Luego todo se tiñó de rojo, y lo único que oí fue el estruendo en mis oídos cuando alcé la pistola y apunté a su corazón. En el mismo instante en que apretaba el gatillo, ella se arrojó delante de él.

Jamie se apretó contra los labios el puño cerrado que sostenía el collar mientras su abuelo continuaba:

—Nunca olvidaré la mirada en sus ojos. La conmoción, la traición y, peor aún, en esos últimos segundos preciosos de su vida... la pena.

El anciano inclinó la cabeza, como si ya supiera que había renunciado para siempre a merecer la compasión de su nieto.

—Hepburn la cogió cuando cayó, y se quedó sentado balanceándose con ella en los brazos, llorando como una criatura. Yo no podía creer lo que había hecho. Pero lo único en lo que podía pensar era que, de no ser por él, y por todos los Hepburn que se habían meado en los

Sinclair durante siglos, mi preciosa niña todavía seguiría con vida. De modo que me fui hasta él y le puse el cañón justo entre los ojos. Ni siquiera luchó. Se limitó a observarme, casi desafiándome a que, no, rogándome... que apretara el gatillo.

—Y lo hiciste —dijo Jamie sombríamente.

—Sí. Y ahí quedaron tendidos. Muertos en brazos el uno de la otra. —El abuelo apretó la mandíbula—. No podía soportar la idea de que él siguiera tocándola, intentando retenerla como si fuera suya incluso en el momento de la muerte. De modo que les separé. Me aseguré de que nunca volviera a tocarla. Estaba a punto de apuntarme con la pistola cuando lo oí.

—¿Qué? —preguntó Emma bajito, muy consciente de que ambos hombres había olvidado con toda probabilidad su presencia—. ¿Qué oyó?

El anciano inclinó la cabeza como si estuviera obsesionado con el eco de un momento pasado, hacía mucho tiempo.

—Un suave arrullo como el de una paloma. Anduve por la maleza y ahí estabas. Debieron de haberte escondido cuando oyeron mi caballo aproximándose.

La mirada en el rostro de Jamie volvió a romperle el corazón a Emma.

—¿Yo estaba ahí en la cañada la noche en que murieron? Pero me dijiste que me habían dejado al cuidado de Mags.

Su abuelo se encogió de hombros.

—¿Importa una mentira más añadida a un millar? —Una sombra cruzó su rostro—. Durante un momento de ofuscación, tuve la tentación de matarte también, de destruir la única evidencia que quedaba de su amor. Pero cuando bajé mi mano para hacerlo, alzaste la vista hacia mí sin llorar. Sin pestañear. Luego cogiste mi dedo en tu pequeño puño y te agarraste ahí para mantener la vida. —El viejo volvió el rostro a Jamie con ojos vidriados por las lágrimas al recodar aquel momento de estupor. —En ese momento supe que, al fin y al cabo, no eras suyo. Eras mío.

Cuando Jamie siguió observándole, con rostro tan hermoso y despiadado como el de un ángel vengador, Sinclair se secó las lágrimas con mano cada vez más firme.

—No quería vivir con lo que había hecho. Pero sabía que no tenía otra opción si decidía cuidarte. De modo que te llevé con Mags a la cabaña y le hice jurar silencio. Luego regresé aquella noche a la cañada con mis hombres para tener testigos cuando aparecieran tus padr... —Tragó saliva—, cuando encontraran sus cadáveres.

La voz de Jamie sonó desapasionada:

—Y supongo que resultó bastante fácil culpar al clan Hepburn de los asesinatos. Al fin y al cabo, él y su parentela eran los responsables de la mayoría de males en esta zona, desde hacía siglos.

—Sí. Fue la única parte de mi fechoría que no conseguí lamentar. Al menos no hasta este momento.

A Emma casi le da un síncope cuando vio al anciano meter la mano en un pliegue de la falda y sacar una pistola de aspecto antiguo con un cañón abierto. Pero se limitó a ofrecérsela a Jamie, por la culata.

—Vamos, muchacho. Cógela y haz lo que yo tendría que haber tenido coraje de hacer tantos años atrás.

Jamie bajó la vista al arma en la mano de su abuelo. Emma nunca había visto unos ojos tan fríos.

—Siempre me dijiste que la verdad puede matar. O mantenerte con vida. Creo que dejaré que sigas viviendo con lo que has hecho.

El abuelo se puso de pie con gran esfuerzo, apoyándose pesadamente en el mango de la azada.

—¡No quiero tu clemencia, muchacho! ¡Eso no me hace falta!

Una sonrisa de desdén se formó en los labios de Jamie.

—Oh, no tengo clemencia en lo que a ti respecta. No me hace falta acelerar tu viaje al infierno. Llegarás ahí bastante pronto tú solito.

Con el collar de su madre colgando todavía de los dedos, Jamie dio la espalda a su abuelo. Mientras pasaba junto a Emma, la muchacha estiró el brazo, pero él continuó andando como si no estuviera ahí.

Emma vaciló un momento, luego se volvió para seguirle. Había medio esperado oír la detonación ensordecedora de una pistola a su espalda, pero cuando se detuvo en lo alto de la elevación para mirar por encima del hombro, descubrió que el abuelo de Jamie ya había cogido la azada y volvía a labrar el suelo rocoso.

En aquel momento, podría haberle odiado tanto como Jamie, pero sabía que el anciano estaba haciendo sólo lo que siempre habían hecho los Sinclair.

Sobrevivir.

Cuando Emma llegó a la galería que coronaba la parte superior de la torre del homenaje, Jamie ya se encontraba ahí, de pie de espaldas a ella, agarrando la balaustrada de madera con las manos.

Cuando ella surgió a la luz del sol, se le escapó un jadeo involuntario. Las Highlands se extendían bajo ellos en todo su rústico esplendor. Un velo brumoso de vegetación envolvía los desfiladeros y cañadas inferiores mientras deslumbrantes fragmentos blancos coronaban todavía los riscos más altos. Arroyos sinuosos corrían por la ladera de la montaña, ensanchados por las nieves fundidas, reluciendo como la plata bajo el beso del sol.

Mientras la voluta etérea de una nube pasaba flotando ante el balcón, entendió cómo el abuelo de Jamie había llegado a creerse el soberano de algún reino poderoso. ¿Por qué vivir entre el común de los mortales, abajo al pie de las colinas, cuando uno podía residir entre las nubes? Al contemplar esta vista imponente desde esta altura vertiginosa, un hombre bien podía creerse el soberano del mismísimo paraíso.

En ese instante, Jamie parecía el príncipe siniestro de algún averno estigio, donde las almas condenadas eran enviadas a esperar su castigo.

—No deberías estar aquí —dijo sin volverse—. Tendrías que estar en la cama.

—¿Qué cama? —preguntó ella en voz baja, uniéndose a él en la baranda—. ¿La tuya? ¿La del conde?

Jamie se volvió a mirarle de frente, con expresión tan distante que le provocó un escalofrío de temor.

—Tu propia cama. La que hay en tu dormitorio en Lancashire. La que tiene el nido de jilgueros justo fuera de la ventana y la familia de ratones viviendo en el zócalo del comedor. Tu sitio esta a mil leguas de aquí, lejos de tanto engaño y traición... y muerte.

—¿Lejos de ti?

Su vacilación fue tan breve que tal vez Emma la imaginó.

—Sí. —Volvió la mirada a esa gran extensión de brezal y montaña, con el perfil severo e intransigente de un desconocido—. Tan lejos de mí como te pueda llevar la carretera.

—¿Y qué pasa si decido no marcharme?

—No tienes elección. ¿No has oído a mi abuelo? Desciendo de un linaje de hombres con un historial de destrucción, que acaban con lo que más quieren.

Una esperanza surgió en ella, que apartó a un lado el temor.

—¿Qué intentas decir, Jamie? ¿Que me quieres? ¿Es eso lo que estabas a punto de decirme antes de descubrir la página del registro matrimonial?

Le tocó la manga pero él se apartó. Antes, Jamie no era capaz de quitarle las manos de encima, ahora era como si no soportara mirarla, mucho menos tocarla.

—¿Qué intentas hacer? —gritó ella con frustración creciente—. ¿Fingir que aquella noche en el campanario jamás sucedió? —¿Podía fingir que nunca la había tenido debajo de él, estremecida con asombro e indefensión mientras sus diestros dedos y cuerpo poderoso le proporcionaban el placer más dulce y devastador que un hombre puede dar a una mujer? —¿De verdad puedes decir que esa noche no significó nada para ti?

Jamie se volvió entonces para mirarla directamente, con una indiferencia en los ojos aún más aterradora que el deprecio que había mostrado por su abuelo.

—He cumplido con mi parte del trato. Me pediste que arruinara tu reputación, no me rogaste amor eterno. Si te encuentras ya bastante recuperada como para viajar, mañana te llevaré montaña abajo. Puede que tu familia piense que hayas muerto. Tengo que llevarte otra vez con ellos antes de que abandonen Escocia para siempre.

Emma negó con la cabeza, retrocediendo de su cortante rechazo de todo lo que habían compartido.

—¿Y qué hay de Hepburn? Tal vez no asesinara a tu madre, pero intentó asesinarme a mí. Y estoy segura de que estará encantado de saber que no necesita buscarse una nueva esposa ahora que ya tiene un heredero.

Una sonrisa amarga ladeó los labios de Jamie.

—Oh, deja a Hepburn en mis manos, ya no es tu problema. Yo me ocuparé de él.

Jamie se dio media vuelta para marcharse, luego se detuvo y bajó la vista a su mano, como si le sorprendiera encontrar el collar de su madre todavía enlazado a sus dedos.

Emma sintió un vuelco de esperanza cuando él le tomó la mano y dejó caer el collar en su palma.

Jamie alzó la vista para mirarla con una pena sombría en sus ojos que extinguió su frágil esperanza.

—Intenté advertirte, muchacha. No era más que una baratija sin valor. —Le cerró los dedos en torno al collar y luego se dio la vuelta.

Después de que desapareciera por las sombras de la escalera, Emma abrió la mano para contemplar la simple cruz gaélica.

Era un símbolo de fe. Un símbolo de esperanza.

El Sinclair que había sacado aquella cruz del castillo, mientras él y sus parientes eran expulsados de su hogar, tenía que haber sabido que inspiraría los sueños de generaciones venideras. La mujer que la había llevado por última vez, se había negado a renunciar a sus sueños. Estaba dispuesta a arriesgarlo todo —su hogar, el amor de su padre... incluso su vida— por hacerlos realidad.

Emma cerró los dedos sobre el collar y alzó la mirada para contemplar esa tierra accidentada que estaba aprendiendo a amar. Jamie Sinclair estaba a punto de descubrir que su baratija deslustrada no era tan insignificante al fin y al cabo, y que tal vez acababa de encontrar un adversario mucho más despiadado y decidido que Hepburn.

Capítulo 29

Cuando, a la mañana siguiente, Jamie descendió al gran salón de la torre del homenaje, lo último que esperaba era oír una alegre carcajada de Emma. Frunció el ceño preguntándose si seguía soñando.

¿Pero cómo iba a seguir soñando si ni siquiera había dormido? ¿Si había pasado toda la noche dando vueltas y resistiendo la tentación de introducirse otra vez en el dormitorio de Emma... y en su cama? ¿Cómo iba a estar soñando si todos sus sueños se habían desvanecido unas pocas horas antes, aplastados bajo el puño de hierro de la traición de su abuelo?

Llegó al pie de la escalera, y la escena inesperada de dicha doméstica que vio le dejó boquiabierto.

La larga mesa situada en medio del salón estaba vestida con un mantel limpio. Emma iba de aquí para allá con una bandeja de bollos humeantes haciendo equilibrios en sus manos.

De no ser por el vendaje que asomaba por el corpiño de su vestido azul campánula, era imposible adivinar que le habían pegado un tiro y casi había muerto apenas unos días antes. Llevaba el pelo suelto sobre los hombros, pero apartado de la cara con dos peinetas de marfil que Mags debía de haber encontrado en algún sitio. A Jamie le dejó todavía más fascinado la visión del collar de su madre rodeando la delgada columna de su cuello.

En ese momento se encontraba inclinada sobre la mesa, ofreciendo bollos recién hechos y una visión encandiladora de la suave prominencia de su seno a los dos hombres sentados en uno de los largos bancos que la flanqueaban. Uno de ellos era Bon.

El otro era Ian Hepburn.

Aunque llevaba aún el brazo derecho en cabestrillo, tenía el rostro magullado bien limpio y restregado, y el pelo liso y oscuro recogido con esmero en la nuca en una cola larga que dejaba expuesto el marcado descenso del pico entre las entradas del pelo. Si Jamie no se equivocaba, llevaba puesta una de sus camisas.

Al descubrir a Sinclair, alzó una ceja burlona en su dirección.

—Buenos días, Sin. ¿O prefieres que te llame «milord»?

Jamie dirigió una mirada de incredulidad a Emma.

—¿Le has explicado lo del registro matrimonial?

Ella se encogió de hombros.

—¿Y por qué no? El mundo entero no va a tardar mucho en descubrir que eres el heredero del conde.

—No si tengo algo que decir al respecto —replicó Jamie.

Bon mordisqueó el bollo y no se privó de entornar los ojos de puro placer.

—Eres mucho mejor cocinera que Mags, mocita, vaya que sí. Si algún día me cuelo entre tus prometidos, incluso renunciaré a mis modales de soltero y te haré la corte como Dios manda.

—Caramba, gracias, Bon —contestó Emma, pavoneándose visiblemente—. Siempre es gratificante para una mujer encontrar a un hombre que aprecie sus habilidades —Sonrió con inocencia a Jamie—. Todas sus habilidades.

Jamie se vio obligado a pronunciar sus palabras entre dientes:

—Qué extraño, Bon, pero no recuerdo haberte dado órdenes de liberar a nuestro prisionero.

—No hicieron falta órdenes —Emma dio un pellizco cariñoso a Bon en una de sus orejas puntiagudas—. Sólo hizo falta la promesa de un bollo aflautado bien calentito, recién salido del horno.

Ian, risueño, se sirvió otro bollo y se dirigió a Jamie.

—No tiene que preocuparte que vaya a apuñalarte por la espalda para robarte la herencia. Como puedes imaginar, me quedé bastante perplejo cuando la señorita Marlowe me dio la noticia. Pero tras reflexionar un poco, he decidido que esta novedad fascinante me complace bastante, aunque sólo sea por imaginar la irritación que provocará en mi tío. —Encogió un hombro con un elegante ademán—. Mejor perder mi herencia por ti que por algún crío lloriqueante, así no tendré la tentación de estrangularlo en la cuna. Tal vez ahora me libere de ese castillo dejado de la mano de Dios y del mezquino tirano que lo gobierna.

Jamie cruzó los brazos sobre el pecho.

—No hubiera imaginado que estuvieras tan dispuesto a permitir que un asesino a sangre fría ocupara tu lugar.

—Qué interesante que saques ese tema. Mientras disfrutaba de tu... hospitalidad, he mantenido una conversación con un joven llamado Graeme que hacía guardia. Por supuesto ya le había conocido, cuando vino al castillo a entregar tu petición de rescate, pero hemos tenido ocasiones ilimitadas de conversar, pues no era exactamente una visita social. —Ian utilizaba la hoja del cuchillo para untar nata fresca en el bollo—. Fue lo bastante amable como para ayudarme a pasar las largas horas de cautividad contándome una intrigante historia acerca de un vil guardabosque y un noble salvador que surgió a caballo de la bruma para llevar a cabo un rescate de lo más valeroso. Un rescate que tuvo como resultado que el chico tenga la suerte de conservar ambas manos.

—¡Qué historia tan emocionante! —exclamó Emma, sin tener en cuenta la mirada fulminante de Jamie mientras ella se sentaba en el banco enfrente de Ian.

—Desde luego . —El sobrino de Hepburn miró a Jamie con ojos entrecerrados—. Qué pena que mi querido primo, aquí presente, no la compartiera conmigo en vez de dejarme creer lo peor de él durante cuatro años.

—Algo que tenías muchas ganas de creer. Aunque te hubiera contado la verdad aquel día en que ascendiste por la montaña para enfrentarte a mí, dudo que me hubieras creído.

Ian soltó un resoplido.

—¿Y por qué iba a creerte si mi tío acababa de explicarme que casi cada palabra que habías pronunciado hasta entonces era mentira?

El rubor que ascendió por el cuello de Jamie le dio un aspecto aún más malhumorado.

—No mentí cuando estábamos en Saint Andrews, sólo descuidé contarte que nuestras familias habían sido enemigas durante cinco siglos y que se suponía que tenías que odiarme y desear mi muerte con toda tu alma.

—Quería hacer algo más que desear tu muerte aquel día —dijo Ian entre dientes, desplazando luego la mirada a Emma—. Cuando mi tío descubrió con quien había andado en Saint Andrews, se rió con tal fuerza que pensaba que le iba a dar un ataque. Me contó que sin duda Jamie se habría estado riendo a mi espalda todo el tiempo, burlándose de mí ante nuestros compañeros de clase y ante los muchachos rudos con los que cabalgaba cuando volvía a la montaña. Me dijo que, por muy bien que aprendiera a pelear con los puños, nunca podía esperar ser la mitad de hombre que Jamie Sinclair.

—Ese hijo de perra —exclamó Jamie en voz baja, despreciando otra vez a Hepburn por abrir una brecha tan indestructible entre los dos fieles amigos—. No es de extrañar que intentaras matarme aquel día en la montaña.

—Pensé que era hora de poner en práctica algunas de las habilidades que me habías enseñado. Tienes que admitir que conseguí asestar algún puñetazo decente.

Jamie le fulminó con la mirada.

—Me rompiste dos costillas y la nariz.

—Aún así, no estuve a su altura —le dijo Ian a Emma—. Podría haberme matado sin despeinarse, pero no quería que le odiara todavía más por eso. No volvimos a vernos después de aquel día... no hasta que se presentó a caballo en tu boda.

—¡Oh, pobrecito! ¡Qué experiencia tan terrible tuvo que ser para ti! —Emma estiró el brazo sobre la mesa para darle unas palmaditas en la mano con una ternura que hizo que Jamie se pusiera tenso.

—Sí —reconoció Bon, haciendo un ademán con el cuchillo—. El pobre muchacho tiene suerte de seguir con vida.

—Me rompió dos costillas y la nariz —repitió Jamie. Pero nadie parecía hacerle caso. Estaban demasiado ocupados cloqueando y solidarizándose con la atroz experiencia del pobre Ian—. Ahora que todos hemos sufrido con esa conmovedora historia, tal vez alguno de vosotros quiera decirme qué diantres pasa aquí.

Bon e Ian mostraron un renovado interés en sus bollos, pero Emma se levantó y rodeó la mesa para mirar a Jamie a la cara.

—Estamos tramando mi venganza contra Hepburn.

—¿Tu venganza?

—Sí, mi venganza. —Alzó la barbilla, tan desafiante y magnífica como la primera vez que le hizo frente—. ¿Crees que los Sinclair tenéis alguna especie de monopolio sobre la venganza? Fue a mí a quien intentó matar esta vez, no a ti. ¿Qué derecho tienes a negarme la satisfacción de ver a ese viejo arrugado y odioso arrastrándose a mis pies?

—Ya te dije que yo me ocuparía de Hepburn.

—No necesito que te ocupes de Hepburn. O de mí, para el caso. —Se acercó incluso más a él, tanto que el escocés pudo oler la fragancia de su piel. Podía recordar cada matiz de lo que se sentía al pasar los dedos por esa piel—. Nunca he luchado por algo en mi vida. ¿No crees que ya es hora de que empiece?

Algo en la expresión de Emma le advirtió de que hablaba de algo más que derrotar a Hepburn. Y que podría ser una oponente más formidable de lo que había previsto.

Jamie desplazó la mirada a Ian.

—¿Y se supone que tengo que creer que estás dispuesto a unirte a nosotros? ¿A los enemigos jurados de tu familia?

Ian se puso en pie con una sonrisa burlona en los labios.

—¿Y por qué no? Es obvio que entre mi tío y yo no existe cariño, no supondrá ninguna pérdida. Ni siquiera le preocupaba que yo sobreviviera o no en la emboscada. Y aparte, a no ser que lo hayas olvidado, tú eres familiar mío.

—Y si él es familiar tuyo —dijo Bon, levantándose para dar una palmada a Ian en la espalda—, ¡también lo es mío!

Jamie estudió a Emma con ojos entrecerrados, permitiendo que la curiosidad anulara su cautela.

—Dime, entonces, muchacha, ¿cómo tienes pensado doblegar al conde? ¿Y hacer que se arrepienta del día que se cruzó con la señorita Emmaline Marlowe?

Ella intercambió una mirada con los otros dos hombres antes de dedicarle una sonrisa luminosa.

—¿Cómo va a ser? Voy a casarme con él.

Capítulo 30

*S*ilas Docket ni siquiera rechistó cuando la mano huesuda de su señor abofeteó su cara, dejando una viva marca en la mejilla picada de viruela. Le pagaban demasiado bien como para protestar por un pequeño abuso. Ser lacayo del conde era mucho mejor que recoger cadáveres de la apestosa mugre del Támesis durante interminables horas, con la esperanza poco probable de encontrar un diente de oro o un anillo de sello con un emblema.

—¡Serás necio! —escupió el conde—. ¿Cómo te atreves a presentarte aquí para decirme que no has logrado encontrar a mi novia? ¡No puede haberse esfumado!

—Sus hombres y yo hemos pasado la última semana peinando cada rincón de la montaña en la zona de la cañada, milord. No hay rastro de su novia. Ni de su sobrino.

El conde hizo una ademán desdeñoso con la mano.

—No me preocupa ese estúpido sobrino mío. Tendría que haber sabido que ese idiota desafortunado ni siquiera tendría el sentido común de ponerse a cubierto cuando se iniciara el fuego. Si los hombres de Sinclair le capturaron o le metieron una bala en su pellejo inservible, era lo que se merecía, así de sencillo. Es la chica a quien necesito. ¡Tengo que recuperar a la chica!

Dockett sacudió su cabeza peluda, mientras sostenía el sombrero en sus manos.

—Ya le digo, señor, la vi caer. Soy un tirador de primera. Era imposible fallar desde esa distancia y no había forma de que ella sobreviviera. Se lo puedo asegurar.

—Entonces no debes parar hasta encontrarla. Quiero que lleves a los hombres otra vez ahí sin más demora para seguir buscando. —El conde agarró al hombre, mucho más grande que él, por las solapas de su abrigo de lana barata y lo sacudió, con las babas saltando de sus labios—. Si quiero conseguir que los casacas rojas vayan a por la cabeza de Jamie Sinclair, y librarme de él y de su clan para siempre, necesito un cadáver.

—¡Milord! ¿Es usted quien habla al otro lado de la fuente?

El conde dio un respingo cuando la voz de la señora Marlowe llegó a sus oídos. La señora Marlowe y las hijas que permanecían junto a ella habían pasado la mayor parte de la semana anterior llorando y sonándose la nariz contra sus pañuelos con tal violencia que uno juraría que un bandada de gansos tísicos había invadido el castillo.

Había elegido este rincón escondido del jardín para reunirse con Dockett, con la esperanza de eludir a la omnipresente familia Marlowe. Pero por lo visto ya no quedaba ningún rincón en el castillo libre de su espantosa interferencia. Esperaba con ansia el día en que pudieran recuperar el cadáver de su hija y largarse, para no volver a llamar jamás a su puerta.

Desde que la familia había recibido noticias de que Sinclair les había engañado a todos ellos —disparando a Emma, capturando a Ian y quedándose con el rescate— no habían parado de revolotear por el castillo como una bandada de buitres. Era imposible que supieran que había sido su guardabosque quien había tiroteado a Emma y que tanto la carreta como el oro estaban escondidos bajo una bala de heno en los establos.

A medida que pasaban los días sin rastro del cuerpo de Emma, les había animado con amabilidad a regresar a Inglaterra con la promesa de avisarles en cuanto hubiera noticias. Pero se habían negado a marcharse, insistiendo en que les era imposible abandonar a su hija mientras quedara alguna esperanza de que siguiera con vida.

Cuando el conde se volvió y se encontró con toda la familia acercándose, poco faltó para que no se agachara tras las espaldas gigantescas de Dockett y ordenara al hombre disparar contra todos.

El señor Marlowe venía al frente del desaliñado desfile con su esposa colgada del brazo. Las hijas iban detrás, con sombrillas para proteger sus cutis pecosos de la amenaza del sol de la tarde. Con toda certeza no estaban más atractivas con las narices y ojos enrojecidos por el lloro incesante.

El conde fue a interceptarles sobre el suelo de losas, forzando lo que esperaba que fuera una sonrisa comprensiva en sus labios.

—Confío en que me perdonarán por ser un anfitrión tan horrible. A menudo me gusta dar un paseo por el jardín cuando el día comienza a apagarse. Encuentro la soledad un bálsamo para mi corazón angustiado.

Todos pestañearon sin reaccionar ni dar muestras de entender la insinuación.

El señor Marlowe se aclaró la garganta con cierta incomodidad. El conde le estudió, preguntándose si la vista nublada que había padecido en los últimos meses estaba empeorando. Por impensable que fuera, casi juraría que el hombre estaba... sobrio.

—Mi esposa y yo hemos estado discutiendo la situación presente. Nunca nos atreveríamos a poner en cuestión su experiencia o refutar su opinión en estos asuntos, pero creemos que podría haber llegado el momento de llamar a las autoridades pertinentes para pedir su colaboración en la búsqueda de Emmaline.

El conde sintió que su sonrisa se desdibujaba. Cuando un inglés empleaba el término *pertinente* sólo podía significar una cosa: otro inglés.

—Puedo asegurarle que es mi intención contactar con las autoridades pertinentes, pero me temo que es un poco prematuro buscar su intervención. Por lo habitual se muestran reacios a implicarse hasta el momento en que pueden llevar ante la justicia al supuesto culpable.

—Pero tal vez aportaran los recursos para permitirnos encontrar a nuestra querida Emma —apuntó con timidez la madre de la joven—. Aparte del testimonio de sus hombres, no tenemos pruebas de que su herida fuera mortal. Podría seguir con vida y estar esperando en cualquier lugar a que vayamos a rescatarla.

El conde cogió con amabilidad las manos enguantadas de la mujer para darle unas palmaditas.

—Mi querida señora Marlowe. Ojalá pudiera compartir su confianza, pero creo que sería cruel dejarle sustentar una perspectiva tan improbable. Mi propio guardabosque, el señor Dockett aquí presente, vio a su hija caer después de que ese miserable de Sinclair abriera fuego contra ella. Si no fuera por la confusión reinante, habría sido capaz de retirar su cuerpo antes de que se lo llevaran esos rufianes. Puedo asegurarle que mis hombres seguirán buscando hasta que lo encuentren... la encuentren.

Tras intercambiar una mirada con su esposa, Marlowe enderezó los hombros con decisión.

—Aunque apreciamos los esfuerzos de sus hombres, milord, me temo que ya no nos satisfacen. Tengo que insistir inevitablemente en notificar a las autoridades.

—Por suerte, eso no va a hacer falta.

Cuando sonó esa voz dulce y melosa, todos se volvieron al unísono para descubrir a Ian de pie debajo del arco recargado de volutas del enrejado de hierro que separaba el jardín del camposanto. Pese a la contusión amarillenta que exhibía en uno de los pómulos o el cabestrillo del brazo izquierdo, parecía erguirse aún más alto y más recto que cuando se había marchado.

Al conde se le escapó un jadeo entrecortado cuando Emmaline Marlowe apareció al lado de su sobrino.

Una sonrisa deslumbrante iluminaba el rostro de la joven mientras se arrojaba volando hacia él. Le echó los brazos al cuello y casi lo derriba al suelo.

—¡Querido! ¡He vuelto a tu lado, por fin en casa!

Capítulo 31

*E*mma notó que la forma menuda del conde se tambaleaba debajo de su abrazo excesivamente entusiasta.

—Oh, querido mío —canturreó, disimulando un escalofrío cuando se inclinó para pegar su mejilla a la cara seca y apergaminada del noble—. ¡Qué dicha volver a tus brazos! No puedes imaginar mi angustia sólo de pensar que no volvería a verte.

Durante varios momentos de silencio incómodo, Hepburn permaneció paralizado en su abrazo como un cadáver momificado, hasta que por fin alzó una mano huesuda para darle una débil palmadita en la espalda.

—Calma, calma, querida. Justo estaba explicando a tu familia que era demasiado pronto para renunciar a las esperanzas de que estuvieras con vida y regresaras.

—¡Mi niñita! —sollozó su madre, adelantándose para arrebatar a Emma de los brazos del conde.

Pese a que su hombro, casi curado, palpitó con una brusca protesta, Emma cambió gustosa el abrazo del conde por el de su madre. Cuando se sintió envuelta por la fragancia familiar a polvos de arroz y agua de lavanda, unas lágrimas sinceras saltaron a sus ojos. Se sentía otra vez una niña pequeña. Su madre no podía saber que ahora era una mujer. Jamie Sinclair se había ocupado de eso.

La madre la sostuvo a unos centímetros para estudiarla con ojos aún llenos de lágrimas.

—¡Caramba, mira tu pobre pelo! Parece que lo tengas más rebelde de lo habitual. ¿No tenías una sombrilla para proteger el cutis de los elementos? ¿No? Bien, ya me parecía. Tienes más pecas que un huevo marrón recién salido del gallinero. Tendremos que mandar de inmediato a uno de los criados del conde al pueblo para que compre otro tarro de Gowland's Lotion. Y creo que estás aún más esquelética que antes. Ningún hombre va a desearte si no echas unos kilos.

Emma tuvo que contener una sonrisa secreta mientras recordaba a Jamie tomando la blandura de sus senos como si fueran los tesoros más exquisitos que le habían permitido tocar jamás.

Mientras la mirada de su madre volvía a examinar su rostro, su carnoso labio inferior empezó de nuevo a temblar:

—¡Oh, mi preciosa niña! —gritó, con lágrimas saltando otra vez a sus ojos—. ¡Eres lo más precioso que he visto en la vida!

Cuando volvió a coger a su hija en sus brazos, Emma se percató de que alguien más le acariciaba el pelo con cariño. Abrió los ojos y encontró a su papá a su lado. Aunque su rostro delataba con claridad los estragos del abuso reciente de la bebida, tenía la mirada clara y el pulso firme.

—Hola, cielo —dijo dedicándole una sonrisa tímida—. Nos alegramos de tu vuelta.

Luego, el caos fue completo durante varios minutos cuando las hermanas restantes se echaron sobre ellos, parloteando como una bandada de cotorras.

—¿Y cómo era estar prisionera de un villano tan ruin? —preguntó Edwina.

—¿Te maniató e insistió en abusar de ti? —preguntó Elberta, sin hacer caso del aspaviento escandalizado de su madre.

—¿Repetidamente? —añadió Ernestina esperanzada.

—La verdad, este tal Sinclair apenas me hizo caso —mintió Emma, abrumada por los recuerdos: Jamie besándola por primera vez en aquel barranco a la luz de la luna; Jamie llevándola por la nieve hasta la casita de Muria, con los copos deslumbrantes como polvo de diamante en sus pestañas; Jamie arrodillándose desnudo ante ella, incapaz de ocultar más su ansia desesperada—. Cada vez que me miraba, seguro que sólo veía una bolsa voluminosa llena del oro, que confiaba en ganar vendiéndome al conde otra vez.

Las tres muchachas se mostraron alicaídas y desconsoladas.

—¿Te amenazó al menos con forzarte si te atrevías a desafiarle? —aventuró Elberta.

Emma suspiró.

—Me temo que no. Pasé la mayor parte del encierro atada a un árbol, observando a Sinclair y a esos salvajes que cabalgan con él beber whisky a grandes tragos, y hacer bromas procaces a costa de mi pobre novio.

El conde apretó la dentadura de porcelana.

—Hemos enfermado de preocupación, niñita —confesó su padre—. La semana pasada los hombres del conde regresaron con noticias de que te habían disparado cuando hacían entrega del rescate. Ha tenido a sus hombres peinando la ladera de la montaña desde entonces. ¿Cómo lograste escapar?

El conde tragó saliva, parecía a punto de ponerse enfermo.

—Sí, seguro que a todos nos encantaría oír cómo conseguiste escabullirte de las zarpas de esos sinvergüenzas.

—¡Oh, se lo debo todo a su valeroso sobrino, aquí presente! —Emma estiró el brazo para enlazarlo al de Ian y atraerlo a su pequeño y alegre círculo—. Fueron sus increíbles reflejos y su rápido pensamiento los que me salvaron.

Ernestina se apropió del otro brazo de Ian, mirándole pestañeante como un conejo adorador.

—No me sorprende lo más mínimo. Desde la primera vez que nos vimos, pude adivinar la naturaleza heroica del señor Hepburn.

—Es demasiado considerada conmigo —dijo Ian entre dientes. Intentó retirar el brazo, pero Ernestine tenía las uñas clavadas en él y se negaba a soltarlo.

—Las intenciones malvadas de Sinclair no fueron tan graves —dijo Emma—. Por suerte sólo me rozó el hombro.

El conde lanzó una mirada asesina a la mole que tenía tras él con el sombrero en las manos, y profirió un sonido gutural que se parecía sospechosamente a un gruñido.

—Después de verme caer herida, Ian consiguió llevarme en sus brazos a lugar seguro cuando los otros hombres abrieron fuego, y me mantuvo oculta hasta que pensó que era prudente iniciar el descenso de la montaña. —Emma dio un apretón de cariño a Ian en el brazo—. ¿Quién hubiera pensado que un caballero como este señor Hepburn tuviera tal don para la supervivencia en lugares remotos?

—No me canso de repetir que mi sobrino es un hombre con mucho talento —murmuró el conde, negándose a encontrar la mirada de Ian.

Emma, abandonando a Ian en las zarpas de Ernestine, regresó al lado del conde. Inclinó la cabeza hacia abajo para dedicarle una sonrisa radiante, haciendo hincapié en la discrepancia de alturas.

—Durante todo el tiempo que ha durado mi pequeña aventura sólo podía pensar en regresar a tu lado para poder ocupar el lugar que me corresponde como tu esposa.

—Tal vez debamos retrasar nuestros esponsales hasta que estés recuperada del todo, querida mía. Creo que un examen a fondo con un médico sería lo más conveniente para valorar bien el alcance de tus lesiones.

Pese al calor de la sonrisa del novio, la luz fría en sus ojos delató el hecho de que se refería a algo más que su hombro.

—Oh, no será necesario —replicó ella alegre—. Sólo ha sido un rasguño. Mañana por la mañana no habrá nada, ni nadie, que impida que nos encontremos ante el altar para pronunciar nuestros votos.

El conde cogió una de las manos de Emma y se la llevó a sus labios gélidos.

—Bienvenida a casa, querida mía —dijo con frialdad mientras le dedicaba una inclinación formal—. Estaré deseando que llegue el momento de nuestra boda con gran ilusión.

Igual que yo, milord —respondió Emma, y se cogió las faldas para hundirse en una profunda reverencia—. Igual que yo.

Ian se encontraba acomodado en un sofá de cuero ante el fuego del salón aquella noche, disfrutando de un puro muy necesitado y una copa de brandy, cuando un lacayo apareció en la puerta.

—El conde desea verle, señor.

Ian suspiró, casi deseando estar de vuelta en la celda humilde de Jamie. Al menos no tenía que fingir que era libre pese a estar maniatado por cadenas invisibles. Apagó el puro, luego vació de un trago la copa antes de seguir al lacayo con librea al estudio de su tío.

Por una vez, su tío no estaba de pie ante la ventana monumental de la pared norte, la que daba a la montaña. En vez de ello, estaba sentado, encorvado sobre su escritorio con el aspecto de una vieja araña, larga y flaca, bajo la luz vacilante del fuego de la chimenea. Ahora que ya no corría peligro de ser atrapado en la tela de araña del viejo, Ian se sintió invadido por una calma peculiar.

Mientras el sirviente cerraba la puerta tras él, dejándolos a solas, su tío hizo un ademán con la cabeza para indicar la silla colocada en el extremo más alejado.

—Siéntate, siéntate —ladró con impaciencia—. No tengo toda la noche.

Tentado de hacer un comentario para mostrarse de acuerdo en que, en efecto, a su tío le quedaba cada vez menos tiempo, Ian cruzó la mullida alfombra Aubusson y se instaló en la silla, apoyando una reluciente bota Hessian en la rodilla contraria.

Como era habitual, el conde no malgastó tiempo ni aliento en cumplidos.

—Odio tener que pedirte un favor.

Ian inclinó una ceja lleno de sorpresa. En todos los años en que este hombre había sido su guardián, no recordaba que le hubiera pedido nada... aparte de apartarse de su camino para que pudiera olvidar su existencia durante periodos prolongados.

—¿Qué puedo hacer yo por usted, milord?

—Te lo habría pedido antes, pero tenía la esperanza de que la situación pudiera resolverse por sí sola. Sobre todo después de haber surgido una nueva oportunidad. Pero, ay, debido a la flagrante incompetencia de casi todos quienes me rodean, ese golpe de buena fortuna se ha desaprovechado.

Sólo su tío lograba sonar convincente por completo al referirse al intento de asesinato de su propia novia como un «golpe de buena fortuna».

El conde cogió un abrecartas con mango de marfil del cartapacio situado sobre el escritorio y le dio vueltas en las manos, estudiando la hoja de plata. De hecho parecía buscar las palabras con esfuerzo:

—Me apena confesar que la edad viene acompañada de ciertos... achaques. Uno ya no es del todo el hombre que era.

Ian se inclinó hacia delante en la silla, fascinado en contra de su voluntad. Nunca había visto a su tío admitiendo cualquier deficiencia de salud o carácter.

—Cómo tal vez habrás observado, hay una leve diferencia de edad entre mi novia y yo.

—No se me había escapado del todo —contestó Ian con sequedad.

—Mientras ella es joven y fértil, me temo que la edad me ha arrebatado la habilidad de darle un heredero, por no decir el deseo. Aquí es donde tú intervienes. —Se aclaró la garganta, con una vacilación que delataba cuánto le costaba hacer confidencias a Ian en un tema tan sensible—. Confiaba en que serías tan amable de hacer una visita al dormitorio de mi novia en nuestra noche de bodas. Y después de eso cada noche hasta garantizar que la sangre Hepburn corra por las venas de mi heredero.

Ian notó que su propia sangre se congelaba.

—Permítame que me asegure de que entiendo bien. Después de convertir mañana a la señorita Marlowe en su esposa, quiere que visite su cama cada noche hasta estar bien seguro de que la he fecundado?

Los orificios nasales de su tío se abrieron con desaprobación.

—No hace falta ser tan crudo. Estamos entre caballeros. Pero, sí, eso es con exactitud lo que te pido. La señorita Marlowe parece haber desarrollado cierto afecto inexplicable por ti. Estoy seguro de que no pondrá reparos con excesivo vigor. —Su tío se encogió de hombros—. Peor si lo hace, siempre hay maneras de garantizar su cooperación. Puedo dar instrucciones a uno de los mayordomos más discretos para que te ayude. O siempre estará el láudano para aturdirla y crearle confusión.

—Sí, el láudano es suficiente, estoy convencido de que podría tomarme fácilmente por usted.

Haciendo oídos sordos a su sarcasmo, el conde soltó una risita.

—Es una chica bonita, por no decir hermosa de verdad. Estoy seguro de que tus obligaciones no te resultarán demasiado difíciles. Por supuesto una vez haya logrado mi objetivo de que ella traiga al mundo un mocoso Hepburn, tal vez me vea obligado a requerir tus servicios una vez más. A mi edad, sería mi deber tener un heredero y también un reemplazo, es cierto.

Ian volvió a acomodarse en la silla, mudo de asombro ante la profundidad de la depravación de su tío. Este hombre no era una araña, era un monstruo dispuesto a permitir que su sobrino violara de forma sistemática a su esposa sólo para asegurarse de que nadie pusiera en cuestión su virilidad o el linaje de su heredero.

—No heredarás, por supuesto, pero te recompensaré con generosidad por tu servicio así como por tu discreción. Estoy pensando que esa propiedad justo en las afueras de Edimburgo podría ser de tu gusto. Si añado una renta anual sustancial, podrías establecerte, encontrar una esposa adecuada, y tal vez engendrar unos mocosos.

Ian estaba convencido de que en cuanto Emma proporcionara un heredero y un substituto a su tío, sería igual de prescindible. Pero no le ofrecería una renta anual y una propiedad en las afueras de Edimburgo. Probablemente le ofrecería una sobredosis de láudano y un lecho frío de piedra en el camposanto de la abadía, al lado de sus anteriores esposas.

Si Jamie hubiera estado presente para oír la espeluznante propuesta, el conde estaría sentado ahora tras su escritorio con el abrecartas clavado en su garganta esquelética.

Hepburn le miró con el ceño fruncido.

—¿A qué viene esa sonrisa, muchacho?

—Estaba pensando sólo en que ésta podría ser una de las obligaciones más agradables que me han pedido realizar.

El conde asintió para expresar su aprobación.

—Sabía que podría contar contigo. Pese a nuestras diferencias, a menudo sospecho que estás cortado con el mismo patrón que tu querido y viejo tío.

Ian se levantó y le dedicó una inclinación elegante.

—Como siempre, milord, soy su humilde servidor.

Mientras se alejaba del despacho y se encaminaba tranquilamente al salón para acabar el puro y servirse otra copa de brandy, Ian siguió sonriendo.

Emma se hallaba ante la ventana del elegante dormitorio que el conde le había proporcionado, orientado al norte. La montaña era una sombra poderosa recortada contra el cielo nocturno, coronado por un deslumbrante cuarto de luna y una rociada de estrellas. Notó una opresión innegable en el corazón, igual que notaba la presencia de Jamie.

Aunque él y sus hombres se habían visto obligados a separarse de ella y de Ian antes de llegar a los límites de las tierras del conde, sabía que estaba ahí en algún sitio. Vigilándola. Cuidando de ella.

Si todo salía como él pretendía, Emma regresaría a Lancashire con su familia en cuanto acabaran con Hepburn. Estaba decidido a no cometer los mismos errores que sus padres. Para él, la recompensa del amor nunca merecería tanto riesgo. No si arriesgarlo todo podía significar acabar con nada.

Cuando su grupo se había alejado a caballo de la torre del homenaje de su abuelo, el anciano les había observado marchar desde el balcón, con los amplios hombros implacables y su leal lebrel de pie a su lado. Ramsey Sinclair debía de saber que era la última vez que veía a su nieto. Y aunque Jamie debía de saber que su abuelo estaba ahí, no volvió la mirada atrás, ni una sola vez. Emma se preguntó si la expulsaría a ella de su corazón también con la misma precisión devastadora.

Durante un breve instante, tocó con las puntas de los dedos el vidrio frío de la ventana, como si fuera la mejilla de un amante. Sin otro recurso que buscar el consuelo solitario de su cama, fue a apartarse del ventanal, pero soltó un resuello consternado cuando el reflejo del hombre que estaba tras ella quedó enfocado con claridad.

Capítulo 32

*E*mma se giró en redondo, llevándose una mano a la boca.

Jamie se hallaba delante de la chimenea de mármol, vestido por completo de negro y enmarcado por la luz del fuego.

—¿Qué haces aquí? —susurró mientras el corazón le daba un vuelco de alegría—. ¿Cómo has entrado?

—Si un Sinclair sabe escaparse de un castillo —dijo con solemnidad— también sabe entrar.

—El túnel de las mazmorras —dijo ella en voz baja.

—Sí. —Le puso un dedo en los labios—. Es un secreto transmitido de generación en generación entre los Sinclair, por si uno de nosotros quiere introducirse en el castillo en medio de la noche para robar un libro valioso, cortar algunos cuellos... o violar a alguna preciosa muchacha Hepburn.

Sus palabras provocaron un delicioso escalofrío de expectación en ella. Alzó la barbilla y le dedicó una mirada imperiosa:

—Casi te demoras demasiado, me caso mañana, por si no lo sabes.

—Con un viejo verde arrugado. —Cruzó la habitación hasta llegar a su lado y estiró el brazo para enrollarse uno de sus rizos sueltos en el dedo, como si no pudiera resistir más la tentación de tocarla—. Otro motivo para que tal vez quieras una noche con un hombre de verdad en la cama.

—¿Estás ofreciendo tus servicios?

—Así es. Pero me temo que sólo soy un muchacho de las Highlands sin un penique. No puedo regalarte piedras preciosas, ni pieles, ni oro. Tampoco un castillo.

—¿Entonces qué tienes para mí?

—Esto —susurró mientras bajaba los labios a su boca para un beso largo, prolongado—. Y esto. —La rodeó con los brazos y la estrechó, dejando que sintiera cada centímetro de su ansia extraordinaria pegado a la blandura de su vientre.

Emma le rodeó el cuello con los brazos y se fundió en su beso y en su abrazo.

Jamie podía afirmar que no quería seguir el mismo camino que sus padres, no obstante lo estaba arriesgando todo, incluida su vida, por venir a verla. Y aunque su visita pudiera desbaratar todos sus planes, y salirles muy caro, ella no tenía corazón —o voluntad— para echarle.

Sin separarse del tierno vínculo forjado por sus bocas, Jamie la cogió en sus brazos y la llevó a la cama, con cuidado aún de proteger su hombro herido. Cuando la dejó sobre el lecho debajo de él, sus rizos se derramaron sobre el cubrecamas de satén como un río de cobre.

Nunca se había sentido más hermosa, ni se había sentido como una novia, como en este preciso instante. Comprendía cómo debía de sentirse la madre de Jamie cuando se había encontrado por primera vez con su padre en aquel bosque apartado; comprendía lo que les había llevado a escapar, dejando atrás todo lo que querían, para poder abrazar un amor tan fuerte e imperecedero que había dado como resultado al hombre que ahora la contemplaba a la luz del fuego, con los ojos ensombrecidos por un deseo tan desesperado que estaba dispuesto a poner en juego su vida —por no decir su corazón— con tal de satisfacerlo y hacerla feliz.

Le pasó los dedos por la espesa melena azabache y atrajo su exquisita boca otra vez hasta sus labios, invitándole a satisfacer ese deseo, invitándole a satisfacerla.

Jamie no perdió el tiempo en aceptar la invitación. El camisón pareció disolverse bajo las ingeniosas maquinaciones de sus dedos, consumiéndose en el aire y dejándola desnuda debajo de él. Se compadeció de los esfuerzos torpes de ella por librarle de sus prendas, y se desnudó con habilidad entre caricias seductoras y besos profundos y embriagadores. Pronto sus cuerpos estuvieron tensándose con tantas ganas como sus bocas en pos del momento en que pudieran unirse como un solo ser.

Pero justo cuando Emma pensaba que había llegado ese momento, él se deslizó hacia su cintura, recortado contra la luz del fuego. Sus manos grandes le separaron los muslos con delicadeza y dejaron al descubierto su núcleo ante esos ojos suyos tan hambrientos. Dominada por una oleada repentina de timidez, intentó escurrirse, pero él se negó a dejarla escapar, empleando su fuerza superior para sujetarla con firmeza y dejándola sin escapatoria.

Luego inclinó la cabeza y la tocó con la punta de la lengua, igual que había tocado su pezón aquella noche en las ruinas de la abadía.

Si aquello había sido dicha, esto era indescriptible, un placer que superaba cualquier cosa soñada o imaginada. Agarró la ropa de cama con los puños cerrados, buscando con desesperación algo a lo que sujetarse en un mundo que hacía equilibrios de forma insetable sobre su eje. No tardó en menearse bajo el tierno azote de su lengua, con el nombre de Jamie convertido en una letanía interminable en sus labios.

Él supo que Emma iba a correrse sin tener tiempo de percatarse. Se levantó y le cubrió la boca con la mano, amortiguando ese grito de éxtasis antes de que despertara a todo el castillo. Luego volvía a tener la boca en ella de nuevo, obligándola a catar el sabor embriagador de su propio placer mientras se situaba para penetrarla con una ferocidad tan tierna que la dejó casi sin aliento.

Parecía decidido a demostrar que ningún otro amante joven y fornido podría competir por su corazón con la misma experiencia o resistencia. Era como si intentara ofrecerle una vida de amor en una sola noche, como si su cuerpo hubiera sido creado para un único propósito y nada más que uno: darle placer a ella.

Se puso encima, se escabulló tras ella como un ladrón en medio de la noche y tras un largo rato se colocó debajo mientras Emma se montaba a horcajadas sobre él, y las caderas poderosas de Jamie se balanceaban con un rimo más irresistible e hipnótico que la marea que subía hasta la orilla. Justo cuando la marea estaba a punto de arrastrarla a un mar de dicha indefinible, Jamie volvió a embestir para llevársela con él.

Emma no podía hacer otra cosa que aferrarse indefensa a sus hombros mientras la dominaba con penetraciones largas y profundas, volvía a hacerla suya una y otra vez, hasta que supo que por mucho que viajara por el mundo —en el espacio y en el tiempo—, siempre le pertenecería a él. Para entonces estaba tan sensible a su contacto que sólo hacía falta un mero roce de sus dedos para que ella experimentara otro espasmo de éxtasis.

El cuerpo poderoso de Jamie empezó a estremecerse. Emma pensaba que iba a retirarse y a privarle de aquello, pero entonces embistió más hondo, apretando los dientes para contener un gemido entrecortado. Mientras vertía su semen en la misma entrada de su vagina, ella se separó de la cama en el paroxismo del arrebato, con sus músculos secretos apretando y aflojando como si estuvieran decididos a exprimir hasta la última gota de placer del cuerpo magnífico de Jamie.

Mientras esos últimos temblores de dicha embelesaban su carne saciada, Emma se desmoronó sobre el colchón de plumas, acuciada por una languidez tan oscura y profunda que no sabía si alguna vez encontraría las fuerzas para salir de ahí.

—Oh, Jamie —susurró sin abrir los ojos—. Sabía que volverías conmigo.

—Shh —murmuró él rozando sus labios con una ternura posesiva que provocó en Emma ganas de llorar—. Duerme, ángel. Sueña.

Cuando volvió a abrir los ojos, él se había ido.

Emma, percatándose de que debía de haberse quedado dormida, se incorporó sobre los codos y se apartó el pelo de los ojos. No había señales de la visita de Jamie. A no ser por el aroma almizcleño que desprendía la ropa de cama y la ternura placentera entre sus muslos, podría haberse preguntado si lo habría soñado todo.

Echándose de nuevo sobre el colchón, se apartó un rizo errante de los ojos y miró con gesto desafiante el techo de medallones. Por lo visto, Jamie Sinclair no se había enterado todavía de que sus días de ladrón y asaltante habían terminado. No podía seguir introduciéndose en el dormitorio de una mujer para aprovecharse de su cuerpo —y robarle el corazón— sin pagar un precio muy alto.

Volvió el rostro a la ventana y a la noche tras ella, mirando hacia el norte, hasta que la luna se hundió tras la montaña y la víspera de su boda se convirtió en el día de su casamiento.

Emma estaba sentada ante el tocador de su alcoba a la mañana siguiente, estudiando el reflejo sereno de la mujer en el espejo ovalado, cuando llamaron a la puerta. Ya había despedido a un grupo de doncellas cloqueantes de la habitación, pues necesitaba unos pocos minutos para serenarse antes de la boda.

—Adelante —contestó en voz alta, suponiendo que habían enviado a un mayordomo para decirle que su padre estaba abajo en el salón esperando para acompañarla a la abadía.

Pero cuando se abrió la puerta, fue su madre quien apareció en el reflejo del espejo. Con su cabello de pálidos tonos albaricoques, mejillas pecosas y amables ojos azules, Mariah Marlowe había sido en otro tiempo tan guapa como una acuarela de tonos pasteles. Pero el tiempo y las tensiones habían atenuado sus matices, dejándola en un mero bosquejo de sí misma. En los últimos tres años, durante los cuales el padre de Emma había recurrido a la botella cada vez con más frecuencia, en busca de alivio en vez de buscarla a ella, parecía que incluso esas líneas empezaban a desdibujarse.

No obstante, su sonrisa no había perdido su encanto en absoluto.

—Qué novia tan preciosa —dijo acercándose a besar a Emma en la mejilla antes de instalarse en el extremo de la cama.

—Gracias, mamá. —Emma se giró sobre la banqueta con brocados para mirarle de frente—. ¿Y cómo está papá esta mañana?

Pese a la pregunta formulada de forma despreocupada, ambos sabían qué preguntaba.

—Tu padre está bien. Estoy segura de que no te sorprenderá saber que ha pasado por un momento difícil después de que te secuestraran. Pero no ha probado una gota de alcohol desde que tuvimos noticias de que podríamos haberte perdido para siempre.

—¿Por qué? ¿Se quedó sin licores el conde?

Emma medio esperaba que su madre se levantara de un brinco en defensa de su padre, pero se limitó a alisarse la falda para tener sus manos ocupadas.

—No he venido aquí esta mañana a hablar de tu padre, Emmaline. He venido a hablar de ti.

Emma suspiró y apoyó la barbilla en su mano, preparándose para la perorata habitual sobre las responsabilidades de ser la hija mayor y la importancia de la devoción en el deber, seguida del conocido comentario, para su tranquilidad, de que todos apreciaban el sacrificio que hacía por ellos.

—Mientras estabas ausente, se me ocurrió pensar que podrías haberte preguntado por qué yo estaba tan ansiosa por que aceptaras la propuesta del conde.

—En realidad, no. Siempre he sabido por qué. —Emma hizo un esfuerzo por mantener una nota de amargura en su voz—. Para que papá no acabe en el asilo de pobres y las chicas tengan la oportunidad de encontrar un marido decente.

—Eso es lo que tal vez te hice creer, pero en verdad, nunca quise que te casaras con el conde en beneficio nuestro sino tuyo.

Emma se enderezó sobre el taburete, frunciendo el ceño con confusión.

—¿Cómo puede ir en mi beneficio casarme con un hombre con años suficientes para ser mi bisabuelo?

—Me convencí de que su riqueza y poder de algún modo te protegerían de las adversidades en la vida. —Su madre se encogió de hombros—. Aparte, sabía que el hombre era un anciano. ¿Cuánto puede vivir?

A Emma se le escapó una risa de sorpresa. Nunca hubiera esperado que su madre repitiera las palabras exactas que corrían por su mente acelerada cuando se encontró ante el altar con el conde por primera vez.

—Por supuesto, tendrías que soportar el deber nada grato de ofrecer al hombre un heredero —admitió su madre con una mueca—, pero una vez el conde desapareciera, no tendrías que responder ante nadie. Serías dueña de tu propio destino.

—¿Nunca se te ocurrió pensar que podría desear casarme por otros motivos? —Emma cerró los ojos durante un breve instante, incapaz de mirar la cama donde su madre estaba sentada sin recordar el placer tremendo que Jamie y ella habían compartido tan sólo unas horas antes—. ¿Por amor tal vez?

Su madre la miró a los ojos con una mirada inflexible que Emma nunca había visto.

—No quería que cometieras el mismo error que yo. Me casé por amor, ya ves, pero acabé sin dinero ni amor, sólo lamentos. —Se levantó de la cama y anduvo inquieta hasta la ventana, donde permaneció en pie de espaldas a Emma, contemplando la sombra poderosa de la montaña—. Tu padre y yo hemos pasado la semana pasada sin saber si íbamos a asistir a tu boda o a tu funeral. Nos dio mucho tiempo para hablar. Los dos estamos de acuerdo en que no vamos a obligarte a casarte con el conde en contra de tu voluntad. Tu padre está en el piso inferior en este mismo momento, preparado del todo para ir a ver al conde y decirle que cancelamos la boda.

—Pero, ¿y qué hay del acuerdo prematrimonial? —susurró Emma, muda de asombro por las palabras de su madre—. Las dos sabemos que papá ya ha gastado una gran cantidad de esa dote en sus deudas de juego.

Su madre se volvió para mirarla a la cara, con las manos enlazadas al frente.

—Estamos preparados para devolver de inmediato al conde la cantidad que no hemos usado y encontrar una manera de pagar cada penique del resto. Aunque eso signifique vender la propiedad que ha pertenecido a mi familia desde hace doscientos años. Si fuera necesario, tus hermanas se han ofrecido voluntarias a prestar sus servicios a alguna de las familias más ricas de la parroquia, como acompañantes, tal vez, o incluso como institutrices.

Emma sabía que no convenía que se presentara a su boda con la nariz enrojecida, pero no pudo evitar que las lágrimas le saltaran a los ojos.

—¿Harían eso? ¿Por mí?

Su madre respondió con un gesto de asentimiento y se apresuró a regresar a su lado y arrodillarse. Alisó el pelo de Emma con mano temblorosa y ojos suplicantes.

—No es demasiado tarde, cielo. No tienes que pasar por esto.

Emma rodeó a su madre con los brazos y enterró el rostro en la curva del cuello, de fragancia tan dulce.

—Sí, mamá —susurró sonriendo entre las lágrimas—. Tengo que hacerlo.

Unos rayos dorados de luz del sol atravesaban las altas ventanas en arco de la abadía y traían con ellos la esperanza de mejores días venideros. Los incómodos bancos de madera estaban llenos casi a reventar de vecinos del conde y lugareños de la aldea próxima, todos reunidos de forma apresurada para celebrar el regreso sana y salva de la novia del señor de las tierras y festejar sus inminentes esponsales.

Muchos de ellos venían movidos por la curiosidad, ansiosos por ver cómo le había ido a la joven novia tras sobrevivir a una experiencia tan atroz. Se había especulado mucho —en algunos casos de forma bastante morbosa— sobre las diversas humillaciones que podría haber sufrido a manos de una banda tan despiadada de rufianes. Se había rumoreado incluso que el conde debía de ser más noble y desinteresado de lo que se pensaba para seguir deseando casarse con la muchacha después de haber pasado incluso una noche en compañía de un forajido tan joven y fornido como Jamie Sinclair.

Mientras la novia ocupaba su lugar ante el altar, los cuchicheos aumentaron hasta crear un murmullo constante. Los que se encontraban en la parte posterior de la abadía estiraban el cuello para verla mejor.

Guardaba poco parecido con la criatura aterrorizada que habían sacado de la abadía a lomos del caballo de Jamie Sinclair. Mantenía los hombros erguidos y la cabeza alta, sin dejar entrever ningún indicio de vergüenza o bochorno por lo que podía haber soportado a manos de los secuestradores. Ya no tenía la piel pálida como el alabastro sino que estaba sonrosada, con un brillo saludable. Unos pocos mechones cobrizos habían quedado sueltos del elegante moño y enmarcaban las mejillas pecosas y la nuca despejada con delicadeza. Había una plenitud madura en sus labios y un brillo seductor en su mirada que hizo que más de una esposa en la abadía diera un codazo al marido para que dejara de abrir la boca.

Muy consciente de las miradas que atraía, incluida la de su familia sentada en el primer banco, Emma sostenía el ramo de cedro seco ante ella, pero sus manos ya no temblaban sino que estaban tan firmes como cuando había sostenido en otra ocasión la pistola de Jamie.

Puesto que su vestido de novia había quedado destruido durante el secuestro, el conde le había ofrecido con gran generosidad tomar prestado uno de los vestidos apolillados, y deplorablemente anticuados, utilizados por su segunda o tercera esposa, pero ella había optado por ponerse uno de sus propios trajes: un sencillo vestido de paseo de una muselina india blanca como la nieve, con cinturilla alta y puños de encaje.

El novio apareció en la parte posterior de la iglesia, ataviado una vez más con la falda ceremonial y la banda del jefe del clan Hepburn. Emma entrecerró los ojos. Si el complot del conde hubiera funcionado, ella no llevaría ahora un traje de novia en esta preciosa mañana de primavera, sino una mortaja.

El viejo conde andaba con tal vigor mientras marchaba por el pasillo que a Emma le pareció sorprendente que sus rodillas huesudas no hicieran ruido al chocar. Incluso se dignó a guiñar un ojo a su sobrino mientras pasaba junto al banco de la familia. Ian Hepburn estiró un brazo sobre el respaldo del banco y devolvió el saludo a su tío con sonrisa enigmática.

Cuando el novio se situó junto a ella, el pastor abrió el libro litúrgico de la Iglesia de Escocia y se ajustó las lentes de montura de acero en la nariz con dedos temblorosos, era obvio que recordando la última vez que los tres se habían reunido ante el altar.

Justo cuando abría la boca para empezar la ceremonia, las puertas dobles de madera de la parte posterior de la abadía se abrieron de golpe con un potente estrépito. El corazón de Emma se aceleró mientras un hombre aparecía en el umbral y su silueta se recortaba contra la luz del sol, como un paladín de otra era.

Capítulo 33

Oh, diablos —masculló el pastor, quedándose lívido y presa del pánico—. Otra vez, no.

Esta vez ni siquiera esperó a que Jamie sacara la pistola. Se limitó a arrojar el libro litúrgico por los aires y tirarse al suelo detrás del altar.

Los invitados de Hepburn se replegaron en sus bancos, con ojos abiertos de aprensión y expectación. El padre de Emma medio se levantó de su asiento cuando Jamie avanzó por el pasillo a zancadas, pero su madre le puso una mano firme en el brazo, negando con la cabeza. Las hermanas de Emma no pudieron evitar acicalarse un poco mientras pasaba.

—¿Qué estás haciendo aquí, mocoso insolente? —exigió saber Hepburn, sacudiendo un puño huesudo en el aire. Empezó a apartarse de Emma, con una expresión esperanzada que desmentía su rabia—. ¿Has venido a concluir lo que iniciaste?

—Desde luego que sí, viejo —replicó Jamie.

—Supongo que no hay nada que yo pueda hacer para detenerte. —El conde soltó un resoplido de resignación—. No te quedarás satisfecho hasta asesinar a mi novia a sangre fía ante mis propios ojos.

Esos ojos se iluminaron aún un poco más cuando media docena de casacas rojas irrumpieron en la abadía tras Jamie.

—¿Y qué es esto? ¿Más invitados inesperados? —Lanzó a Jamie una sonrisa triunfal—. Estos buenos soldados de la Corona te habrán

305

seguido. Debería haber sabido que no permitirían que un bribón como tú eludiera siempre sus garras. —Mientras los soldados británicos seguían avanzando por el pasillo, el conde se dirigió al oficial que abría la marcha—. Supongo que han venido a pescar al autor de los disparos a mi novia, ¿es así, coronel Rogen? Un trabajo excelente, señores. Deténganle.

—Ya lo hemos hecho —contestó el oficial, con expresión adusta en su flaco rostro.

El conde soltó un resuello cuando los soldados se separaron y dejaron ver a un Silas Dockett malcarado. El guardabosques llevaba una manga de la casaca arrancada del hombro, y los brazos morenos sujetos con unos grilletes de hierro ante él. Una fea magulladura ensombrecía su mentón y tenía hinchado el labio inferior, que tenía el doble de tamaño.

—No entiendo —exclamó con voz ronca el conde—. ¿Qué significa esto?

El coronel Rogen dijo:

—Tenemos varios testigos que afirman que éste es el hombre que disparó a su novia.

—Como yo mismo —dijo Bon mientras entraba tambaleándose por el pasillo. Dedicó a Ernestine un guiño picaruelo al pasar junto al banco de los Marlowe, provocando una risita ahogada en la joven y los jadeos escandalizados de sus hermanas.

—Y yo —añadió Graeme, con una sonrisita especialmente complacida mientras seguía a Bon cojeando.

—Y nosotros —Angus y Malcolm dijeron al unísono a viva voz, abriéndose paso entre las filas de soldaros.

—¿Testigos? —escupió el conde, observándoles como si fueran escarabajos que acababan de salir de un pila de boñigas de ovejas—. Soy un par del reino y señor de estas tierras. Sin duda no esperaréis que crea que vais a aceptar la palabra de esta... esta... chusma de las Highlands en vez de la mía. ¡Carajo, son sólo un puñado de apestosos y endemoniados Sinclair!

—Tal vez el coronel Rogen no estuviera dispuesto a aceptar su palabra, tío, pero puedo asegurarle que ha aceptado la mía de muy buen grado. —Un jadeo colectivo se elevó de la multitud mientras Ian Hepburn se levantaba del banco y se ponía a andar con calma, dedicando una reverencia a Emma y a su tío una sonrisa perezosa—. Yo también estaba en la cañada el día en que dispararon a la señorita Marlowe, y ya he enviado una carta al coronel Rogen, aquí presente, para confirmar con absoluta certeza que el señor Dockett, a quien vemos aquí, fue el autor de los disparos.

—¡Hijo de la gran perra! —gritó Dockett tirando de las cadenas—. Me voy a comer tus cojones para desayunar, lo juro.

Graeme se fue cojeando hasta el hombre que le había propinado aquella a brutal paliza con tal entusiasmo. Tras soltarle un puñetazo, dijo:

—Mejor controlas esa atrevida lengua tuya, compadre, o alguien podría cortártela de cuajo. Antes de que te ahorquen.

Sin prestar atención al gruñido salvaje de Dockett, Ian continuó:

—Mi carta confirma también que el señor Dockett lleva unos cuantos años contratado por mi tío y que se limitaba a seguir sus órdenes el día en que casi deja sin vida a la señorita Marlowe.

—Detenedle —ordenó el coronel, indicando al conde con la cabeza.

El gentío observó paralizado de consternación a los dos soldados jóvenes que se apresuraban a obedecer la orden del coronel. Sin hacer caso de las incoherencias que farfullaba Hepburn, sostuvieron sus muñecas huesudas ante él y las sujetaron con grilletes.

Sus balbuceos se transformaron en un aullido de rabia. Emma observó sin la menor compasión mientras se lo llevaban del altar a empujones. Pero no habían tenido en cuenta lo esqueléticos que eran sus miembros. Mientras le arrastraban, a la altura de Jamie, soltó una muñeca de la manilla y cogió la pistola de la cinturilla de los pantalones.

Dándose media vuelta, apuntó el arma al corpiño blanco del vestido de Emma. En la abadía se hizo un silencio tenso. Los casacas rojas retrocedieron, era obvio que por simple temor a asustar al conde e incitarle a disparar.

—Zorra maliciosa y miserable —escupió, con la pistola vacilando en sus manos agarrotadas—. Estabas enterada de esta emboscada en todo momento, ¿verdad?

A pesar de que le apuntaban al corazón, por segunda vez en esta abadía, Emma sentía una calma peculiar.

—Por supuesto que lo sabía. Fui yo quien la planeó. Con un poco de ayuda de su sobrino. Y de su nieto.

El rostro de Hepburn pasó del color tomate al berenjena.

—¡Sólo porque la puta de su madre se llevara a la cama a mi hijo, no significa que ese miserable bastardo sea mi nieto! Debería haber sabido que tú no eras mejor que ella. No podías esperar a abrirte de piernas con el primer macarra cachondo que pasara, ¿eh que no?

El padre de Emma se puso en pie.

—¡Oiga usted, señor, ya es suficiente de ese lenguaje!

—Desde luego que sí —Jamie intervino entonces en voz baja, alcanzando la muñeca del conde desde detrás para retorcerla sin piedad.

Varios gritos reverberaron por las vigas cuando la pistola se disparó, haciendo añicos una de las ventanas. Mientras caía una lluvia de vidrios, Emma se agachó y se tapó la cabeza con las manos.

Cuando se enderezó, Jamie se hallaba en medio del pasillo con la pistola en la mano y una mirada asesina en los ojos. El conde retrocedía poco a poco para apartarse de él, sujetándose la muñeca herida.

—¿Qué estás haciendo? —gritó Emma.

Jamie alzó el arma, cerrando un ojo para ajustar la mira del largo y negro cañón sobre el pecho huesudo del conde.

—Lo que alguien tendría que haber hecho tiempo atrás.

—Pensaba que habías dicho que tu pistola sólo tenía una bala.

—Mentí —contestó Jamie echando hacia atrás el percutor con el pulgar.

Antes de que el dedo apretara el gatillo, ella gritó:

—¡Alto! Y le rodeó como una flecha para colocarse entre ambos hombres.

Jamie bajó de inmediato el arma.

—Hazte a un lado, Emma.

Sin hacer caso, ella sonrió con dulzura al conde.

—Hay una cosa que aún no le he dicho, milord.

—Emmaline —gruñó Jamie.

—Resulta que —explicó con alegría, mientras seguía avanzando sobre el conde— no había necesidad alguna de que se buscara esposa.

—¿De qué puñetas hablas ahora? —soltó Hepburn entre dientes.

Ella se acercó aún más, hipnotizada por la visión de la voluminosa vena púrpura que latía en su sien.

—Parece ser que siempre tuvo un heredero. Antes del nacimiento de Jamie, su hijo Gordon se casó con Lianna Sinclair ante un pastor legítimo de la iglesia presbiteriana. Tengo la página del registro matrimonial para demostrarlo. Nunca fue una fulana, entérese bien, viejo verde de corazón malvado. —El conde se quedó paralizado cuando Emma se inclinó para acercarse un poco más a su oído, aunque el susurro siseado fue audible en toda la abadía—. Era. Su. Esposa.

—¿Su esposa? —La frase se le atragantó, junto con su respiración, con un ruido en la garganta.

—Sal de en medio, cielo —ordenó Jamie.

Emma sostuvo un dedo en señal de súplica durante un momento más. Hepburn se llevó a la garganta una mano afilada, con los ojos legañosos desorbitados mientras buscaba aliento. Una delgada línea de babas goteaba por la comisura de su boca. Luego entornó los ojos y su cabeza se fue hacia atrás como una piedra, sobre el suelo de la abadía.

Mientras Emma se sacudía las manos, con una sonrisa de satisfacción en los labios, el resto de los presentes se acercaron un poco más a contemplar la forma inmóvil del conde.

Pero sólo Bon se atrevió a empujarle un poco con la punta de la bota.

—¿Qué te parece, Jamie? Creo que la moza acaba de ahorrarte las molestias de pegarle un tiro. Siempre dije que ni siquiera se merecía la pólvora con que volarle los sesos.

—Ni la cuerda con que colgarle —añadió con sequedad el coronel al tiempo que hacía una indicación a sus hombres para que sacaran de la abadía a Dockett y el cadáver del conde.

—Esperen sólo un minuto —dijo Ian mientras levantaban al conde. Quitó la banda a cuadros de los hombros de su tío sin ninguna ceremonia—. No creo que donde va le haga falta esto. He oído que allí hace bastante calor.

Cuando los casacas rojas desaparecieron con el cadáver de su tío, Ian colocó la tela escocesa sobre los hombros de Jamie como si fuera el manto de un rey conquistador.

—¡Felicidades, Sin! Los Sinclair sólo han necesitado cinco siglos para recuperar su castillo. Confío en que serás consciente, ahora que eres legalmente mi primo y nuevo conde de Hepburn, que mi intención es gorrearte sin piedad esa inmensa fortuna. De hecho, hay una pequeña propiedad en las afueras de Edimburgo que me ha llamado la atención recientemente... —su voz se apagó mientras escudriñaba el rostro de Jamie—. ¿Qué pasa? ¿Ya te estás enfurruñando por olvidarme de usar el «milord»?

Jamie estaba palpando la cálida lana roja y negra de la banda Hepburn como si nunca antes la hubiera visto. Levantó la cabeza despacio para recorrer los bancos con la mirada. Todos los ojos de esta abadía estaban fijos en él. Los invitados a la boda se esforzaban aún por asimilar las noticias asombrosas de que su nuevo señor no sólo era un Hepburn sino también un Sinclair.

Se giró en redondo para mirar a Emma, con pánico en sus ojos por primera vez.

—Puñetas, muchacha, ¿qué has hecho? ¡Te dije que no era esto lo que quería!

Emma aguantó firme, mirándole con la misma audacia con que había mirado a Hepburn.

—¿Qué es lo que quieres? ¿Pasar el resto de tu vida oculto en esa montaña? ¿Proteger tu corazón de todo riesgo, todo desvelo, hasta acabar viejo y solo como tu abuelo? —Sacudió la cabeza—. ¿No lo ves? No se trata de lo que tú quieres. Se trata de quién eres. Tus padres soñaron con poner fin a la disputa entre Hepburn y Sinclair, y lo consiguieron de una manera que ni habían osado imaginar. Crearon un vínculo entre los dos clanes que nunca iba a romperse. Y ese vínculo eres tú.

Jamie le pasó una mano por la mejilla, con una caricia prolongada y ojos ensombrecidos por una pena atroz.

—Lo lamento, mocita, pero ponerme esa banda y llamarme Hepburn no me convierte en uno de ellos. Siempre he sido un Sinclair de corazón, no puedo quedarme atrapado entre los muros de un castillo.

Retirando la prenda de sus hombros, se la tiró otra vez a Ian. Emma no pudo hacer otra cosa que observar con incredulidad y asombro cómo le daba la espalda y se dirigía a buen paso hacia la puerta, rechazando no sólo su destino sino su amor. Sacó el collar de su madre del corpiño del vestido, buscando consuelo en el peso de la antigua cruz en su mano.

—Sé lo que piensas —exclamó a viva voz, con el corazón y los ojos desbordados de amor por él—. Pero a tus padres no les destruyó su amor. Les salvó. Porque fue amor lo que te creó y, mientras vivas en este mundo, siempre sobrevivirá una parte de ellos.

Jamie se limitó a continuar andando.

Mientras se acercaba al chorro de luz que entraba a raudales por las puertas de la abadía, Emma descubrió que los Sinclair no tenían el monopolio de la venganza o del mal genio.

—¡Adelante, huye, Jamie Sinclair! Huye de la única mujer que querrás de verdad en tu vida. ¡Caramba, el jefe Hepburn tenía razón sobre ti en todo momento! ¡No eres más que un miserable cobarde! Pero no te preocupes. Estoy segura de que serás muy feliz tan sólo con tus recuerdos y tu orgullo para calentar tu cama durante esos inviernos largos y fríos de las Highlands. ¡Y tus ovejas!

Jamie se paró en seco.

—Ay, diantres, moza —dijo bajito Bon en medio del silencio que se había hecho en la iglesia—. ¿Por qué has tenido que decir eso?

Los hombres de Jamie se apartaron de ella cuando Jamie empezó a regresar poco a poco, contemplándola con una intensidad tan abrasadora que Emma se preguntó cómo podía haber pensado alguna vez que esa mirada era fría. Todos los demás parecieron desaparecer. Era como si sólo quedaran sus dos almas en la abadía, las dos únicas almas en el mundo.

Sacudiendo la cabeza, regresó a zancadas hacia ella, entrecerrando los ojos y la mandíbula con la fuerza del granito. Había visto esa mirada antes en su rostro, la primera vez que entró a caballo por este pasillo para arrebatársela a otro hombre.

—¿Qué estás haciendo? —susurró ella cuando siguió acercándose, debatiéndose entre la esperanza y la alarma.

—Estoy cometiendo el mayor error de mi vida —respondió Jamie con gravedad, antes de atraerla a sus brazos y tomar sus labios con un beso salvaje y desesperado que la dejó sin aliento y conquistó su corazón.

Era el beso de un amante, el beso de un conquistador, el beso de un hombre que no sólo quería ser dueño de su destino sino también pelear por él —y por ella— con cada gramo de su cuerpo, hasta el día en que muriera.

Cuando Jamie soltó por fin los labios de Emma, ella estaba mareada de deseo y aturdida de dicha.

Jamie tomó su mejilla con su mano grande y cálida, y una ternura abrumadora, sin intentar ocultar más el deseo desesperado —o amor— que brillaba en sus ojos.

—Malgasté muchísimos años buscando la verdad, cuando debería haberme dedicado a buscarte a ti. No he sido una ruina para ti, muchacha. Tú lo has sido para mí. Estoy acabado para cualquier mujer que no seas tú.

Emma le contempló a través de la bruma de lágrimas brillantes.

—Entonces supongo que no tengo otra opción que casarme contigo, ¿verdad? Porque nadie más lo hará.

Jamie frunció el ceño con expresión burlona.

—¿Y cómo sé que no eres mas que una inglesita codiciosa que se casa conmigo por mi título y fortuna?

—¡Oh, desde luego que lo soy! ¡Lo quiero todo! Joyas, pieles, tierras, oro... y un amante joven y fornido que caliente mi cama.

—¿Sólo uno?

Ella asintió con expresión solemne.

—El único que me hará falta jamás.

Mientras sus labios volvían a unirse en otro beso salvaje y tierno, Bon se asomó por detrás del altar.

El pastor seguía ahí encogido, con los ojos cerrados y las manos agarradas, rezando con fervor.

—Ahora que sus oraciones han recibido repuesta, señor, creo que el nuevo conde y su novia requieren sus servicios.

Epílogo

*F*íjate, está como un flan! Ay, la muchacha tiembla de alegría.

—¿Y quién va a culparla? Seguro que lleva toda la vida soñando con este día.

—Pues claro, ¿no es el sueño de toda chiquilla, casarse con un señor joven y apuesto, con dinero para pagarle todos los caprichos?

—Y el muchacho debería considerarse afortunado de haber pillado un bellezón así. Sus pecas son tan favorecedoras que estoy pensando en tirar mi tarro de Gowland's Lotion directamente a la basura.

Emmaline Marlowe sonrió al oír los susurros de las mujeres. Sí, llevaba toda la vida soñando con este día.

Soñando con llegar al altar y prometer fidelidad eterna al hombre que adoraba, y entregarle su corazón. Nunca había logrado ver con claridad su rostro en esos sueños vagos, pero ahora sabía que tenía unos hombros amplios y poderosos, espesa melena azabache y glaciales ojos verdes que se encendían de deseo cada vez que la miraban.

Un suspiro melancólico llegó a sus oídos.

—¡Y no hay más que ver al novio! Qué figura tan fantástica tiene de rojo y negro, ¿a que sí? Nunca he visto a nadie llevar la banda Hepburn con tal... vigor.

—¡Desde luego! Qué orgullo me hace sentir. Y nadie puede negar que adora a la muchacha.

Conforme en todo con las comadres, Emma alzó la vista para encontrar la mirada de su novio.

Era innegable la pasión que fundía los ojos de Jamie Sinclair mientras juraba amarla, honrarla y respetarla durante el resto de sus días. Una vez el pastor pronunciara las bendiciones divinas y consagrara su unión, ya podría cogerla en sus brazos poderosos y llevársela al dormitorio de la torre, donde generaciones de antepasados Hepburn habían poseído a sus esposas.

La echaría de espaldas sobre la colcha de satén y llevaría sus labios hasta la boca de Emma. La besaría con suma ternura, pero con pasión, mientras deslizaba las manos sobre la tersura sedosa de los rizos cobrizos derramados sobre...

El pastor se aclaró la garganta y despertó a Emma de su ensueño, mirándola con desaprobación por encima de las gafas.

Ella repitió diligentemente los votos, muerta de ganas de que les declarara por fin marido y mujer.

Pero en vez de hacerlo, el pastor empezó a leer otro pasaje interminable de la liturgia presbiteriana.

Jamie frunció el ceño. Su gesto se marcó aún más, hasta que al final estiró el brazo y cogió el libro por el lomo para cerrarlo de golpe.

—Disculpe, señor, pero ¿ya hemos acabado con esto?

El pastor le miró aturdido, era obvio que temía que estuviera a punto de sacar una pistola de la banda a cuadros, o de mandar tal vez a uno de sus hombres a por un caballo que les pisoteara a todos ellos.

—Supongo... supongo que sí.

—¿Entonces la señorita Marlowe, aquí presente, es mi esposa?

—S-s-sí, milord.

—Y yo soy su marido.

El pastor meneó la cabeza arriba y abajo, pues el terror le había arrebatado definitivamente la capacidad de hablar.

Jamie apretó los dientes.

—Es todo cuanto necesito saber.

Mientras la última esperanza de los Sinclair y la futura esperanza de los Hepburn cogía a su esposa en brazos y se la llevaba a buen paso por el pasillo de la abadía, sus hombres soltaron un grito entusiasta, las hermanas de la novia chillaron de deleite y el pobre y atribulado pastor se derrumbó desmayado sobre los escalones del altar.

www.titania.org

Visite nuestro sitio web y descubra cómo ganar
premios leyendo fabulosas historias.

Además, sin salir de su casa, podrá conocer
las últimas novedades de
Susan King, Jo Beverley o Mary Jo Putney,
entre otras excelentes escritoras.

Escoja, sin compromiso y con tranquilidad,
la historia que más le seduzca
leyendo el primer capítulo de cualquier libro
de Titania.

Vote por su libro preferido y envíe su opinión
para informar a otros lectores.

Y mucho más...